secession

Steven Uhly

FINSTERNIS

Roman

STEVEN UHLY

FINSTERNIS

ROMAN

Erste Auflage

Lektorat: Christian Ruzicska
Korrektorat: Peter Natter
www.secession-verlag.com

Gestaltung und Satz:
Erik Spiekermann und Marco Stölk, Berlin
Herstellung:
Daniel Klotz, Berlin
Druck und buchbinderische Verarbeitung:
Friedrich Pustet, Regensburg
Papier Innenteil: 100g Fly 05
Papier Vor- und Nachsatz: 115g Fly 05
Gewebe Überzug: Iris Leinen
Gesetzt aus FF Meta & FF Mark

Der Verlag dankt für die freundliche Abdruckgenehmigung.

Printed in Germany
ISBN 978-3-906910-86-4

Dank an John

Erstes Gespräch

»Die Edinburger Straße befindet sich im Zuständigkeitsbereich der Direktion 3 – das ist meine Dienststelle, Fachkommissariat 33, Delikte am Menschen, also auch Tötungsdelikte. In der Edinburger Straße fehlt die Hausnummer 34. Die 33 ist ein Neubau mit einer großen Glasfassade. Die 35 ein Altbau. Dazwischen gibt es eine Lücke, vermutlich stand dort früher ein Gebäude. Heute hat man Einblick in eine Grünanlage. Der Zugang ist durch ein zwei Meter hohes schmiedeeisernes Gatter auf Höhe der Hausfronten versperrt. Nur die unmittelbaren Anrainer haben zu der Grünanlage Zutritt. Die Fassaden der Edinburger Straße schauen nach Nordosten zum Schillerpark. Nach Südwesten liegt der Häuserblock an der Müllerstraße. Auf der östlichen Seite grenzt er an die Türkenstraße, auf der westlichen an die Barfusstraße.«
»Warum beschreiben Sie mir das so genau?«
»Ich habe ein gutes Gedächtnis. Das hilft mir bei der Arbeit. Soll ich weitermachen?«
»Bitte!«
»Am 13. Januar 2019 fand eine Bewohnerin der Edinburger Straße 31 kurz nach Mitternacht während eines Spaziergangs mit ihrem Hund die Leiche einer Frau. Die Bewohnerin verständigte sofort die Polizei. Etwa fünf Minuten später traf eine Streife ein und begann mit der Sicherung des Tatorts. Die Polizisten hatten noch während der Anfahrt den Kriminaldauerdienst benachrichtigt und dieser wiederum unsere Dienststelle, so dass wir alle unmittelbar nacheinander in der Grünanlage der Edinburger Straße zusammenkamen. Man nennt das den ›ersten Angriff‹. Die Nacht war klar, die Temperatur lag bei minus drei Grad. Wir waren nicht warm genug angezogen.«
»Hatten Sie zuvor schon einmal eine Leiche gesehen?«
»Nein. Selbst in einer Stadt wie Berlin sind Tötungsdelikte eher die Ausnahme als die Regel. Zum Zeitpunkt des Leichenfundes war ich erst seit einem knappen Jahr bei der Kripo. Mein Kollege ist acht Jahre älter als ich, er besaß mehr Erfahrung im Job. Er hatte schon Tötungsdelikte bearbeitet. Hatte mir auch davon erzählt. Hatte gesagt, nur das erste Mal sei schwierig.«
»Wie heißt Ihr Kollege?«

»Jan West.«
»Und dieser Jan West, was ist das für einer, ein Zyniker?«
»Absolut nicht. Er ist nur abgehärtet. Wir haben den Beruf aus ähnlichen Gründen gewählt.«
»Was sind das für Gründe?«
»Menschen beschützen. Straftäter aus dem Verkehr ziehen, damit die Gesellschaft in Sicherheit leben kann.«
»Das sind ehrenwerte Absichten.«
»Das denke ich auch.«
»Wie ging es weiter?«
»Wir nannten den Tatort ›Edinburger 34‹, weil die Leiche in der Nähe und auf Höhe der Lücke gefunden worden war. Als mein Kollege und ich dort eintrafen, hatte die Streife den Tatort bereits gesichert. Der Kriminaldauerdienst hatte Scheinwerfer aufgestellt, um alles auszuleuchten, und war bereits damit beschäftigt, Spuren zu sichern, Elger Stochow und Maria Kämmer, beide älter und erfahrener als ich. Sie gehören zu unserem Fachkommissariat. Die Tote lag auf einer Trage, wie Notärzte sie benutzen. Ungefähr Anfang bis Mitte sechzig, schlank. Sie war vollkommen unbekleidet und lag auf dem Rücken, die Arme an den Seiten, die Beine ausgestreckt. Ordentlich aufgebahrt. Ihre Brüste wiesen Spuren von Gewalteinwirkung auf, sie waren grün und blau, vermutlich von Schlägen mit der Faust oder einem stumpfen Gegenstand. Ihr Schambereich war komplett enthaart, die Vagina rot angeschwollen. Auch das Gesicht wirkte verquollen. Die Kollegen vom Dauerdienst spreizten ihr die Beine, um eine Sonde in den Anus einzuführen und die Körperkerntemperatur zu messen. Das ist eine übliche Vorgehensweise. Auf diese Weise sahen wir, dass auch der Anus der Toten verletzt war. Die Körperkerntemperatur betrug knapp 34 Grad. Da die Außentemperatur in der Tatnacht wie gesagt bei minus drei Grad lag, kalkulierten wir, dass die Frau noch nicht sehr lange dort gelegen haben konnte. Inzwischen waren Bewohner der umliegenden Häuser auf uns aufmerksam geworden. Einige hatten sich in die Grünanlage begeben und standen nun außerhalb der Absperrung. Mein Kollege und ich stellten den Leuten Fragen. Ein Nachbar war zwanzig Minuten vor der Bewohnerin,

die die Leiche gemeldet hatte, ebenfalls mit seinem Hund Gassi gegangen und hatte den Tatort passiert. Ihm war nichts aufgefallen, obwohl er eine Weile dort gestanden hatte. Trotz der Dunkelheit hätte er die Tote bemerken müssen, zumal sie nicht versteckt worden war. Im Gegenteil. Es wirkte eher so, als sollte sie gefunden werden. In der Zwischenzeit hatten die Kollegen vom Dauerdienst petechiale Einblutungen an den Augen festgestellt. Das wies darauf hin, dass der Tod durch Ersticken eingetreten war. Allerdings fanden sich keine Würgemale am Hals. Als der Gerichtsmediziner ein paar Minuten später eintraf, öffnete er der Toten den Mund und fand Reste von Sperma vor. Auch in der Vagina und im Anus stellte er Sperma fest, konnte vor Ort aber nicht bestimmen, ob es sich um Ejakulate desselben Mannes handelte. Er deutete an, dass sie durch einen erigierten Penis erstickt sein könnte – eine Sexualpraktik, die als ›Deep Throat‹ bezeichnet wird. Er stellte außerdem fest, dass die äußeren Schamlippen des Opfers jeweils in regelmäßigen Abständen vier kleine Löcher aufwiesen. Er schloss daraus, dass die Frau dort Ringe getragen hatte, und erklärte uns, dies weise auf die BDSM-Szene hin, wo solche Ringe dazu benutzt werden, die Vaginas sogenannter Sklavinnen zu entblößen oder verschlossen zu halten. Aufgrund des Zustandes dieser Löcher vermutete er zudem, dass die Ringe erst kurz nach dem Eintritt des Todes entfernt worden waren, vielleicht, um Spuren zu verwischen. Außerdem bemerkte er noch, dass dieses Intim-Piercing offenbar erst in jüngster Zeit vorgenommen worden war.«

»Wie hat das alles auf Sie gewirkt?«

»Man hat keine Zeit für Gefühle, man hat einen Job zu erledigen und muss so professionell wie möglich handeln. Dafür sind wir ausgebildet worden.«

»Waren Sie nicht wütend?«

»Wütend?«

»Auf den Täter?«

»Natürlich hat man Emotionen.«

»Verspürten Sie den Wunsch, ihn zu töten?«

»Warum fragen Sie mich das?«

»Ich will Sie kennenlernen. Das ist mein Beruf.«

»Wie gesagt: Man hat Emotionen, auch als Polizist. Aber man hat ja einen Eid geleistet. Ich gehöre nicht zu denen, die die Todesstrafe für Kinderschänder fordern, wie manche Kollegen, nicht nur solche, die sich als Reichsbürger bezeichnen.«

»Reichsbürger gibt es bei der Berliner Kriminalpolizei auch?«

»Darüber will ich lieber nicht sprechen.«

»Kein Problem. Das hier ist kein Verhör. Was geschah dann?«

»Der Gerichtsmediziner fand noch heraus, dass die Brustwarzen des Opfers ebenfalls beringt gewesen sein mussten. Auch dieser Eingriff schien jüngeren Datums zu sein. Was seiner Meinung nach erneut auf die BDSM-Szene hinwies. Er meinte, sie sei womöglich bei einem sogenannten ›Gang Bang‹ ums Leben gekommen. Das ist eine Sexualpraxis, bei der viele Männer gleichzeitig mit einer einzigen Frau Geschlechtsverkehr haben. Sind meine Erklärungen überflüssig?«

»Keineswegs. Was dachten Sie darüber?«

»Für mich war das neu, klang aber plausibel. Das fanden auch die Leute vom Dauerdienst und die Tatortgruppe, die später noch hinzukam. Die Tatortgruppe gehört mit zum ersten Angriff, wenn klar wird, dass es sich um ein schweres Verbrechen handelt. Jan West hatte sie nach Rücksprache mit dem K angefordert.«

»Dem Kommissariat?«

»Korrekt. Die Tatortgruppe ist besser ausgestattet als der Kriminaldauerdienst. Sie verfügt über einen Tatortbus mit entsprechender Ausrüstung. In der Tatnacht handelte es sich um einen Mann und eine Frau von unserer Dienststelle.«

»Fanden sie Spuren?«

»Nein. Die Erde war zu hartgefroren, deshalb gab es keine Spuren von Schuhprofilen. Die Trage war auf einem Rasenstück abgesetzt worden. Wir besprachen unsere ersten Eindrücke. Allein die Tatsache, dass die Leiche mit einer Trage transportiert worden war, wies auf mindestens zwei Täter oder einen Täter und seinen Komplizen hin. Sie hatten Handschuhe getragen, was bei der Außentemperatur nicht überraschend war. Es gab also keine Fingerabdrücke an den Griffen der Trage. Inzwischen standen etwa zwanzig Anwohner außerhalb der Absperrung und debattierten. Sie erzählten uns, die Grünanlage verfüge über drei abgeschlossene Tore, die auf die Straße führten, und nur unmittelbare Anrainer besäßen einen Schlüssel. Sie machten sich Sorgen, weil sie glaubten, die Täter könnten im Häuserblock leben. Mein Kollege und ich versuchten, sie zu beruhigen. Ein Bewohner aus der Müllerstraße wies uns auf Ausländer hin, die in diesem Block lebten, und forderte uns auf, wir sollten uns erst einmal um die kümmern.

»Was empfanden Sie?«

»Mein Kollege informierte ihn darüber, dass wir alle Bewohner befragen würden.«

»Herr Malik, ich habe ein wenig über Sie recherchiert.«

»Über mich? Was gibt's denn da zu recherchieren?«

»Einiges. Ihre Familie stammt ursprünglich aus Pakistan, genauer aus Kaschmir. Ihre Eltern sind vor dem Konflikt zwischen Ihrem Land und Indien geflohen.«

»Das ist kein Geheimnis. Steht alles in meiner Personalakte.«

»Ihre Familie gehört dem Malik-Clan an, nicht wahr?«

»Stimmt auch. Hat aber nichts mit irgendwelchen Berliner Clans zu tun. Unser Clan ist uralt. Malik ist eigentlich kein Name, sondern ein Titel: Seeah-Malik. Unter den Moguln waren wir für die Sicherung der königlichen Wege zuständig. Vor dem 13. Jahrhundert und vor unserer Konvertierung zum Islam gehörten wir einer indischen Kriegerkaste an, den Rajputs.«

»Interessant.«

»Schnee von gestern.«

»Empfinden Sie sich als Deutscher?«

»Ich *bin* Deutscher. Ich bin in Berlin geboren und aufgewachsen.«

»Und dass dieser Anwohner sofort Ausländer verdächtigte, machte Sie das nicht wütend?«

»Wie gesagt ...«

»Ich weiß schon: Man hat Emotionen. Hatten Sie denn welche?«

»Das war nicht wichtig. Wir hatten die Lage unter Kontrolle.«

»Okay. Erzählen Sie bitte weiter!«

»Eine Ambulanz kam und brachte die Leiche in die Gerichtsmedizin. Der Arzt fuhr mit. Er sollte sie noch in der Tatnacht gerichtsmedizinisch untersuchen und am nächsten Morgen seine Ergebnisse präsentieren. Die Tatortgruppe kam zu dem Schluss, dass es keinen Sinn hatte, in der Dunkelheit nach weiteren Spuren zu suchen. Die beiden Streifenpolizisten wurden von Kollegen abgelöst, deren Aufgabe darin bestand, den Tatort bis zum Morgen zu sichern. Dann konnten wir nach Hause fahren. Es war ungefähr fünf Uhr früh, als ich schlafen ging.«

»Sie haben zwei Kinder, nicht wahr? Einen Jungen, der in die erste Klasse geht, und ein kleines Mädchen im Kindergartenalter, richtig?«

»Korrekt. Warum fragen Sie?«

»Wie gesagt: Ich will Sie kennenlernen. Das gehört zu meiner Arbeit. Wenn man so will, bin auch ich eine Ermittlerin. Nur dass ich nach einer anderen Art von Hinweisen suche.«

»Meine Polizeidiensttauglichkeit wurde seinerzeit von einem Psychologen bestätigt, das liegt schriftlich vor.«

»Sie sind doch freiwillig zu mir gekommen, nicht wahr?«

»Wie man's nimmt. Der Dienststellenleiter vom K33, Kriminalhauptkommissar Ballmann, riet mir, jemanden aufzusuchen.«

»Warum tat er das?«

»Meine Frau und ich ... wir haben derzeit Differenzen.«

»Was für Differenzen?«

»Sie sagt, ich arbeite zu viel, wäre nie zu Hause, würde keine Zeit mehr mit den Kindern verbringen. Sie und Ballmann behaupten unabhängig voneinander, mein Verhalten habe sich geändert seit ...«

»Seit dem Verschwinden von Jan West?«

»Ja.«

»Wie sehen Sie das?«

»In meinem Beruf dürfen die eigenen emotionalen Reaktionen keine Rolle spielen, weil man sonst parteiisch wird. Empathie kann außerdem ausgenutzt werden – von Tätern wie Opfern. Davor müssen wir uns schützen. Wir dürfen keine voreiligen Schlüsse ziehen, müssen sachlich bleiben, sonst schadet das den Ermittlungen und kann zu

Kurzschlusshandlungen führen. Das kann Folgen haben. Ich bin Pragmatiker.«

Stille.

»Gut, die Ereignisse, die mit der Toten von der Edinburger 34 in Zusammenhang standen ... Es ist nicht ganz leicht, diese Ereignisse wegzustecken, das gebe ich zu. Aber es gehört zum Job. Im Moment hilft es mir, viel zu arbeiten. Das wird auch wieder vorbeigehen.«
»Haben Sie versucht, das Ihrer Frau zu erklären?«
»Meine Frau ist im Gegensatz zu mir eher emotional.«
»Es ist Ihnen also schwergefallen, Ihren Standpunkt klarzumachen?«
»Wir haben uns in letzter Zeit etwas auseinandergelebt. Seit ... der Sache mit Jan – mit Herrn West.«
»Aus welchem Grund?«
»Ist das wirklich wichtig? Das ist privat.«
»Alles, was Sie mir sagen, bleibt unter uns, Herr Malik. Nicht nur während unserer Sitzungen, sondern für immer. Das ist einer der Unterschiede zwischen Ihrem und meinem Beruf.«
»Das weiß ich. Aber Sie sind kein Fluss. Sie sind eine Person.«
»Kein Fluss? Erklären Sie mir das?«
»In der Kultur meiner Eltern kann man Dinge, die man niemandem anvertrauen will, einem Fluss, dem Wind oder dem Meer erzählen, wenn man sie unbedingt aussprechen muss. Das ist anders als der psychologische Dienst der Berliner Polizei.«
»Sie meinen, nicht so persönlich?«
»So ungefähr.«
»Haben Sie das schon ausprobiert?«
»Den Fluss? Nein. Ich glaube nicht wirklich, dass das funktioniert.«
»Was soll da funktionieren?«
»Dass man es los wird.«
»Sie sagten vorhin, dass Sie ein gutes Gedächtnis haben – dann können Sie sowieso nicht damit rechnen, etwas Gravierendes zu vergessen. Wobei ich, ehrlich gesagt, noch nichts Genaues weiß. Ihr Vorgesetzter

hat jedoch Andeutungen gemacht, als er mich anrief. Das geschah doch in Ihrem Auftrag, nicht wahr?«

»Korrekt. Ich hatte ihn darum gebeten, jemand Geeignetes für mich zu suchen.«

»Erstaunlich, dass er mich ausgewählt hat.«

»Warum?«

»Weil ich erst seit kurzer Zeit für den psychologischen Dienst der Berliner Polizei arbeite. Ich bin die Neue hier.«

»Was haben Sie vorher gemacht?«

»Ich hatte eine eigene Praxis. Auch hier in Berlin.«

»Aha.«

»Wollen Sie mir nicht erst einmal möglichst lückenlos berichten, was alles passiert ist, und dann schauen wir, wie Sie am besten damit umgehen können? Ich kenne ein paar Tricks, die Ihnen vielleicht helfen werden. Was halten Sie davon?«

»Wenn Sie Herrn Ballmann sagen, dass ich voll diensttauglich bin.«

»Warum sollte ich das tun? Niemand hat mich darum gebeten, ein psychologisches Gutachten über Sie vorzulegen. Ballmann hat jedenfalls nichts dergleichen verlangt.«

»Trotzdem. In letzter Zeit lässt er mich kaum noch aus dem Kommissariat. Wenn Sie ihm sagen, dass es mir gutgeht, erzähle ich Ihnen alles.«

»Das würde er nicht glauben. Das Einzige, was ich tun kann, ist, ihm zu erklären, dass Arbeit stabilisierend auf Sie wirkt, vorausgesetzt, Sie erscheinen so lange jede Woche in meiner Praxis, bis ich den Eindruck habe, dass es Ihnen wirklich wieder gutgeht. Einverstanden?«

Stille.

»In Ordnung.«

»Schön. Kehren wir zur Tatnacht zurück.«

»Ich kam, wie gesagt, erst frühmorgens nach Hause, konnte dann aber nur kurz schlafen, weil meine Frau unseren Sohn um sieben Uhr weckt. Ich habe einen leichten Schlaf, deshalb wurde ich davon wach.«

»Dachten Sie an die Tote?«

»Weniger an sie als an die Ermittlungen, die vor uns lagen.«
»Sprachen Sie mit Ihrer Frau über den Fall?«
»Nein. Man sollte die Familie mit solchen Dingen nicht belasten. Außerdem dürfen wir über laufende Ermittlungen mit niemandem reden.«
»Wie ging es Ihnen denn am nächsten Tag?«
»Wie immer. Als meine Frau mit Timo auf dem Weg zur Schule war, stand ich auf, weckte Mona, unsere Tochter, machte das Frühstück für sie, zog sie an. Als meine Frau von der Schule zurückkam, brach ich mit Mona Richtung Kindergarten auf. Nach meiner Rückkehr frühstückten meine Frau und ich gemeinsam. Anschließend fuhr ich ins Kommissariat.«
»Was macht Ihre Frau beruflich?«
»Meine Frau promoviert. Sie will Anwältin werden.«
»Hat sie auch einen Migrationshintergrund?«
»Nein. Sie ist blond und hat blaue Augen. Man könnte sie eher für eine Schwedin halten.«
»Wie ging es nach dem Frühstück weiter?«
»Im Kommissariat war das gesamte K33 versammelt. Insgesamt sechs Leute und unser Dienststellenleiter, Herr Ballmann. Die Ergebnisse der Gerichtsmedizin waren bereits eingetroffen. Es stellte sich heraus, dass das Sperma in allen drei Körperöffnungen tatsächlich von demselben Mann stammte. Er hatte offenbar zuerst in ihren Anus ejakuliert, anschließend in ihre Vagina und zum Schluss in ihren Rachen – das schloss der Gerichtsmediziner aus der abnehmenden Qualität und Menge der Spermien und Samenflüssigkeit. Währenddessen war sie immer wieder geschlagen worden, auf das Gesäß, die Scheide, die Brüste, ins Gesicht und sogar in den Magen. Der Todeszeitpunkt wurde auf 22:40 festgelegt. Karin Schirgel von der Erkennung hatte Fingerabdrücke und ein Foto der Toten durch die Datenbanken von Kriminalpolizei, BKA und Europol geschickt – ohne Ergebnis. Sie war vermutlich Linkshänderin, weil die Muskulatur am linken Arm und der Hand stärker ausgebildet war. Anus und Mastdarm der Leiche waren außergewöhnlich sauber. Einer unserer älteren Kollegen, Polizeikommissar Jens Lauterbach, meinte diesbezüglich, dass sogenannte Sklavinnen in der BDSM-Szene vor dem Geschlechtsverkehr oft ein Klistier

mit warmem Wasser erhalten, damit der Darm frei von Exkrementen ist und weniger Infektionsgefahr droht. Er sagte, sie sei vermutlich eine sogenannte ›Dreilochstute‹ gewesen, eine Sklavin, die, wie er erläuterte, in alle ›Löcher begehbar‹ war. Er schien viel darüber zu wissen. Da er einer der dienstältesten Polizisten im K33 ist, ging ich davon aus, dass er aus beruflicher Erfahrung sprach. Es wurde eine Sonderkommission mit der Bezeichnung ›Edinburger 34‹ gegründet. Der Vorschlag für diesen Namen kam von Herrn West, und Ballmann war einverstanden. Aus anderen Fachkommissariaten wurden Leute bestimmt, die uns bei Bedarf unterstützen sollten. Jan West und ich wurden zum Tatort zurückgeschickt. Wir sollten im gesamten Häuserblock die Bewohner befragen, ob ihnen etwas aufgefallen war. Während der Fahrt erzählte mir West von einem Mord im Jahr zuvor. Ein Rocker hatte seine Frau vor den Augen der gemeinsamen Kinder erstochen, weil sie sich scheiden lassen wollte. Eine klare Angelegenheit, und doch hatten sich die Ermittlungen hingezogen. Er sagte, ich solle mich auf eine lange Soko einstellen. Am Tatort angekommen, beschlossen wir, uns im Uhrzeigersinn vorzuarbeiten. Wir begannen mit den Nummern 33 und 35. Beide Häuser, der Neubau und der Altbau auf der anderen Seite der Lücke, gehören zum Paul Gerhardt Stift mit Hauptsitz in der Müllerstraße auf der Süd-West-Seite des Häuserblocks – also genau gegenüber. Die dort ansässigen Senioren gehören zu den Hauptnutzern der Grünanlage. Obwohl wir über die Verwaltung zu allen Bewohnern leichten Zugang erhielten, stellten wir bald fest, dass die meisten von ihnen vom Leben nicht mehr so viel mitbekamen. Einige der Rüstigeren begannen wieder, von den Ausländern zu sprechen, aber keiner war zur fraglichen Zeit in der Grünanlage gewesen, da die meisten zu diesem Zeitpunkt längst geschlafen hatten oder vor dem Fernseher saßen. Nach einer halben Stunde waren wir durch. Ohne Ergebnis.«

»Waren Sie frustriert?«

»Das gehört zum Job. Routine. Wir gingen zum nächsten Haus, klingelten die Bewohner heraus und baten um ihre Mithilfe. Die meisten Leute wollen gern helfen, selbst wenn sie nichts mitbekommen haben. Manche reimen sich auch was zusammen. Andere betrachten uns als Feinde – je nach politischem Hintergrund. Man lernt, damit umzugehen.«

»Fanden Sie etwas heraus?«

»Am Ende der Türkenstraße, kurz vor der Müllerstraße, machten uns die Hausbewohner auf eine Wohnung im vierten Stockwerk aufmerksam, aus der häufig Schreie einer Frau und Gebrüll eines Mannes drangen. Herr und Frau Kramm. Man erzählte uns, auch in der Tatnacht sei es laut gewesen. Da keiner der Kramms auf unser Läuten reagierte, begaben wir uns zur Wohnungstür, klopften an und forderten die Kramms auf, die Tür zu öffnen. Nach kurzer Zeit erschien ein Mann Mitte dreißig, mittelgroß, von eher schmächtiger Statur. Er trug eine Hornbrille, sein Haar war schütter. Keine auffälligen Merkmale. Wir befragten ihn zunächst routinemäßig. Er behauptete, nichts gesehen oder gehört zu haben. Anschließend wollten wir mit seiner Frau reden. Er druckste herum und meinte dann, sie sei krank. Obwohl er nach konventionellen Maßstäben eigentlich zu jung war – die Tote war ja schätzungsweise dreißig Jahre älter als er –, machte ihn seine Nervosität verdächtig. Da wir keinen Durchsuchungsbefehl hatten, konnten wir die Wohnung nicht betreten. Herr West sagte zu ihm: ›Herr Kramm, wenn Sie uns nicht mit Ihrer Frau sprechen lassen, müssen wir Sie zum Verhör auf die Wache mitnehmen.‹ Das schien ihm Angst zu machen. Er stotterte herum, sie könne vielleicht doch schon aufstehen und rief dann nach hinten gewandt: ›Schatz, komm mal bitte!‹ Sein Tonfall wirkte aufgesetzt. Nach einer Weile näherte sich eine Frau im hellblauen Morgenmantel aus einem der hinteren Zimmer. Sie war klein und schmal gebaut, trug eine Sonnenbrille und war notdürftig geschminkt. Man sah, dass beide Augen blau und dick geschwollen waren. Auch der Rest des Gesichts wies Spuren von Gewalteinwirkung auf. Auf die Frage, ob ihr etwas Ungewöhnliches aufgefallen sei, schüttelte Frau Kramm den Kopf und erwiderte, alles sei normal gewesen. Mein Kollege fragte sie daraufhin, wo sich ihr Mann zum mutmaßlichen Tatzeitpunkt befunden habe.«

»Warum tat er das, wenn er es bereits wusste?«

»Ich nehme an, er wollte Herrn Kramm unter Druck setzen. Die Frage zeigte tatsächlich Wirkung: Kramm blickte erkennbar nervös zu seiner

Frau. Vielleicht befürchtete er, dass sie ihm etwas anhängen könnte. Frau Kramm bestätigte allerdings, dass sich ihr Mann zum Tatzeitpunkt bei ihr in der Wohnung aufgehalten und sie gemeinsam Fernsehen geschaut hätten. Mein Kollege sagte daraufhin: ›Frau Kramm, Ihre Nachbarn haben ausgesagt, dass Ihr Mann Sie regelmäßig schlägt. Nach dem Zustand Ihres Gesichts zu urteilen, entspricht das der Wahrheit. Möchten Sie ihn wegen Körperverletzung anzeigen? Wir können Sie jetzt gleich mitnehmen und an einen sicheren Ort bringen‹. Sie blieb einen Moment lang stumm und schüttelte anschließend den Kopf.«

»Und Sie konnten nichts tun?«

»Uns sind in Fällen wie diesem die Hände gebunden. Sie ist volljährig. Wenn sie sich die Misshandlungen gefallen lässt, können wir nichts unternehmen.«

»War das nicht frustrierend für Sie?«

»Frustration kann ich mir nicht leisten. Es geht hier um Gewaltenteilung.«

»Wie meinen Sie das?«

»Wenn ich als Polizist anfange, das Verhalten der Bürger zu beurteilen, hebe ich de facto die Gewaltenteilung auf. Ich mache mich zum Richter. Der Staat funktioniert aber nur, solange die Exekutive nicht damit beginnt, die Kompetenzen der Judikative auszuüben. Das erfordert Disziplin. Dafür wurden wir ausgebildet.«

»Da haben Sie den sogenannten Reichsbürgern ja schon einiges voraus. Es wäre aber ganz unnatürlich, wenn es Ihnen tatsächlich gelänge, in einer solchen Situation keine Gefühle zu haben. Sie sagen doch selbst, dass Sie Polizist geworden sind, um Menschen zu beschützen. Was, wenn das eindeutige Opfer Ihren Schutz ablehnt? Müssen Sie sich dann nicht von sich selbst abspalten?«

»Wenn Sie es so nennen wollen. Gehört halt zum Job.«

»Was geschah danach?«

»Im Haupthaus des Paul Gerhardt Stifts informierte uns ein Mitarbeiter darüber, dass eine ihrer Tragen fehlte. Wir inspizierten deshalb die vorrätigen Tragen und stellten fest, dass sie baugleich mit der Trage waren, auf der die Tote gelegen hatte. Mein Kollege meldete das umgehend im

K. Anschließend fuhren wir in eines unserer Stammrestaurants in der Nähe der Direktion 3, um etwas zu essen. Es war inzwischen 14 Uhr.«

»Nahm Jan West den Zwischenfall mit den Kramms auch so diszipliniert hin wie Sie?«

»Das weiß ich nicht. Er äußerte sich nicht dazu. Ich hatte keinen Anlass, etwas anderes zu vermuten. Er war, wie gesagt, erfahrener als ich.«

»Sprachen Sie nicht miteinander über Ihre Einsätze?«

»Doch. Aber wir waren hungrig und brauchten eine Pause. Wenn ich mich korrekt erinnere, redeten wir beim Essen überhaupt nicht.«

»Herr Ballmann sagte mir, Sie und Herr West hätten sich auch außerhalb der Dienstzeit getroffen.«

»Korrekt. Manchmal kam er zu uns nach Hause.«

»Wie lief das ab?«

»Normal. Wir aßen gemeinsam, unterhielten uns, manchmal spielte er mit den Kindern. Dann ging er wieder.«

»Worüber unterhielten Sie sich, als er das letzte Mal bei Ihnen war?«

»Das letzte Mal? Das war zwei Wochen vor der Tatnacht.«

»An Silvester?«

»An Neujahr. Wir machten eine Spazierfahrt, Herr West, meine Frau, unsere Kinder und ich. Nach Fergitz. Dort gibt es ein Feriengut. Wir hatten einen Pavillon gemietet.«

»Was unternahmen Sie dort?«

»Das Übliche: Schlitten fahren, wandern, essen, etwas trinken.«

»Okay. Geschah noch etwas von Bedeutung an diesem ersten Ermittlungstag?«

»Die fehlende Trage war ein erster wichtiger Hinweis. Man konnte davon ausgehen, dass der oder die Täter sich über das Haupthaus des Paul Gerhardt Stifts Zugang zur Grünanlage verschafft hatten. Der Mitarbeiter konnte allerdings keine Angaben darüber machen, seit wann diese Trage verschwunden war, da die Bestände halbjährlich kontrolliert werden, zu Jahresbeginn und im Sommer. Sie konnte in der Tatnacht entwendet worden sein oder Wochen beziehungsweise Monate zuvor. Solche Dinge sind wichtig bei der Erarbeitung eines Tathergangs. In jedem Fall mussten die Täter genau gewusst haben, dass diese Tragen existierten und wo sie sich befanden. Es gab also eine Verbindung zum Paul Gerhardt Stift. Unsere Arbeit bestand im Folgenden darin, aktuelle und ehemalige Mitarbeiter genauer unter die Lupe zu nehmen.«

»Gut, Herr Malik. Bis hierher. Sollen wir einen Termin für nächste Woche vereinbaren?«

»Kein Problem.«

Zweites Gespräch

»Wie war Ihre Woche?«
»Ich dachte, wir hätten einen Deal!«
»Ich verstehe nicht.«
»Zwei Tage, nachdem ich bei Ihnen war, zitierte Ballmann mich in sein Büro und teilte mir mit, dass ich bis auf Weiteres beurlaubt bin. Er hatte davor mit Ihnen telefoniert!«
»Aber ich habe mich an unsere Verabredung gehalten. Ich weiß nicht, warum er so entschieden hat.«
»Was haben Sie ihm erzählt?«
»Genau das, was ich Ihnen gesagt hatte: Dass die Arbeit stabilisierend auf Sie wirkt.«
»Verdammt!«
»Was denken Sie, Herr Malik?«
»Dass er genau das nicht will!«
»Und warum sollte er wollen, dass Sie aus dem Gleichgewicht geraten?«
»Es muss wegen der Soko West sein.«
»Davon haben Sie mir bislang nichts erzählt.«
»Nach West wird gefahndet. Er ist nicht einfach verschwunden. Er ist dringend tatverdächtig. Und ich werde von Lauterbach und Richter, dem neuen Mitarbeiter, beschattet.«
»Weil Sie wissen, wo er ist?«
»Weil die denken, dass ich es weiß. Das Ganze ist bisher noch nicht an die Öffentlichkeit gedrungen. Ballmann hat mir mit einem internen Verfahren gedroht, falls sich herausstellt, dass ich West decke. Das ist alles so ...«
»Tun Sie es denn? Decken Sie West?«
»Alles, was ich sage, bleibt unter uns?«
»Nun ja. Wenn Sie einen Mörder decken, dann ... ich bin kein Beichtvater, Herr Malik, bitte verstehen Sie. Es gibt Grenzen.«
»Nein. Ich weiß nicht, wo West steckt.«
»Okay. Wollen Sie dann einfach da weitermachen, wo Sie letzte Woche aufgehört haben?«
»Das hat doch jetzt gar keinen Sinn mehr! Ich bin beurlaubt, der Chef will, dass ich die Nerven verliere, weil er hofft, dass ich dann auspacke.

Warum sollte ich also nicht einfach aufstehen und gehen, nennen Sie mir einen Grund?«
»Ich nenne Ihnen zwei, Herr Malik. Erstens: Wenn Sie jetzt aufhören, könnte Ihr Chef denken, dass Sie aus taktischen Gründen zu mir gekommen sind. Den posttraumatischen Stress, den ich Ihnen während meines Telefonats mit ihm bescheinigt habe, wird er Ihnen dann vielleicht nicht mehr abkaufen. Und zweitens: Wenn Sie keine Arbeit mehr haben, die Sie stützen kann, dann schlage ich vor, dass wir uns ab jetzt zweimal pro Woche treffen, damit Sie auf diese Weise eine Routine beibehalten, die nur Sie betrifft – nicht Ihre Arbeit oder Ihre Familie. Auch das kann positiv wirken. Außerdem: Wer weiß, vielleicht fällt Ihnen ja beim Erzählen irgendetwas auf, was Ihnen bisher entgangen ist. Ist das nicht auch der Grund, weshalb die Polizei ihre Verhöre so oft wiederholt?«

Stille.

»West und ich ließen uns vom Paul Gerhardt Stift Einsicht in die Personalakten der vorangegangenen vier Jahre geben. Das Torschloss im Hauptgebäude war vier Jahre zuvor ausgetauscht worden, deshalb gingen wir davon aus, dass nur dieser Zeitraum relevant war. Der oder die Täter hätten auch durch ein anderes Tor eindringen können, doch da der Mitarbeiter des Stifts die Trage vom Tatort eindeutig als diejenige identifiziert hatte, die in seinem Bestand fehlte, folgten wir erst einmal der These, dass das auch etwas über den Zugangsort zur Grünanlage verriet. Diese Annahme war zu dem Zeitpunkt das Beste, was wir hatten. Die Recherche ergab nichts Verdächtiges: Leute, die aufgehört hatten, andere, die neu eingestellt worden waren. Eine ziemliche Fluktuation insgesamt. Viele jüngere Frauen aus Osteuropa oder Asien. Was uns jedoch auffiel, war der Umstand, dass ausgerechnet der Mitarbeiter, der uns auf das Fehlen der Trage aufmerksam gemacht hatte, als einziger seit zwanzig Jahren dort arbeitete. Er war Anfang sechzig. Wir scherzten, dass er gar nicht den Ort wechseln musste, wenn man ihn pensionierte. Aber er wirkte nicht wie einer, der in den Sechzigern ist. Eher wie Anfang fünfzig. Ein großer Typ, breit gebaut, muskulös. Einer, der sich fit hielt. Hatte ein paar Tattoos an den Unterarmen und am Hals. Die Haare schwarz – vielleicht gefärbt. Ganz kurz geschoren. War aber eher der umgängliche Typ. Er besaß natürlich einen Schlüssel zum Gebäude. Hätte nicht mal durch das Tor gemusst. Wir recherchierten und fanden heraus, dass er in Neukölln wohnte. Also fuhren wir hin. Die Fahrt mit dem PKW dauert ungefähr fünfzig Minuten, nachts vermutlich zehn bis fünfzehn Minuten weniger. Seine Wohnung lag in einer kleinen Seitenstraße der Karl-Marx-Straße, in einem Mietshaus aus den 1920er Jahren. Ziemlich vernachlässigt. Der Putz schmutzig braun – war offenbar schon lange nicht mehr erneuert worden. Unser Mann hieß Walter Kunau, vierter Stock. Er war der einzige deutsche Mieter, die übrigen Parteien hatten afrikanische, arabische oder türkische Namen. Wir läuteten. Die Gegensprechanlage funktionierte nicht, die Tür wurde einfach geöffnet. Es war ziemlich laut im Flur, eine Menge Kinderstimmen, aber auch Erwachsene. Im Erdgeschoss gab es eine buddhistische Gemeinde, dort war es still. Kein Fahrstuhl, eine ziemlich steile, enge Holztreppe, die instabil wirkte. Oben erwartete uns eine ältere Frau – etwa Anfang fünfzig. Sie war unauffällig gekleidet – bis auf ein breites, schwarzes Lederband mit Eisenbeschlägen, das sie um den Hals trug. Es wirkte wie ein Hundehalsband. Sie klärte uns darüber auf, dass Kunau erst spät abends zurück sein würde. Wir fragten sie, ob wir uns in der Wohnung umschauen durften. Sie antwortete, sie sei nicht die Besitzerin. In einem solchen Fall dürfen wir natürlich nicht in die Privatsphäre eindringen. Wie gesagt: ohne Durchsuchungsbefehl ... Wir verabschiedeten uns. Auf dem Weg nach unten machte West mich auf ein Tattoo aufmerksam, das sie auf dem rechten Handrücken getragen hatte. Im Auto malte er es mir auf: Ein ›W‹ und ein ›K‹, die ineinander verschlungen waren. Es musste sich um Kunaus Initialen handeln. Zurück im Kommissariat klärte Lauterbach uns darüber auf, dass sogenannte ›Master‹ oder ›Doms‹ – von ›dominant‹ – ihre Sklaven oft auf diese Weise markierten, um sie als ihr Eigentum auszuweisen. Auch dieser ... Brauch wies also auf die BDSM-Szene hin. Wir hatten nicht damit gerechnet, dass es so schnell eine heiße Spur geben würde. Zu dem Zeitpunkt hatte ja noch nicht einmal die Identität des Opfers festgestellt werden können, obwohl Karin Schirgel sämtliche aktuellen Vermisstenmeldungen überprüft hatte. Niemand schien das Fehlen der Toten bemerkt zu haben. Das deutete entweder darauf hin, dass sie keine Familie hatte, oder dass der Kontakt zur Familie schon seit Längerem abgebrochen war.«

»Ließen Sie Kunau verhaften?«

»Dafür reichte es nicht aus. Es gab bislang nur Verdachtsmomente. Außerdem hatte uns ausgerechnet Kunau auf das Fehlen der Trage aufmerksam gemacht. Das ergab zunächst keinen Sinn.«

Stille.

»Wir suchten ihn im Stift auf. Er war freundlich wie immer, aber ich hatte den Eindruck, er wusste, dass wir bei ihm zu Hause gewesen waren. Schien uns erwartet zu haben. Wir fragten ihn nach der Tatnacht. Er behauptete, er hätte sich zu Hause aufgehalten. West erzählte ihm dann von unserem Besuch bei seiner Frau. Daraufhin lächelte Kunau und erwiderte: ›Sie ist nicht meine Frau. Sie ist meine Sklavin.‹ Das war überraschend. ›Sie geben also zu, dass Sie BDSM praktizieren?‹, fragte West ihn. Kunau zuckte mit den Schultern. Sagte: ›Das ist mein Lifestyle, und der ist nicht verboten.‹«

»Lifestyle? So nannte er das?«

»Ja. Das ist wohl auch ein typischer Begriff aus der Szene, wie wir später von Lauterbach erfuhren.«

»Dieser Lauterbach scheint ja wirklich ein Faible dafür zu haben. Was ist das für einer?«

»Der Lauterbach? Sehr erfahren, kennt sich in vielen Bereichen aus. Ballmann verlässt sich zu hundert Prozent auf ihn.«

»Und menschlich?«

»Hm. Ich persönlich habe wenig Kontakt zu ihm gehabt. Er nennt mich ›internationale Brigade‹, wohl wegen meiner Herkunft. Verhält sich aber insgesamt korrekt.«

»Was verstehen Sie unter ›korrekt‹ in diesem Fall?«

»Bis auf diese eine Äußerung ... kein Grund zur Beschwerde.«
»Und diese eine Äußerung?«
»Kann ich nicht sagen. Ist vermutlich sein Sinn für Humor.«
»Und Ihr Kollege, wie kam der mit Lauterbach klar?«
»West und Lauterbach mögen sich nicht besonders, oder West mag Lauterbach nicht. Ich weiß es nicht genau – aus solchen Sachen halte ich mich möglichst heraus.«
»Okay. Wie ging es weiter mit Kunau?«
»West klärte ihn darüber auf, die Tote habe allem Anschein nach ebenfalls zur Berliner BDSM-Szene gehört, und das mache ihn aufgrund der Trage und seines Zugangs zur Grünanlage tatverdächtig. Kunau meinte, wenn er der Täter wäre, wäre er doch schön blöd gewesen, uns über die Trage zu informieren. West erwiderte, es komme immer wieder vor, dass Täter versuchten, durch hilfreiche Hinweise von sich abzulenken. Kunau wurde wütend, beherrschte sich aber. Er forderte uns auf, seine Sklavinnen zu fragen, wo er sich in der Tatnacht aufgehalten habe, die könnten uns haarklein berichten, was er wo und wann mit ihnen angestellt habe. Er werde ihnen Instruktionen geben, uns einzulassen. Das taten wir dann auch.«
»Sie fuhren erneut zu seiner Wohnung?«
»Korrekt.«
»Und?«
»Als wir das Haus betraten, hörten wir Gesang. Er drang aus den Räumen der buddhistischen Gemeinde. Wir begaben uns nach oben, wo uns erneut die Frau mit dem eigenartigen Lederhalsband erwartete. Sie ließ uns wortlos ein. Die Wohnung war ... ungewöhnlich. Die Wände voller Vorrichtungen, um Menschen in unterschiedlichsten Stellungen zu fesseln. Eiserne Ketten, die von der Decke herunterhingen, ein Andreaskreuz, wie ich es von Bahnübergängen kannte, aber in Schwarz und mit Fesselvorrichtungen an allen vier Enden. Ein Gerät mit einem Elektromotor und einem Dildo, der an einer langen Stange angebracht war, die durch eine Unwucht in eine Vor- und Zurückbewegung versetzt werden konnte. Später erfuhr ich, dass man das ›fucking machine‹ nennt. Ein großer Tisch, an dessen vier Kanten Handschellen

angebracht waren. An einer Wand hingen ungefähr vierzig verschiedene stumpfe Schlaginstrumente, darunter abgeflachte Hölzer, die man, wie wir später von Lauterbach erfuhren, als ›Paddle‹ bezeichnet. Außerdem unterschiedliche Peitschen und Gerten. Daneben befand sich ein Regal mit einer Sammlung von Dildos in diversen Formen und Farben – aus Glas, Kunststoff, Metall. Aber das Erstaunlichste war die Gewöhnlichkeit der übrigen Einrichtung. Obwohl es überall Utensilien gab, die eindeutig zum ›Lifestyle‹ gehörten, bestand der Rest des Mobiliars aus völlig herkömmlichen Gegenständen. Eine Sofagarnitur aus braunem Kunstleder mit einem Flokati davor, eine bullige Anrichte aus Holz mit groben Verzierungen, eine Vitrine aus furniertem Holz, die Tapete an den Wänden hatte Blümchenmuster. Vielleicht war es das, was West nervös machte, keine Ahnung. Es war das erste Mal, dass ich ihn angespannt erlebte. Hinterher sagte er zu mir, ihn habe die Mischung aus kleinbürgerlicher Spießigkeit und bizarrer Gewaltphantasie fasziniert. Er sagte, er habe sich gefühlt wie in einer Geisterbahn.«

»Und Sie, Herr Malik? Wie ging es Ihnen?«

»Mir? Sicher, es war ungewohnt. Aber es ging mir vor allem darum, Hinweise auf eine mögliche Beteiligung Kunaus an der Tat aufzuspüren. Darauf konzentrierte ich mich.«

»Verunsicherte Wests Nervosität Sie nicht?«

»Ich nahm sie nur am Rande wahr. Er war schon irgendwie anders, aber ich hielt es für normal angesichts der Situation. Kunaus Frau führte uns ins Wohnzimmer, das so aussah, wie ich es gerade beschrieben habe. In der Mitte des Raumes stand eine junge Frau, höchstens Mitte zwanzig. Sie trug durchscheinende rosafarbene Reizwäsche, Lauterbach nannte das später ein Babydoll. Es bestand aus Gaze oder einem sehr dünnen Kunststoff, so dass sie im Grunde nackt war. Ihr Schambereich war rasiert oder enthaart, man konnte ihr Geschlecht sehen.«

»War sie hübsch?«

»Ich habe sie nicht so genau betrachtet. West machte hinterher einen Kommentar dazu. Er scherzte, dass er sich nicht einmal mehr an ihr Gesicht erinnern könne. Wir lachten.«

»Ich stelle es mir durchaus beklemmend vor.«

»Schon möglich. Ich hatte sofort den Eindruck, dass Kunau ihr Anweisungen gegeben hatte, sich genau so zu präsentieren – vielleicht, um uns zu verwirren und abzulenken. Ihre Pose war eigenartig. Sie hatte die Beine geschlossen, die Arme hinter dem Rücken verschränkt und den Kopf gesenkt. Kunaus Frau, die hinter uns stand, sagte: ›Das ist Sklavin Lisa. Sie wird alles tun, was Sie von ihr verlangen.‹«
»Das hat sie gesagt?«
»Korrekt.«
»Und was haben Sie gesagt?«
»Als Dienstälterer führte West das Gespräch. Er stellte sich vor die junge Frau und betrachtete sie.«
»Von oben bis unten?«
»Ja.«
»Fanden Sie das nicht seltsam?«
»Ich war nicht darauf vorbereitet, glaubte aber zu verstehen, dass er Kunaus Versuch, uns zu korrumpieren, durchschaut hatte. Es war ja zu offensichtlich.«
»Wäre es da nicht besser gewesen, von Lisa zu verlangen, sich anzuziehen?«
»Vermutlich. West begann, ihr Fragen zur Tatnacht zu stellen. Währenddessen fuhr er fort, sie zu betrachten.«
»Und Lisa?«
»Sie rührte sich nicht, hob auch nicht den Kopf, bis er sie dazu aufforderte. Es stellte sich heraus, dass sie mit bürgerlichem Namen Elisabeth Wohlfahrt hieß und aus Bremen stammte. Ich ließ das sofort per Telefon im K überprüfen. Sie war dreiundzwanzig Jahre alt und lebte seit zwei Jahren mit Kunau und Martha Wagner, der älteren Frau, zusammen. Sie behauptete, Kunau sei in der Tatnacht zu Hause gewesen und hätte sich um sie ›gekümmert‹. Als West nachfragte, was sie damit meinte, sagte Frau Wagner hinter uns: ›Der Meister hat sie benutzt‹. Lisa – Frau Wohlfahrt – nickte bestätigend.«
»Aha.«
»Wir bekamen sonst nichts aus den beiden Frauen heraus. Ich wollte gehen, denn es war klar, dass die beiden sich Kunau gegenüber loyal

verhielten. Aber Jan – Herr West – verlangte von Lisa, ihm genau zu beschreiben, wie Kunau sie benutzt hatte. Er fügte hinzu: ›Lass keine Einzelheit aus!‹ Zugegeben … es war das erste Mal, dass ich seine Vorgehensweise nicht auf Anhieb verstand.«

»Glauben Sie, die Situation geilte ihn auf?«

»Das weiß ich nicht. Lisa – Frau Wohlfahrt – schien darüber erschrocken zu sein. Martha Wagner, die sich weiterhin im Hintergrund aufhielt, rührte sich nicht. Da West immer noch vor ihr stand und auf eine Antwort wartete, musste sie tun, was er verlangte.«

»Waren Sie verlegen?«

»Könnte man so sagen.«

»Und West?«

»Er schien zu wissen, was er tat. Im Nachhinein muss ich sagen: Es war genau das Richtige. Die Situation macht Frau Wohlfahrt sichtlich nervös. Sie verhaspelte sich, begann, widersprüchliche Aussagen zu machen. West spielte den Ungeduldigen – das hatte ich schon mehrmals bei ihm gesehen. Er war gut darin. Ballmann ließ ihn oft Verhöre führen. Immer wieder verlangte er genaue Uhrzeiten von Frau Wohlfahrt, während sie damit kämpfte, die sexuellen Verrichtungen, die Kunau an ihr vorgenommen haben sollte, zu beschreiben.«

»Was für eine Situation, nicht wahr?«

»Schon. Frau Wohlfahrt begann irgendwann zu weinen. Aber sie brach nicht zusammen, und West beharrte weiterhin darauf, dass sie alles erzählte. Was sie auch tat.«

»Und dann?«

»Es gab Ungereimtheiten. Alles, was Frau Wohlfahrt beschrieben hatte, konnte nicht länger als zwei, drei Stunden gedauert haben. Damit wäre es etwa 23:00 Uhr gewesen – Zeit genug, um noch einmal zum Stift und wieder zurück zu fahren. Als West Frau Wohlfahrt fragte, was nach dem Sex passiert sei, fiel Frau Wagner ihr ins Wort und sagte: ›Danach musste sie sich um mich kümmern, und der Meister sah uns zu‹. Sie grinste dabei, wirkte aber nervös. Sie schien zu lügen. Frau Wohlfahrt nickte bestätigend, sah aber ängstlich aus. Irgendetwas stimmte nicht. Ich fragte West, ob wir die beiden mitnehmen und im K weiter verhören sollten. Er stimmte mir zu und verlangte jetzt von Frau Wohlfahrt, sich anzukleiden. Währenddessen sahen wir uns in der Wohnung um.«

»Fiel Ihnen etwas auf?«

»Eigentlich nicht. Oder vielleicht doch. Ich hatte den Eindruck, dass jeder Bereich der Wohnung einer Inszenierung diente.«

»Wie meinen Sie das?«

»Hm. Ich versuchte mir vorzustellen, wie es wäre, so zu leben wie Kunau. Es kam mir sehr reduziert vor.«

»Darüber dachten Sie nach?«

»Ja. Ich versuchte, diesen sogenannten Lifestyle zu verstehen. Doch es blieb etwas rein Äußerliches. Eben eine Inszenierung. Als gäbe es kein Innenleben. Verstehen Sie? Keine Gefühle. Nur körperliche Empfindungen.«

»Woher wollen Sie das wissen?«

»Ich weiß es nicht. Ich gebe Ihnen nur meine Gedanken wieder.«

»Also doch Empathie?«

»Sagen wir, dass es ganz gut ist, zu verstehen, was eine Person antreibt, wenn man ihr auf die Schliche kommen will.«

»Was suchten Sie in der Wohnung?«

»Wir suchten Hinweise darauf, dass noch eine dritte Frau dort gelebt hatte. Die Kollegen vom VuT hatten ein biometrisches Foto von der Toten erstellt, das hielten wir den beiden Frauen unter die Nase.«

»VuT?«

»Das ist der Fachbereich ›Vermisste und unbekannte Tote‹. Wir hatten die eingeschaltet, als klar war, dass die Identifizierung nicht so leicht sein würde.«

»Und?«

»Nichts. Die beiden schienen die Tote nicht zu kennen. Weder West noch ich hatten den Eindruck, dass sie in diesem Punkt logen. Wir nahmen sie trotzdem mit ins K.«

»Und Kunau?«

»Den luden wir ganz offiziell vor. Und er kam auch gleich am nächsten Tag. Brachte seinen Anwalt mit, einen gewissen Thomas Puder. Wir ließen ihn natürlich überprüfen und stellten fest, dass er einer von den teuren Anwälten in Berlin ist. Hatte schon Prominente vertreten. Unter anderem Politiker aus der rechten Szene. Ballmann kannte ihn. Es war fraglich, wie einer, der als Verwalter im Altenheim arbeitete, sich so einen Anwalt leisten konnte. Puder behauptete, sie seien langjährige Freunde und er nehme kein Honorar für seine Tätigkeit. Das schien nicht sehr glaubwürdig. Das Gespräch führte dann auch zu keinen nennenswerten Ergebnissen. Kunau behauptete, seine Sklavin, wie er Frau Wohlfahrt nannte, könne sich gar nicht genau an alles erinnern, weil sie die gesamte fragliche Zeit in Ekstase zugebracht habe und gewissermaßen unzurechnungsfähig gewesen sei. Puder hatte sofort eine wissenschaftliche Studie parat, die belegen sollte, dass das Zeitempfinden beim Geschlechtsverkehr anders funktioniert. Auch die beiden Frauen sagten nichts Neues, obwohl sie offensichtlich durch die Situation eingeschüchtert waren.«

»Vielleicht fanden sie es ja erregend.«

»Wie meinen Sie das?«

»Na ja. Der Reiz beim BDSM besteht bekanntlich darin, dass der devote Partner unter anderem Furcht empfindet. Vielleicht genossen die Damen es ja auf ihre Weise, diesen Verhören unterzogen zu werden.«

»Kennen Sie sich damit aus?«

»Ich bin Psychologin, Herr Malik. Mein Fach beschäftigt sich mit allen möglichen Verfassungen, um es einmal so auszudrücken.«

»In Ordnung. Das spielte aber keine Rolle. Wir mussten die drei erst mal wieder laufen lassen.«

»Okay. Bis hierhin. Ich würde jetzt gerne noch über das Verhältnis Ihrer Frau zu Herrn West sprechen, wenn Sie erlauben.«

»Meine Frau und Herr West? Da gibt's nicht viel zu sagen. Sie waren befreundet, das war alles.«

»Und Ihre Frau sah Herrn West ausschließlich in Ihrer Gegenwart?«

»Was soll das? Wollen Sie etwa andeuten, dass meine Frau etwas mit ihm hatte? Das ist doch nicht Ihr Ernst?«

»Ich will gar nichts andeuten, Herr Malik. Ich will nur ...«

»Jan stand auch nicht auf sie oder so was! Sie waren einfach nur Kumpel! Wenn das das Ergebnis Ihrer Psychologie ist, dann verschwende ich besser nicht länger meine Zeit mit Ihnen!«
»Herr Malik, bitte gehen Sie nicht!«

Drittes Gespräch

»Ich bin überrascht, dass Sie den Termin eingehalten haben, Herr Malik. Damit hatte ich nicht gerechnet.«
»Ich auch nicht, um ehrlich zu sein.«
»Aber Sie haben offenbar Ihre Meinung geändert.«
»Korrekt.«
»Was hat dazu geführt?«
»Meine Reaktion.«
»Inwiefern?«
»Wenn wir im K einen Verdächtigen verhören, dann beobachten wir genau seine Reaktionen. Viele machen einen auf empört oder wütend, wenn man ihnen die Wahrheit auf den Kopf zusagt. Ich ... hatte plötzlich das Gefühl, dass ich mich selbst wie einer von diesen Ertappten verhalte.«
»Ich möchte mich trotzdem bei Ihnen entschuldigen. Das war taktlos von mir.«
»Entschuldigung angenommen. Aber ich habe nachgedacht. Was von dem, was ich Ihnen erzählt habe, hat Sie darauf gebracht, mir diese Frage zu stellen?«
»Eigentlich nichts. Es war eine Frage ins Blaue hinein. Ich wollte die Konstellation zwischen Ihnen dreien besser verstehen.«
»Sind Sie sicher?«
»Ja. Sie haben einen Ausflug erwähnt, den Sie und Ihre Frau mit Ihren Kindern und Herrn West unternahmen. Das klang ziemlich vertraut.«
»War es auch.«
»Wollen Sie mir davon erzählen?«
»Da war alles ganz normal. Wir waren Kollegen, verstanden uns gut. Er brachte mir viel bei, hatte auch die Geduld dafür. Wir arbeiteten oft zu zweit im Feld. Ich lud ihn gemeinsam mit einigen anderen Kollegen zu meinem Geburtstag ein. Nach Hause. Da war ich seit sechs Monaten beim K 33. Vier Kollegen kamen. Es war ein schöner Abend. Danach fragte ich meine Frau, wie sie sie gefunden hätte. Sie meinte: nett. Mehr nicht. Ich fragte sie nach Jan, weil ich ihr schon von ihm erzählt hatte. Sie wiederholte: nett. Das war's. Für mich hieß das: Es ist in Ordnung, wenn ich ihn mal mitbringe. Er war ja allein, hatte keine Freundin,

schien aber auch niemanden zu brauchen. Er hat nie etwas über seine früheren Frauen gesagt. Meinte nur einmal, er sei froh, mal eine Pause zu haben. Am Tag nach meinem Geburtstag gratulierte er mir zu meiner Familie. Er hatte sich ziemlich gut mit den Kindern verstanden. Ich hatte den Eindruck, dass er sich mit ihnen mehr entspannte als mit den meisten Erwachsenen. Kann man ja verstehen. Kinder erwarten keine Leistung von einem, sie nehmen einen so, wie man ist. Es schien also zu passen. Ich hatte einen Freund, der bei mir zu Hause willkommen war. Das war nicht immer so gewesen. In meiner Kindheit durfte ich kaum mal jemanden mitbringen. Meine Eltern waren sehr strikt. Sie schätzten das Land, das sie aufgenommen hatte, aber sie waren auch misstrauisch. Sie hielten die meisten Deutschen für unkultiviert und grob. Mir war es lieber so. Ich hatte keine Lust, meine Freunde irgendeinem Kreuzverhör auszusetzen. Mein Vater konnte da sehr rücksichtslos sein. Meine Mutter war eher ironisch, was aber manchmal genauso verletzend war. Also gehorchte ich und wurde zum Deutschen, ohne dass sie etwas davon mitbekamen. Als ich ihnen eröffnete, dass ich zur Polizei gehen wollte, schwieg mein Vater und meine Mutter verwickelte mich in einen Streit. Mein Vater sprach einen Monat lang kein Wort mit mir. Dann fand er, dass ich die Familientradition auf meine Weise fortführte, indem ich für sichere Wege sorgte wie einst der Malik-Clan zur Zeit der Moguln. So machte er seinen Frieden mit meiner Entscheidung. Meine Mutter hat es schwerer. Sie hätte es gerne gesehen, wenn ich ein Mädchen aus Kaschmir geheiratet hätte. Sie hatte sogar schon eines für mich ausgewählt – ebenfalls aus einer Flüchtlingsfamilie, die in Berlin lebt. Sie wollte, dass ich in ihrer kleinen Enklave bleibe. Aber ich wollte raus. Deshalb wurde nichts daraus. Ihr ist es besonders schwergefallen, meine Frau zu akzeptieren. Manchmal benimmt sie sich ein bisschen wie die böse Schwiegermutter. Macht bissige Kommentare über zu kurzes Haar oder zu kurze Röcke oder was weiß ich. Hanna – meine Frau – trägt es mit Fassung. Jetzt bin ich vom Thema abgeschweift.«

»Ich glaube nicht. Sie wollten mir erzählen, warum Sie ein offenes Zuhause haben wollten, und jetzt verstehe ich es.«

»So gesehen.«

»Sie waren also aus verständlichen Gründen froh, dass Ihre Frau Herrn West als Ihren Freund akzeptierte. Wie ging es weiter?«
»Meine Frau hat nie gesagt: Lad doch auch Jan ein. Oder: Bring Jan mit. Nicht ein einziges Mal. Sie hat es immer wie selbstverständlich hingenommen, wenn er mitkam, aber sie hat nie nach ihm gefragt.«
»Das war doch gut, oder nicht?«
»Ja, es war gut. Es war, als gehörte Jan zur Familie – wie ein Bruder.«
»Aber?«
»Ich weiß nicht. Es gibt da etwas, das ich nicht fassen kann.«
»Vielleicht sollten Sie mit Ihrer Frau darüber reden.«
»Ich bin mir inzwischen nicht mehr sicher, ob ich anfing, mich komisch zu verhalten, als Jan verschwand, oder ob sie sich veränderte.«
»Ah, ich verstehe. Und was denken Sie?«
»Vielleicht bin ich paranoid geworden.«
»Sie halten Ihre Frau also für treu?«
»Rein praktisch gesehen: Ich wüsste nicht, wie sie sich heimlich hätten treffen können.«
»Finden Sie das nicht ein bisschen naiv für einen Polizisten?«
»Vielleicht. Ich will, ehrlich gesagt, nicht darüber nachdenken. Es kommt mir so vor, als wäre ich selbst untreu, wenn ich es tue.«
»Das verstehe ich. Wollen Sie mir stattdessen erzählen, wie es mit dem Fall weiterging?«
»Das muss ja wohl sein.«
»Wie meinen Sie das?«
»So wie ich es sage.«
»Sie können jederzeit aussteigen, Herr Malik. Bitte vergessen Sie das nicht!«
»In Ordnung. Also: Wir kamen nicht weiter mit Kunau, Wohlfahrt und Wagner. Sie durften gehen, mussten sich aber zur Verfügung halten, falls wir weitere Fragen hatten. Doch dann geschah etwas Unvorhersehbares: Ein paar Tage später kam Jan am Morgen kreidebleich ins K. Er behauptete, er müsse nochmal in Kunaus Wohnung. Niemand fand das seltsam. Es lag inzwischen auch ein Durchsuchungsbefehl vor. Jan bestand darauf, dass ich ihn begleitete, obwohl ich gerade gemeinsam

mit Karin Schirgel damit beschäftigt war, bundesweit sämtliche Vermisstenanzeigen der letzten vierzig Jahre durchzugehen. Wir dachten: Vielleicht ist sie irgendwann entführt worden und nicht wieder aufgetaucht. Solche Fälle gibt es, und mehr, als man denkt. Aber Jan ließ nicht locker. Also verließen wir gemeinsam das K und setzten uns in meinen Dienstwagen. Er fuhr nicht gerne Auto, und weil ich jünger war, fand ich es normal, der Fahrer zu sein. Ich ließ den Motor an und fuhr Richtung Neukölln. Aber sobald wir aus dem Kiez raus waren, bat er mich, irgendwo anzuhalten. Ich stoppte in einer Bustasche. Er nahm sein Handy und sagte: ›Bevor ich dir das zeige, musst du mir schwören, dass du es niemandem sagst. Niemandem! Auch nicht den Kollegen oder deiner Frau!‹ Ich schwor also. Er ließ mir ja keine Wahl. Dann machte er das Handy an und ließ ein Video ablaufen.«

Stille.

»Haben Sie schon mal jemanden zuerst tot und dann lebend gesehen?«
»Nein.«
»Man erkennt so jemanden nicht gleich. Ich sah eine ältere Frau in normaler Kleidung – ein knielanger, dunkelblauer Rock, schwarze, blickdichte Nylonstrümpfe, eine helle Bluse mit langen Ärmeln, eine Brille mit filigraner Fassung. Ebenmäßiges Gesicht. Keine Spuren von Gewaltanwendung, keine blauen Flecken, keine Schwellungen, nichts. Sie saß auf einem Holzstuhl und blickte aus etwa zwei Metern Entfernung frontal in die Kamera, die offenbar auf einem Stativ befestigt war oder auf einem Möbel stand. Das Bild wackelte nicht.«
»War es die Tote?«
»Ja. Es war die Tote. Ich erkannte sie zuerst nicht. Sie hatte die Hände in den Schoß gelegt und lächelte in die Kamera. Dann sagte sie: ›Hallo Jan.‹ Ihre Stimme klang sanft und ... liebevoll.«
»Liebevoll?«
»Anders kann ich es nicht beschreiben. Ich warf einen überraschten Blick zu Jan. Er starrte auf das Video. Immer noch völlig bleich. Die Frau

sagte: ›Es tut mir sehr leid, dass du mich unter diesen Umständen kennengelernt hast, bitte glaube mir das.‹ Da erkannte ich sie.«

»Waren Sie erschrocken?«

»Wenn man so will. Überraschender war, dass sie Jan offenbar kannte. Und sie schien zu wissen, dass er ihren Fall bearbeiten würde.«

»Das ist natürlich sehr ...«

»Ich hatte mit allem gerechnet – dass jemand aus seiner Familie eine Dummheit begangen hatte und er es irgendwie richten musste. Dass er mit Frau Wohlfahrt, Kunaus Sklavin, im Bett gewesen war und Kunau ihn jetzt erpresste. Dass einer unserer Kollegen in kriminelle Machenschaften verwickelt war – vielleicht sogar Lauterbach –, und er es aufgedeckt hatte. Solche Sachen waren mir durch den Kopf gegangen. Aber nicht, dass unsere Leiche plötzlich wieder lebendig werden und mit uns sprechen würde.«

»Haben Sie das irgendjemandem erzählt?«

»Nein.«

»Weder Ihrem Chef, noch Ihrer Frau?«

»Niemandem.«

»Das heißt, nur Sie und Herr West wussten davon?«

»Korrekt.«

»Mit anderen Worten: Sie machten sich beide strafbar?«

»Auch korrekt.«

»Jetzt bin ich aber neugierig: Was sagte die Frau weiter?«

»Einen Moment, ich will es genau wiedergeben.«

»Nehmen Sie sich alle Zeit, die Sie brauchen.«

Stille.

»Sie sagte: ›Was ich dir jetzt mitteile, wird dich aus der Bahn werfen, Jan. Wenn du es nicht hören willst, dann lösche diese Aufnahme und vergiss, dass du sie bekommen hast.‹ Dabei blickte sie so fürsorglich in die Kamera, dass ich unwillkürlich zu Jan blickte. Seine Lippen zitterten. Er ... hatte Tränen in den Augen. Ich hatte ihn noch nie so gesehen. Er war ein erfahrener, professioneller Ermittler, der den meisten

anderen Kollegen, auch den älteren, einiges voraushatte. Mir wurde klar, dass es etwas Persönliches sein musste und ich wohl doch nicht so falsch gelegen hatte mit meinen Vermutungen. Ich schweife ab. Es fällt mir nicht leicht, darüber zu sprechen.«
»Möchten Sie abbrechen und nächstes Mal weitermachen?«
»Nein.«

Stille.

»Die Frau behauptete, sie sei Jans leibliche Mutter, und wenn er ihr nicht glaube, dann solle er zu seinen Eltern gehen und sie fragen. Auf diese Weise werde er ihre Identität erfahren, die sie nicht per Video offenbaren könne, weil sie nicht wolle, dass ihr Herr als Mörder angeklagt werde. Am Schluss sagte sie noch, alles sei genau so geschehen, wie sie es sich immer gewünscht habe, sie sei als glücklicher Mensch gestorben. Genau so sagte sie das: ›Ich bin als glücklicher Mensch gestorben‹ – als wäre sie zum Zeitpunkt der Aufzeichnung schon tot.«

Stille.

»Vermutlich wollte sie Jan diesen Satz eingeben, damit er ihn glaubte oder so was Ähnliches. Aber haben Sie schon mal jemanden angesehen, der Ihnen sagt, er sei ...«

Stille.

»Sie verabschiedete sich mit den Worten, sie habe immer an ihn gedacht und ihn nie vergessen. Auch so ein seltsamer Satz. Jan schaltete das Handy aus. Er sah mich an und packte mich mit beiden Händen an den Oberarmen. Ich war überrascht. Er bat mich, ihm zu helfen. Dabei sah er hilflos und zugleich wütend aus. Es war ... einigermaßen verwirrend. Ich verstand natürlich, was er wollte. Er wollte, dass ich ihn zu seinen Eltern begleitete. Wir fuhren sofort dorthin. Sie wohnen in

Grunewald in einer ziemlich reichen Gegend. Er hatte mir zwar kaum etwas über seine Vergangenheit erzählt ...«

»Einen Moment, das geht mir gerade zu schnell. Wenn ich Sie richtig verstanden habe, dann hat die Frau nicht nur behauptet, sie sei Herrn Wests leibliche Mutter, von der er bis zu diesem Zeitpunkt nichts wusste, sondern auch, dass sie tatsächlich, wie der Gerichtsmediziner vermutet hatte, zur BDSM-Szene gehörte, und dass sogar ihr Tod mit ihrem Einverständnis geschah. Habe ich das richtig verstanden?«

»Korrekt. So stellte es sich uns dar.«

»Dann verstehe ich nur zu gut, dass Herr West schockiert war. Aber bestand nicht die Möglichkeit, dass der oder die Mörder ein Spiel mit ihm spielen wollten? Solche Perversionen gibt es doch.«

»Natürlich. Deshalb fuhren wir zu seinen Eltern, und deshalb nahm er mich mit.«

»Aber sein Verhalten sagte Ihnen etwas anderes, nicht wahr?«

»Ja. Während der Fahrt versuchte ich ihn davon zu überzeugen, dass es sich höchstwahrscheinlich um eine Falle handelte, ebenso wie die Sache mit Kunaus nackter Sklavin.«

»Und wie reagierte er?«

»Er sagte kein Wort. Ich konnte sehen, dass er um Fassung rang. Er wirkte wie jemand, der eine Wahrheit gehört hatte, die er im Grunde längst kannte. Deshalb hielt ich irgendwann meinen Mund und konzentrierte mich auf den Verkehr.«

»Wie fühlten Sie sich in dieser Situation?«

»Hm. Zwiespältig, würde ich sagen. Einerseits fuhr ich mit, weil es unser Fall war. Deshalb ging es mich etwas an. Andererseits bestand die Möglichkeit, dass es sich tatsächlich um eine Familienangelegenheit handelte. Und dann hätte ich lieber nichts damit zu tun gehabt. Aber es gab keinen Ausweg aus dieser Situation. Deshalb war ich sicher, dass Jan das Richtige tat. Er hielt das Video unter Verschluss, um festzustellen, was Fakt und was Fiktion war. Und ich war sein Zeuge. Und sein Kollege.«

»Sie fuhren also zu Herrn Wests vermeintlichen Adoptiveltern. Wie war das?«

»Hart. Anders kann ich es nicht sagen. Die waren ja ahnungslos. Jan sah sie nicht häufig, er hatte sich Jahre zuvor mit seinem Vater überworfen, und das hatten die beiden nur notdürftig gekittet. Aber er hatte ein gutes Verhältnis zu seiner ... Mutter. Dort anzukommen, war schon beeindruckend. Eine große Villa aus der Jahrhundertwende, mitten in einer Art Park. Mit eigener Auffahrt. Wie in einem Film. Als wir vor den Haupteingang fuhren, stand da ein Butler und öffnete Jan die Tür. Sagte: ›Jan! Wie schön, dass du uns mal besuchen kommst!‹ Sie umarmten sich kurz, dann stellte Jan mich als einen Freund vor.«

»Nicht als Kollegen?«

»Nein. Ich nehme an, er wollte niemanden erschrecken. Es dürfte sowieso klar gewesen sein, dass auch ich Polizist war. Wir gingen eine kleine Freitreppe hinauf, der Butler hielt eine Fernbedienung in der Hand, damit öffnete er eine massive Flügeltür aus Holz. Dann standen wir in einer Eingangshalle. Alles voller alter Möbel. An den Wänden hingen Gemälde, die teuer aussahen. Abstrakte Kunst. Solche Sachen. Der Boden war aus weißem Marmor. Sah ein bisschen zu schick aus. Jans Eltern kamen dann auch gleich eine Treppe herunter. Beide Mitte bis Ende sechzig, gepflegte Erscheinung, er einen Kopf größer als sie. Wirkten dem Alter entsprechend fit. Sie war erfreut über Jans Kommen, rief seinen Namen, umarmte ihn. Ihr Mann blieb ein wenig zurück, lächelte etwas bemüht, die beiden gaben sich anschließend die Hand und nickten einander zu. Man merkte schon, dass da etwas nicht im Reinen war. Aber das spielte erst mal keine Rolle. Jans Mutter wollte uns ins Wohnzimmer bitten, aber Jan platzte mit seinem Anliegen heraus. Er sagte: ›Bin ich euer leiblicher Sohn, oder bin ich adoptiert?‹«

»Ohne Einleitung?«

»Korrekt. Einfach so. Das war zwar brutal, aber, wie gesagt, Jan war unser bester Mann, wenn es um Verhöre ging. Ich dachte sofort, dass er sie unvorbereitet haben wollte, um zu sehen, wie sie reagierten. Und dann dachte ich noch einen eigenartigen Gedanken, der vielleicht nichts zur Sache tut.«

»Ja?«

»Ich dachte, dass sein ganzes Leben, seine Berufswahl, seine Fähigkeit, die Wahrheit aus anderen Personen herauszulocken, seine Verschwiegenheit – dass all das eine Vorbereitung auf diesen Augenblick war. Komischer Gedanke, finden Sie nicht?«

»Nein. Es kommt mir eher vor, als hätten Sie eine Erkenntnis gehabt.«

»Eine nutzlose Erkenntnis, mit der man nichts anfangen kann.«

»Aber Sie haben sie ja nicht vergessen. Das bedeutet doch etwas.«

»Ich vergesse selten etwas.«

»Und jetzt haben Sie es mir erzählt. Warum?«

»Vielleicht ... weil ich mich frage: Gibt es sowas? Dass ein ganzes Leben unter einer Art Motto steht, ohne dass es einem bewusst ist?«

»Befürchten Sie, dass es bei Ihnen ähnlich sein könnte?«

»Ich habe Ihnen bisher noch nichts über die Umstände erzählt, die dazu führten, dass meine Eltern aus Kaschmir flohen. Meine Mutter stammt aus einer einflussreichen Paschtun-Familie. Sie war seit ihrer Kindheit mit dem Sohn eines anderen mächtigen Paschtun-Anführers verlobt. Die Hochzeit war für beide Clans wichtig. Sie wollten ihre Kräfte vereinen und eine Heirat war der sicherste Weg. Eben ganz traditionell. Mein Großvater war damals der Anführer des Malik-Clans. Mein Vater war sein ältester Sohn und Nachfolger. Sie nahmen an einem offiziellen Treffen teil, bei dem es um größere Einigkeit ging. Auf diese Weise wollten sie mehr Einfluss auf die Regierung in Islamabad ausüben. Das hat aber nie geklappt, weil die Regierung zwar einerseits glaubt, Kaschmir gehöre zu Pakistan und nicht zu Indien, andererseits aber Unabhängigkeitsbestrebungen fürchtet. Während dieses Treffens lernten meine Eltern sich kennen. Zu dem Zeitpunkt stand meine Mutter kurz vor ihrer politischen Hochzeit. Sie konnten nirgends hin, deshalb verließen sie ihre Heimat und kamen nach Deutschland.«

»Von welcher Zeit sprechen wir?«

»Meine Eltern flohen 1993 und wurden hier wegen des Kaschmir-Konflikts sofort als politische Flüchtlinge anerkannt, obwohl der für sie nur eine indirekte Rolle spielte.«

»Und welchen Zusammenhang sehen Sie zu Ihrer eigenen Situation?«

»Streng genommen hat meine Mutter ihren Verlobten mit einem anderen, älteren Mann betrogen.«
»Ah, ich verstehe. Sie fragen sich immer noch, ob Herr West tatsächlich mit Ihrer Frau ...«
»Ich frage mich, ob ich befürchte, dass es so sein könnte, weil meine Mutter so gehandelt hat.«
»Wer hat Ihnen diese Geschichte erzählt?«
»Mein Vater. Er ist sehr stolz darauf, dass meine Mutter alles für ihn aufgegeben hat.«
»Und Ihre Mutter?«
»Die hat sich nie dazu geäußert.«
»Vielleicht sollten Sie sich einmal ihre Version anhören.«
»Möglich.«
»Möchten Sie für heute Schluss machen?«
»Ist die Zeit schon um?«
»Noch nicht. Wir können auch weitermachen, wenn Sie mögen.«
»Ich erzähle Ihnen noch, wie es bei den Wests weiterging. Die waren wie vom Donner gerührt. Es war sofort klar, dass die Tote die Wahrheit gesagt hatte. Wir standen in dieser feinen Eingangshalle und keiner rührte sich. Jans Eltern starrten ihn nur an. Sie hatten wohl nicht damit gerechnet, dass die Wahrheit jemals ans Licht kommen würde. Jan wartete erst gar nicht, bis sie wieder zu sich kamen. Er brüllte sie an: ›Wer zum Teufel seid ihr?‹ Das waren seine Worte. Seine Adoptivmutter zuckte zusammen und brach in Tränen aus. Ihr Mann nahm sie in den Arm und warf Jan vorwurfsvolle Blicke zu. Aber Jan kümmerte sich nicht darum. Er war außer sich. Er zog seine Dienstwaffe und richtete sie auf die beiden. Dann brüllte er, dass er sie wegen Kindesentführung festnehmen werde, wenn sie ihm nicht sofort Rede und Antwort standen.«
»Oh je! Was taten Sie?«
»Ich war ziemlich überrumpelt von seiner Vorgehensweise. Ich wusste nicht, ob er die Kontrolle verloren hatte oder immer noch strategisch vorging. Ob seine Wut Methode hatte oder echt war. Ich konnte es nicht mehr unterscheiden. Deshalb tat ich nichts. Hatte nur die Hand an der Dienstpistole – für den Fall. Frau West hob beschwörend die Hände

und rief, sie sei seine Tante, und er ihr Neffe. Die Wahrheit sprudelte nur so aus ihr heraus, während ihr Mann sie im Arm hielt und versuchte, sie mit seinem Körper zu schützen, da Jan weiterhin seine Waffe auf sie gerichtet hielt.«

»Was für eine Szene!«

»Kann man so sagen. Frau West, seine Tante, redete sehr schnell. Sie brüllte fast. Seine Mutter sei ihre Schwester, sie habe ihn nicht behalten dürfen, weil ihr Herr keine männlichen Kinder tolerierte, und so sei er sofort nach der Geburt zu ihr gekommen. Sie habe sich sträuben wollen, sei nie mit dem Lebenswandel ihrer Schwester einverstanden gewesen, aber seine Mutter habe mit Selbstmord gedroht, und deshalb sei ihr keine andere Wahl geblieben, als nachzugeben. Am Ende weinte sie nur noch hemmungslos. Ihr Mann sagte keinen Ton. Jan senkte schließlich die Waffe und fragte, warum sie ihm nie etwas davon gesagt habe. Sie konnte kaum noch reden, schluchzte nur. Er brüllte sie an: ›Ich habe dich etwas gefragt!‹ Sie riss sich zusammen und sagte, sie habe ihn nur beschützen wollen vor dieser Finsternis.«

»Finsternis?«

»So nannte sie es. Kann man ja auch irgendwie verstehen. Jan wollte dann den Namen seiner Mutter wissen, und seine Tante nannte ihn. Sie hieß Klara Kolbert. Jan kannte den Nachnamen, es war der Mädchenname seiner Tante.«

»Kolbert – klingt hugenottisch.«

»Seine Tante war inzwischen auf den Boden gesunken, Herr West hockte bei ihr und hielt sie im Arm. Er hatte die ganze Zeit nichts gesagt. Jetzt erhob er sich und herrschte Jan an, dass er nun die Wahrheit wisse, er solle gehen. Jan ging auf ihn zu und versetzte ihm einen Faustschlag ins Gesicht. Der alte Mann ging zu Boden. Jans Tante schrie auf und flehte ihn an, ihn in Ruhe zu lassen. Sie rief, er habe ihn nie abgelehnt, und dass die persönlichen Probleme zwischen beiden nichts damit zu tun hätten, dass er nicht sein Vater sei. Sie war ganz außer sich. Jan ließ von Herrn West ab. Er wandte sich mir zu und sagte nur: ›Komm!‹ Dann ging er zum Ausgang. Aber an der Tür blieb er stehen und rief seiner Tante zu, ihre Schwester sei tot, er werde das Schwein, das sie umgebracht habe, finden und wehe ihnen, wenn sie etwas damit zu tun hätten. Wir verließen das Haus. Im Weggehen hörte ich Frau Wests Reaktion.«

»Wie war die?«

»Sie heulte auf, als hätte man sie brutal geschlagen.«

»Du meine Güte, Herr Malik! Jetzt wundert mich nicht mehr, dass Sie aus dem Gleichgewicht geraten sind. Das ist ja eine furchtbare Geschichte! Aber sagen Sie: Wenn Jan West seiner Tante erzählt hat, dass ihre Schwester ermordet wurde, dann wussten ja doch noch zwei andere Personen davon.«

»Seine Tante rief ihn eine halbe Stunde später auf dem Handy an. Wir saßen da im Auto. Jan wollte sie blockieren. Ich riet ihm, das Gespräch anzunehmen. Er stellte den Hörer auf laut, damit ich alles mitbekam. Sie wirkte ziemlich verzweifelt. Einerseits traurig, weil ihre Schwester tot war, andererseits, weil Jan die Wahrheit erfahren hatte. Sie hatte dadurch ja quasi auch ihn verloren. Aber darüber hinaus befürchtete sie wohl, selbst in den Fall reingezogen zu werden. Schwor Stein und Bein, sie habe damit nichts zu tun. Erzählte, sie habe damals den Kontakt zu ihr völlig verloren und auch nicht mehr gesucht. Kann man ja verstehen. Sie dachte sich sicher: ganz oder gar nicht. Wollte Jans Mutter sein und ihn nicht verwirren oder selbst verwirrt werden. Kann man alles nachvollziehen. Jedenfalls fragte sie ihn, wie er die Wahrheit erfahren habe. Jan erzählte ihr von der Leiche und dem Video. Ganz brutal, nahm kein Blatt vor den Mund. Ich hatte den Eindruck, er rächte sich an ihr. Am Ende sagte sie nur leise ›Danke‹ und legte grußlos auf. Jan schlug mit der Faust auf das Armaturenbrett ein. Ich glaube, er fühlte sich schlecht, weil er ihr das angetan hatte.«

»Und Sie, Herr Malik, Sie waren wieder dabei und konnten nichts tun, nicht wahr?«

»Sozusagen.«

»Wie ging es weiter? Sie hatten ja nun eine heiße Spur, wenn ich das richtig verstehe.«

»Jan wollte auf keinen Fall, dass das K von der Sache erfuhr. Damit war klar, dass wir zwar weiter ermitteln würden, aber offiziell keine Ergebnisse vorlegen konnten. Jan riet Ballmann, Kunau observieren zu lassen, und bot ihm an, wir beide könnten das übernehmen. Ballmann war einverstanden. Bevor wir hinfuhren, versuchten wir, irgendetwas über Jans Mutter in Erfahrung zu bringen. Unsere Computer werden nicht effektiv überwacht. Alle hunderttausend Anfragen taucht ein Pop-Up-Screen auf und verlangt das AZ des die Abfrage betreffenden Verfahrens.«

»AZ? Das Aktenzeichen?«

»Korrekt. Ich habe das aber noch nie erlebt. Ist also kein Problem. Wir taten, als wollten wir mehr über Kunau, Wohlfahrt und Wagner herausfinden, während wir tatsächlich nach Jans Mutter suchten. Sie tauchte aber nirgends auf. Das ergab Sinn, denn laut Aussage von Jans Tante hatte Klara Kolbert schon als Sklavin gelebt, als sie schwanger wurde, also vor gut achtunddreißig Jahren. Damals besaß kaum jemand Internet, und wenn sie sich nichts hatte zu Schulden kommen lassen, gab's auch keine Einträge über sie. Und so war es. Lauterbach sagte zu uns, wenn wir nach Elisabeth Wohlfahrt oder Martha Wagner suchten, sollten wir bedenken, dass sie womöglich noch andere Namen – Sklavennamen – hätten, und dass wir diese zuerst in Erfahrung bringen müssten. Vielleicht stimmte das, doch für Klara Kolbert brachte es uns nicht weiter. Wer sollte uns ihren Sklavennamen sagen? Es war stark zu bezweifeln, dass Jans Tante ihn kannte – sofern es stimmte, dass die beiden seit der Sache mit Jan keinen Kontakt mehr gehabt hatten. Wir suchten deshalb in den Berliner Standesämtern nach Geburtenregistern. Jans Tante hatte eindeutig berlinert, deshalb war ich auf den Gedanken gekommen. In Lichtenberg wurden wir schließlich fündig. Da gab es tatsächlich einen Eintrag über Klara Kolbert, geboren am 2. Juli 1956. Auch Senta Kolbert – Jans Tante – fanden wir. Sie ist sechs Jahre älter. Es gab noch einen Bruder, drei Jahre älter als Klara, und eine weitere Schwester, Britta, ein Jahr jünger. Keinen von ihnen kannte Jan. Das war natürlich auffällig, denn es bedeutete, dass nicht nur Klara, sondern auch Senta den Kontakt zu ihrer Familie abgebrochen haben musste. An irgendeinem Punkt hatte sie vermutlich gelogen. Außerdem kannten wir jetzt mehrere Adressen: Klaras Elternhaus in Berlin-Lichtenberg und die Wohnorte ihrer Geschwister. Ihr Bruder Rolf ist übrigens Politiker, sitzt seit 2014 für die AfD im Brandenburger

Landtag. Damit war klar, was als Nächstes zu geschehen hatte: Wir würden sowohl den Eltern als auch Rolf und Britta Kolbert einen Besuch abstatten. Zuerst aber mussten wir zu Kunau – einerseits, um den Schein zu wahren, und andererseits, weil es offenbar eine Verbindung zwischen ihm und Klaras Mörder gab.«

»Herr Malik, haben Sie nicht versucht, Herrn West davon zu überzeugen, dass es besser wäre, nicht hinter dem Rücken Ihrer Vorgesetzten zu handeln? Zu dem Zeitpunkt war es ja noch nicht zu spät dafür, oder? Sie selbst haben doch bei unserer ersten Sitzung gesagt, man müsse sich zur Not selbst aufspalten, um die Gewaltenteilung zu gewährleisten.«

»Das haben Sie gesagt. Aber zugegeben: Es war ein Loyalitätskonflikt. Als wir auf dem Weg zu Kunau waren, um die Sklavennamen in Erfahrung zu bringen, habe ich versucht, Jan das Versprechen abzunehmen, dass wir unsere Ermittlungsergebnisse irgendwann Ballmann und der Soko präsentieren. Ich sagte zu ihm: ›Wir verraten alles, woran wir glauben, wenn wir so weitermachen. Familie hin oder her‹.«

»Und wie reagierte Herr West?«

»Er ließ mich den Wagen anhalten und sagte, er könne sofort aussteigen, wenn ich nicht involviert werden wolle. Er sagte: ›Ich ziehe das auch allein durch, wenn es sein muss.‹ Ich glaube, er meinte wirklich, dass er dann den Wagen verlassen würde. Er sagte, wenn er nicht auf mich zählen könne, dann solle ich auch nicht noch mehr darüber wissen. Ich fragte ihn, was er sich denn erhoffe. Er antwortete: ›Stell dir vor, es wäre deine Mutter. Würdest du nicht auch versuchen, die Sache intern zu regeln?‹ Es war ein abwegiger Gedanke, da meine Mutter zwar sehr traditionell denkt, aber im Großen und Ganzen eine selbstbewusste Frau ist. Doch ich konnte verstehen, was er sagen wollte. Jedenfalls wurde mir klar, dass er seine Meinung nicht ändern würde und ich ihn verriet, wenn ich das K in Kenntnis setzte. Aber ich hatte ihm mein Wort gegeben. Also blieb er im Wagen, und wir fuhren zu Kunau.«

»Er hat Sie unter Druck gesetzt. Haben Sie ihm das nicht übelgenommen?«

»Vielleicht hätte ich das getan, wenn er nicht so verzweifelt gewirkt hätte. Ich hatte das Gefühl, ich muss dabei bleiben, um Schlimmeres zu verhindern.«
»Herr Malik, mir scheint, Sie haben ganz schön viel Empathie für jemanden, der glaubt, sich das nicht erlauben zu können.«
»Ich war auf so was nicht vorbereitet. Wir waren die Guten, und die Welt dort draußen bestand entweder aus Unschuldigen oder Schuldigen. Unsere Aufgabe bestand darin, die einen vor den anderen zu beschützen. Aber das ... das war etwas anderes.«
»Können Sie dieses Andere beschreiben?«
»Es war so, als hätte ich mich in einem geschützten Raum befunden. Das K, der Job, die Kollegen – wir arbeiteten für dieselbe Sache, waren ein Team. Wir hatten zwar interne Querelen, aber das war alles sekundär. Wir wussten, dass unsere Arbeit wichtig war, dass wir uns aufeinander verlassen konnten. Doch das wurde mir erst klar, als dieser Fall alles durcheinanderbrachte. Ich glaube, für Jan war es genauso – nur schlimmer, weil es ihn unmittelbar betraf. Ich war ja trotz allem nur ein Zeuge.«
»Oder ein Komplize.«
»Tja. So gesehen.«
»Bitte verstehen Sie mich nicht falsch. Ich verurteile Sie nicht dafür, dass Sie versuchten, loyal gegenüber Ihrem Freund und Kollegen zu sein. Es scheint mir aber nicht ganz zutreffend, wenn Sie glauben, Herr West hätte sich in der schlimmeren Lage befunden.«
»Wieso? Es war doch seine Mutter, die ermordet worden war. Und es sollte ja noch viel härter kommen.«
»Natürlich, Sie haben vollkommen Recht. Andererseits gab es für Herrn West keinen Zweifel. Er hatte eine Entscheidung getroffen und setzte Ihnen die Pistole auf die Brust: Für mich oder gegen mich. Eine ganz klare Angelegenheit. Sie jedoch befanden sich in einem Dilemma. Sie haben ja selbst gesagt, dass es ein Loyalitätskonflikt war: Staat oder Freund, nicht wahr? Zwei unterschiedliche Gesetze, die sich bis zu jenem Zeitpunkt noch nie in die Quere gekommen waren, die sich aber plötzlich als unvereinbar erwiesen. Und aus diesem Dilemma sind Sie bis heute nicht herausgekommen, wenn ich Sie richtig verstehe.«

»Nein. Das ist wohl korrekt so.«
»Hier geht es also nicht mehr hauptsächlich um Herrn West. Hier geht es um Sie.«
»Sie haben gut reden. Als ob das so einfach wäre!«
»Das behaupte ich nicht. Aber Sie sind hier, damit ich *Ihnen* helfe, nicht Herrn West. Das haben Sie bereits geleistet so gut Sie eben konnten. Als treuer Freund und sogar gegen Ihre Bedenken als Kriminalbeamter und Kollege. Jetzt benötigen Sie jemanden, der sich für Sie entscheidet. Das klingt dramatisch und ist letztlich nicht vergleichbar. Trotzdem ist es wichtig, dass wir uns darüber einig sind, dass Herr West zwar die Hauptperson Ihrer Erzählung ist. Aber die Hauptperson in meiner Praxis sind Sie, Herr Malik. Okay?«
»Sie entscheiden sich für mich? Sie machen doch nur Ihre Arbeit.«
»Ich bin nicht darauf angewiesen, dass Sie zu mir kommen, Herr Malik. Ich entscheide mich vor und nach jedem Gespräch dafür, Ihnen weiter zuzuhören und zu versuchen, Ihnen zu helfen. Die Tatsache, dass Sie als Kriminalpolizist Geld verdienen, damit Sie Verbrecher dingfest machen, heißt noch lange nicht, dass Sie ein Opportunist sind. Dasselbe gilt für mich.«
»Stimmt schon. War nicht korrekt.«
»Kein Problem. Mir ist es lieber, die Dinge werden ausgesprochen. Dann kann man sie auch klären. Möchten Sie fortfahren?«
»Sie sind nicht sauer?«
»Nein. Ich fühle Ihnen doch ständig auf den Zahn. Da muss ich auch damit rechnen, dass Sie mir ab und zu eine verpassen.«

Stille.

»So gesehen.«
»Also weiter?«
»In Ordnung. Lauterbach und Richter, sein neuer Kollege, hatten in der Zwischenzeit mit der Berliner BDSM-Szene Kontakt aufgenommen. Vor Jahren war einer dieser sogenannten ›Master‹ oder ›Doms‹ aus der Szene ausgeschlossen worden, weil er damit geprahlt hatte, eine

sogenannte ›No-Limits-Sklavin‹ zu besitzen, die sogar sterben würde, wenn er das wollte. Sagte offenbar, er habe das schriftlich und würde es eines Tages verlangen. Das Ganze war wohl vor etwa zehn bis fünfzehn Jahren vorgefallen, in der Zwischenzeit ist aber viel passiert in der Berliner Szene. Wegen der hohen Fluktuation gab es nur noch einen dieser sogenannten Master aus der damaligen Zeit, der sich an den fraglichen Dom erinnerte. Aber nicht an dessen Namen. Sagte, der Kerl sei auch deshalb ausgeschlossen worden, weil er seine Sklavinnen nie zu den sogenannten ›Gang Bangs‹ mitgebracht habe, sondern immer nur die Frauen der anderen hatte ›benutzen‹ wollen – so nannte der das, oder Lauterbach nannte es so, keine Ahnung.«

»Dieser Lauterbach schien der Szene ja selbst ziemlich nahezustehen, oder irre ich mich?«

»Nein, tun Sie nicht. Das fanden wir aber erst später heraus. Da verstanden wir dann auch, warum er so viel darüber wusste.«

»War er etwa in das Verbrechen involviert?«

»Jan vermutete das. Aber wenn ich Ihnen das jetzt erzähle, greife ich ziemlich weit vor.«

»Okay, dann der Reihe nach.«

»Karin Schirgel hatte die Idee, diesen Mann ein Phantombild von unserem Verdächtigen anfertigen zu lassen. Der kam tatsächlich ins K, setzte sich mit den Kollegen von der Soko hin und brachte ein brauchbares Gesicht zustande. Inzwischen gibt es Programme, mit denen man den Alterungsprozess ziemlich gut simulieren kann. Das Phantombild war natürlich nur ein Puzzleteilchen, denn wir hatten jetzt zwar ein Bild, das ihm vielleicht ähnelte, aber sonst hatten wir nichts. Jan sagte mir auf dem Weg zum mutmaßlichen Elternhaus seiner Mutter, er sei froh, dass die Kollegen nichts Konkretes herausgefunden hätten.«

»Warum?«

»Ich dachte, dass er den Fall selbst lösen wollte. Könnte man ja verstehen …«

»Professioneller wäre das Gegenteil gewesen, nicht wahr?«

»Korrekt. Er hätte darum ersuchen müssen, von dem Fall abgezogen zu werden, als er erfahren hatte, wer die Tote war. Das heißt, spätestens nach dem ... Gespräch mit seiner Tante. Aber dafür war es inzwischen zu spät. Er dachte nicht einmal daran. Und ich ... hatte mich verpflichtet.«

»Wie ging es weiter?«

»Wir fuhren zu der Adresse in Lichtenberg. Ich war da noch nie gewesen. Ist halt ziemlich krasser Osten.«

»Wie meinen Sie das?«

»Ein bisschen trostlos. Kaum Ausländer. Keine reiche Gegend. AfD und Linke sind dort ziemlich stark. Nicht so der Ort, wo man in seiner Freizeit hinfährt.«

»Verstehe.«

»Die Adresse führte uns zu der Hochhaussiedlung von Neu-Hohenschönhausen. Achter Stock. Wir läuteten unten. Eine Frauenstimme fragte, wer da sei. Jan sagte, er sei Klaras Sohn. Daraufhin wurde die Tür aufgedrückt. Als wir oben aus dem Fahrstuhl traten, stand eine alte Frau vor uns. Sah aus wie hundert, war tatsächlich einundneunzig, wie wir später erfuhren. Leicht gebeugt, das Gesicht voller Falten, die Augen wässrig und tief in ihren Höhlen, der Mund dünn wie ein Strich. Als sie uns sah, lächelte sie und fragte, wer von uns beiden ihr Enkelsohn sei. Jan hob die Hand. Und sie: ›Auch gut. Man soll nicht zu viel verlangen‹. Zwinkerte mir zu. Jan musste grinsen, obwohl es ihm nicht gut ging. Sie lud uns in ihre Wohnung. Klein war die. Früher, erzählte Frau Kolbert, hätten sie weiter unten gewohnt, in einer der größeren Wohnungen, aber da sei es auch zu eng gewesen für sechs Personen. Die Möbel waren alt und billig, das sah man, das meiste musste aus DDR-Zeiten stammen, Pressspan mit Furnier, ein bisschen auf edel gemacht, aber abgenutzt und zum Teil kaputt. Trotzdem war es sauber und ordentlich. Wir mussten von ihrem Gebäck essen und Familienalben anschauen. Die Alte tat Jan gut. Bislang hatte sich seine Familie ja nicht als Glückstreffer erwiesen. Aber seine Großmutter war schon beeindruckend. Setzte sich neben ihn und kommentierte die Fotos. Wir sahen die Kolberts an der Ostsee, die Kolberts Unter den Linden, die Kolberts am Schwarzen Meer, die Kolberts in Moskau. Schien eine ganz normale Familie zu sein. Der Vater ziemlich groß und kräftig, die Geschwister mit fröhlichen Gesichtern. Jans Großmutter war als junge Frau hübsch gewesen. Wir brauchten fast eine Stunde für alle Alben. Ab 1974 gab es plötzlich keine Fotos mehr. Ein angefangenes Album mit Fotos von Weihnachten und Silvester '73. Die Alte erzählte, sie hätte ab fünf Uhr morgens angestanden, um Feuerwerkskörper und Raketen zu bekommen. Lachte, als hätte sie eine Dummheit begangen. Von 1974 nur ein Neujahrsspaziergang im Schnee, Klara und Senta nebeneinander, nicht mehr fröhlich, Rolf Arm in Arm mit dem Vater, Britta bei der Mutter, wirkte abwesend. Komische Stimmung. Und dann nur noch leere Seiten. Jan fragte seine Großmutter danach. Die seufzte nur und schwieg. Sah aus, als würde sie nach Worten suchen. Sie wirkte traurig. Sagte, die Familie sei auseinandergeflogen wie einer dieser blöden Silvesterkracher von Silberhütte. Das war die DDR-Fabrik, die die Böller herstellte. Jan fragte nach dem Grund. Sie gab sich selbst die Schuld, meinte, sie sei nicht glücklich gewesen, alles sei ihr zu viel gewesen, die vielen Kinder, die Verantwortung. Sagte, es sei ja nicht so gewesen, dass der DDR-Staat den Frauen wirklich das Leben leichter gemacht hätte. Das würden diese rechten Idioten heutzutage aber nicht hören wollen. Sah aus, als dachte sie an ihren Sohn Rolf. Sie meinte dann, sie hätte alles mitgemacht, die Nazis, den Krieg, die Hungerjahre, den Wiederaufbau, die Aufrüstung, den Mauerbau, die Honecker-Zeit und zum Schluss den Mauerfall und die Wiedervereinigung. Sagte, sie habe zwei Staaten überlebt, wer könnte das schon von sich behaupten. Aber das sei alles nichts gegen das, was einem mit der Familie passiert. Sie schwieg dann eine Weile. Sagte plötzlich, sie sei eifersüchtig geworden, als sie gemerkt hätte, dass Günther, ihr Mann, auf Abstand ging. Anstatt sich zu fragen, was ihn dazu brachte, sich anderweitig umzuschauen, hätte sie ihn nur noch schlechter behandelt. Viel Streit vor den Kindern, das sei das, was sie am meisten bereue – das viele Geschrei, die Anschuldigungen, Drohungen, solche Sachen. Und immer seien die Kinder dabei gewesen, in der engen Wohnung wäre das gar nicht zu vermeiden gewesen. Jahrelang sei das so gegangen. Die Mädchen hätten angefangen, später nach Hause zu kommen, weil sie und ihr Mann dann schon schliefen. Nur Rolf nicht, der Dummkopf – so nannte sie ihn. Danach war sie wieder eine Weile still, und meinte plötzlich, Britta sei all die

Jahre die einzige gewesen, die zu Besuch gekommen sei, wenn auch unregelmäßig und mit längeren Pausen. Aber so sei sie nun einmal. Im neuen Jahr hätte sie sich noch gar nicht gemeldet. Klara dagegen wäre schon immer sehr stetig in allem gewesen. Sie sagte: ›Deine Mutter hat mir nie verziehen, mein Junge. Als sie auszog, sagte sie zu mir, dass ich sie nie wiedersehen würde. Und ich wusste, dass sie es so meinte.‹ Anschließend legte sie den Arm um Jan und rief, um so schöner sei es, dass Klaras Sohn nun hergefunden hätte. Sie strahlte übers ganze Gesicht. War irgendwie jenseits von Gut und Böse, die Alte.«

»Gut, Herr Malik. Bis hierhin. Sollen wir einen Termin für nächste Woche ausmachen?«

»Geht es auch diese Woche noch mal?«

»Ich schaue nach, ob ich etwas frei habe.«

Viertes Gespräch

»Ich war ein bisschen überrascht, dass Sie den zusätzlichen Termin letzte Woche so kurzfristig absagten, obwohl Sie ausdrücklich darum gebeten hatten.«

»Es kam etwas dazwischen. Falls Sie finanzielle Ausfälle hatten ...«

»Nein, nein, das ist kein Problem. Ich hoffe, es war nichts Schlimmes?«

»Wie man's nimmt.«

»Möchten Sie darüber sprechen?«

»Lieber nicht.«

»Hm. Herr Malik, wenn es sich um etwas Wesentliches handelt, dann sollten Sie sich überlegen, doch darüber zu sprechen. Sonst könnte es sein, dass wir unsere Zeit vertun, weil wir nicht zum Kern vordringen.«

»Sie haben doch selbst gesagt, dass Sie kein Beichtvater sind. Dann kann ich Ihnen auch nicht alles sagen.«

»Okay. Allerdings habe ich Ihnen etwas zu sagen, Herr Malik. Es muss jedoch unter uns bleiben, weil es die Regeln meiner Zunft verletzt.«

»Kein Problem.«

»Danke. Mir ist bei unserem letzten Gespräch etwas an meinem eigenen Verhalten aufgefallen: Als sie sagten, Herrn Wests Großmutter sei irgendwie jenseits von Gut und Böse gewesen, ergriff ich die Gelegenheit, die Sitzung zu beenden.«

»Die Zeit war um.«

»Das stimmt. Doch das war nicht mein Beweggrund. Ich handelte aus einem Affekt heraus, und später fiel mir auf, dass dieser Affekt nicht beruflicher, sondern persönlicher Natur gewesen war.«

»Das heißt?«

»Ich brach die Sitzung ab, weil ich ... wie soll ich sagen? Weil ich für den Moment ein gutes Ende brauchte. Und Ihr Satz versprach so etwas. Sie wirken überrascht.«

»Meine Frau redet so, wenn sie etwas nicht beschreiben kann. Dann sagt sie, dass es jenseits von Gut und Böse ist.«

»Es klang untypisch für Sie.«

»War es auch.«

»Jedenfalls ist es in meinem Beruf üblich, dass man sich in einem solchen Fall an einen Intervisor wendet.«

»Keine Ahnung, was das ist.«
»Es kommt von ›Supervisor‹, aber weil es ein Gespräch auf Augenhöhe sein soll, nennen wir es ›Intervisor‹. Es geht kurz gesagt darum, dass auch Therapeuten manchmal ein professionelles Feedback benötigen – von einem anderen Kollegen. Vor allem, wenn sie das Gefühl haben, dass sie Persönliches mit Beruflichem vermischen. Und als ich mitten in Ihrer Erzählung die Sitzung beendete, geschah genau das.«
»Heißt das etwa, dass jetzt noch jemand Bescheid weiß?«
»Wenn Sie dagegen sind, werde ich es nicht tun.«
»Auf keinen Fall! Sie haben mir versprochen, es niemandem weiterzuerzählen! Aber das wäre genau das!«
»Bitte, Herr Malik, versuchen Sie zu verstehen: Ich kann Ihnen nur helfen, wenn ich als Therapeutin agiere. Sobald ich nur noch als Mitmensch handle, verliere ich diese Fähigkeit. Auch ich muss meine Empathie im Zaum halten.«
»Vielleicht ist die Sache einfach eine Nummer zu groß für Sie!«
»Es ist wirklich ein ganz normaler Vorgang. Und ich kenne diesen Kollegen seit vielen Jahren. Er ist absolut zuverlässig. Außerdem werde ich weder Namen, noch Orte oder sonst irgendetwas erwähnen, was Rückschlüsse auf Sie oder Herrn West zuließe. Er muss sich im Übrigen ebenso an die Schweigepflicht halten wie ich.«
»Und wenn auch er ein Problem mit der Geschichte bekommt und selbst so einen Intervisor braucht? Kommt nicht in Frage! Sie haben mir Ihr Wort gegeben!«
»Das habe ich, und es ist der Grund dafür, dass ich diesen Schritt mit Ihnen bespreche. Normalerweise läuft so etwas im Hintergrund ab, ohne dass die Menschen, die zu mir kommen, davon erfahren. Ich bin also von meiner Vorgabe als Therapeutin abgewichen, damit Sie Ja oder Nein sagen können. Das haben Sie jetzt getan, und ich werde mich danach richten, auch wenn ich es nicht für das Beste halte.«
»Kann ich mich darauf verlassen?«
»Absolut. Sonst hätte ich meinen Intervisor kontaktiert, ohne Sie zu informieren.«

Stille.

»In Ordnung.«

Stille.

»Ich bin sonst nicht so ... emotional.«
»Ich habe vollstes Verständnis, Herr Malik. Und ich möchte Ihnen wirklich helfen. Wenn es sein muss, werde ich auch ohne Intervisor zurechtkommen.«
»Es muss sein.«
»Gut. Möchten Sie weitererzählen? Wir waren bei Herrn Wests Großmutter.«
»Sie fragte nach Klara. Kann man ja verstehen – war ihre Tochter, sie hatte jahrelang nichts von ihr gehört, und plötzlich kam der Enkel zu Besuch. Klar, dass sie was wissen wollte. Aber Jan wusste nur, dass sie tot war. Deshalb log er sie an. War das Beste, was er tun konnte. Sagte, es gehe ihr gut, sie richte Grüße aus. Solche Sachen. Ich fühlte mich unwohl dabei, verstand es aber auch. Einer so alten Frau sagt man nicht mehr, dass die eigene Tochter grausam ums Leben gekommen ist. Da lügt man. War seltsam. Einerseits nicht korrekt. Andererseits das einzig Richtige. Ich hatte fast den Eindruck, er selbst wünschte, es wäre so. Ich meine, dass seine Mutter noch lebte, dass die Familie doch noch in Kontakt war. Dass er bei Klara aufgewachsen war. Klang fast wie ein Wunschtraum, was er da erzählte. Wie gesagt: Ich fühlte mich unwohl, konnte es aber einordnen. Die Alte war glücklich, als sie das alles hörte. Sagte, sie wolle so gerne ihre Klara wiedersehen. Fragte nach Senta. Und klar: Jan log weiter, musste er ja. Konnte da zumindest halbwegs die Wahrheit sagen, weil er Bescheid wusste. Fragen stellen ging natürlich nicht mehr. Aus dem, was sie am Ende noch erzählte, konnten wir zumindest heraushören, dass Britta und Rolf von ihren Schwestern auch nichts wussten. Ich dachte schon zu diesem Zeitpunkt, dass das alles mit Jan zu tun hatte. Dass Senta nur deshalb

den Kontakt abgebrochen hatte, damit niemand erfährt, was es mit ihm und Klara auf sich hatte.«

»Was war denn mit Klaras Vater?«

»Der war kurz nach den letzten Fotos gegangen, hatte die Familie verlassen und eine neue gegründet. Rolf hatte als einziger Kontakt zu ihm gehalten. Von ihm wusste die Alte, dass ihr Ex-Mann nach dem Mauerfall mit seiner neuen Familie in den Westen gegangen war, Rolf hatte ihn dort ab und zu besucht. In Bochum. Bekam nochmal zwei Kinder, kümmerte sich nicht mehr um seine alte Familie, zahlte keinen Cent Unterhalt. Die Alte war anfangs zu stolz, es einzufordern, später dann plagten sie Schuldgefühle, weil sie glaubte, ihn weggeekelt zu haben. Tja. Wir gingen also davon aus, dass wir weder von Rolf noch von Britta irgendwelche Hinweise auf Klaras Umfeld erwarten konnten. Es sei denn, auch sie logen die Mutter an, was ja immerhin möglich war. Ich bezweifelte das aber, und Jan stimmte mir darin zu, dass es erst einmal sekundär war und wir die beiden zu einem späteren Zeitpunkt kontaktieren konnten. Also fuhren wir nach dem Besuch bei seiner Großmutter zunächst zu Kunaus Wohnung. Mussten wir ja, weil das unsere offizielle Mission war. Wir hatten den Durchsuchungsbefehl dabei. Während der Fahrt kam ein Anruf von der Soko rein: Der Typ, der geholfen hatte, das Phantombild anzufertigen, erinnerte sich an den Szene-Namen von Klaras mutmaßlichem Master: ›Cruel Dom‹. Die Kollegen waren gerade dabei, das Netz zu durchsuchen. Zehn Minuten später kam eine Nachricht auf Jans Handy: Ein Link zu einem Porno-Video, auf dem ein Typ seinen Penis in alle Körperöffnungen einer nackten Frau einführt, deren Hände auf dem Rücken gefesselt sind. Das Video war von 2015, man sah zwar nicht das Gesicht des Mannes, aber an seinem Körper konnte man erkennen, dass er viel zu jung war. Die Soko fand noch weitere Links, die sie uns schickten. Hätte von außen betrachtet ganz schön komisch gewirkt: Kriminalbeamte, die sich gegenseitig Pornos zeigen. Am Ende war klar, dass es sich um eine Sackgasse handelte, da der männliche Darsteller anscheinend immer derselbe war. Man sah das an seinen ... körperlichen Eigenschaften. Immerhin machten sich Stochow und Kämmer gleich daran, diesen ›Cruel Dom‹ ausfindig zu machen. Sie wollten ihn wenigstens zu seinem Namen befragen. Vielleicht gab es doch irgendeine Verbindung. Er konnte ein Bewunderer des ursprünglichen ›Cruel Dom‹ sein. Konnte ihn um Erlaubnis gefragt haben, denselben Namen zu benutzen. War schließlich alles möglich. Jan gefiel das nicht. Er wurde nervös, sagte während der Fahrt immer wieder: ›Hoffentlich finden die nichts.‹ Hatte schon was Besessenes. Konnte man aber irgendwie verstehen. Ich hätte jedenfalls nicht in seiner Haut stecken wollen. Tja, dann kamen wir wieder bei Kunau an, wir läuteten, gingen hoch. Oben gab's eine Überraschung: Die Soko war bereits vor Ort, hatten schon mit der Durchsuchung begonnen, vier Leute, Lauterbach und Richter, der Neue, waren auch dabei. Sagten: ›Wo wart ihr so lange?‹ Jan wirkte überrumpelt. Ich sagte schnell: ›Wir waren noch im Landesarchiv.‹ Bei meinem ersten Einsatz hatten Jan und ich dort recherchiert. Das Landesarchiv liegt bei Wittenau, also ziemlich weit draußen. Lauterbach zuckte nur mit den Schultern. Meinte: ›Hättet besser Bescheid gegeben. Dann hätten wir noch zwei Leute mitgebracht.‹ An mich gewandt sagte er, das sei jetzt offene Phase, da müssten alle ran. Aber er meinte wohl Jan. Ich wusste von anderen Kollegen, dass er Jan für einen Schönwetterpolizisten hielt, für einen, der sich nicht gern die Finger schmutzig macht. Keine Ahnung, wie er darauf kam. Vielleicht hing es damit zusammen, dass Jan ziemlich schnell einen guten Ruf erworben hatte. Er konnte sich leicht in unterschiedliche Bereiche einarbeiten, war schon von anderen Sokos angefordert worden. Lauterbach war zwar ein alter Hase, hatte aber keine Führungsqualitäten. Vielleicht befürchtete er, Jan würde an ihm vorbeiziehen.«

»Wie reagierte Jan West auf diese Provokation?«

»Er ignorierte Lauterbach. Das tat er meistens, wenn was von dem kam. Lauterbach machte das rasend, aber er fand keine Angriffsfläche. Wir halfen dann gleich mit. Die Kollegen hatten bereits alles herausgeräumt. Sah ziemlich chaotisch aus in der Wohnung. Lauterbach hatte sämtliche Folter- und Fesselinstrumente einpacken lassen, weil er sie auf Spuren von Klara Kolberts DNA untersuchen lassen wollte. Die Schränke und Kommoden standen offen, der Inhalt lag auf dem Boden – Kunaus Hab und Gut, nahm ich an. Keine Ahnung, ob die beiden Frauen überhaupt etwas besaßen. Sie hockten nebeneinander auf dem Sofa und schauten zu. Wirkten ratlos und ängstlich. Irgendwie taten sie mir leid. Wir waren in ihre Welt eingebrochen und benahmen uns ihnen gegenüber eigentlich genau so wie Kunau – wir machten, was wir wollten, kommandierten sie herum, und sie hatten keine Chance, Nein zu sagen. War seltsam. Aber wie gesagt: Für Emotionen ist nicht viel Platz in meinem Beruf. In einer Schublade im Schlafzimmer fand ich kleine Metallringe in einem Papiertütchen. Ich steckte sie ein. Konnten Klara gehört haben. Mittendrin rief die Soko an: Stochow und Kämmer hatten den Cruel Dom ausfindig gemacht. Er heißt mit bürgerlichem Namen Stojan Gudov – Pornodarsteller aus Sankt Petersburg, wohnhaft in Hamburg. Die Website, auf der die Videos mit ihm veröffentlicht werden, gehört einem Luxemburger Unternehmen, das den europäischen Markt beherrscht. Die Kollegen telefonierten mit ihm: keine Verbindung zu unserem Mann. Gudov hatte den Namen nicht mal selbst ausgewählt, sondern die Produktionsgesellschaft. Marktorientiert für das rasant wachsende Interesse an BDSM, wie sie sagten, als die Kollegen dort anriefen. Da lag so etwas wie ›Cruel‹ plus ›Dom‹ vermutlich auf der Hand. Ist ja auch nicht besonders einfallsreich, wenn man mal überlegt. Wir fuhren dann mit mehreren Tüten voller Sado-Maso-Zeug ins K zurück und lieferten sie bei der Erkennung ab. Karin Schirgel und die Kollegen von der Soko stöhnten, machten sich aber gleich an die Arbeit. Einer scherzte, wenn er so viele Hilfsmittel benötigen würde, um einen hochzukriegen, hätte seine Frau ihn längst verlassen. Wir lachten, aber mir war eigentlich nicht danach zumute. Jan und ich legten dann eine Kaffeepause in der Kantine ein. Die ist ziemlich klein. Man muss da leise sprechen, wenn man nicht will, dass jemand zuhört. Jan meinte: ›Die finden nichts, weil da nichts ist.‹ Ich fragte ihn, warum er sich so sicher sei. Er sagte: ›Wenn ich eine Frau zu Tode ficken will, dann brauche ich einen Ort, wo niemand hört, was ich mit ihr anstelle.‹ Das klang vernünftig. Kunau wohnte mit seinen Frauen in einem hellhörigen Mietshaus. Keine Chance, da jemanden unbemerkt zu töten oder auch nur zu misshandeln. Jan überlegte, dass Kunau bestimmt nicht besonders brutal war. Er hatte die nackte Elisabeth Wohlfahrt ja ausgiebig angeschaut, und sagte jetzt, dass sie nirgends bleibende Verletzungen gehabt hätte. Das war mir gar nicht aufgefallen. Es war gut, dass Jan wieder dachte wie ein Kriminalbeamter. Es beruhigte mich, auch wenn er die ganze Zeit über einen fiebrigen Eindruck machte – als würde er ständig schwitzen. Wir setzten uns ins Büro und surften durch ein paar Pornoseiten mit BDSM-Inhalten. Karin Schirgel kam dazu und schaute mit. Sie machte ständig irgendwelche angewiderten Geräusche. Nachdem wir ein paar von den Videos gesehen hatten, fragte Jan mich: ›Was fällt dir auf?‹ Die Schirgel ging weg mit den Worten: ›Die haben alle einen an der Waffel!‹ War ja nicht falsch. Aber Jan meinte etwas anderes: ›Unser Mörder braucht so einen Kerker, wie diese Typen hier, um eine Sklavin richtig fertigmachen zu können, ohne dass es einer merkt. Und wenn er einen Kerker hat, dann, weil er mehr Geld besitzt als der Bevölkerungsdurchschnitt.‹ Das klang plausibel. Wie gesagt: Ich war froh, dass er wieder wie ein Kriminalpolizist funktionierte. Ich dachte: Wenn Jan den Mörder seiner Mutter fasst, sind wir aus dem Schneider. Dann präsentieren wir den abgeschlossenen Fall und müssen keine Angst vor irgendwelchen Fragen haben.«

»Ihnen war doch bestimmt auch klar, dass es auf jeden Fall ein internes Verfahren geben würde?«

»Natürlich. Aber ich redete mir ein, Ballmann würde uns decken, wenn wir ihm den Mörder lieferten. Er war ja ein guter Chef, stärkte seinen Leuten den Rücken, war loyal. Ich war sicher, dass er für Jans Vorgehensweise unter den besonderen Umständen Verständnis hätte.«

»Trotzdem haben Sie ihn bis heute im Unklaren gelassen.«

»Stimmt schon. Es kam eben alles ganz anders.«

»Wie ging es weiter?«

»Jan behielt recht: Die Durchsuchung der Wohnung und die Analyse der Folterinstrumente erbrachten keine Ergebnisse. Dann jedoch fand Schirgel heraus, dass Kunau am Tag nach dem Mord seinen LW verkauft hatte. Das war ziemlich auffällig. Stochow und Kämmer verfolgten das Gleis sofort.«

»LW? Gleis?«

»Lieferwagen. Ein Gleis ist eine Spur. Jan hätte es gern selbst getan, aber wir waren zu dem Zeitpunkt nicht vor Ort, und deshalb wurden die beiden losgeschickt. Der LW stand bei einem Gebrauchtwagenhändler ganz im Süden der Stadt, nahe der Grenze zu Brandenburg. Autolandia. Kunau wurde vorgeladen, während die beiden den Wagen beschlagnahmten und vom Abschleppdienst zum K transportieren ließen.«

»Wo befanden Sie sich zu dem Zeitpunkt?«

»Bei Senta West.«

»Um mit ihr zu sprechen?«

»Nein. Jan hatte im K gelogen. Hatte gesagt, er müsse dringend nach Hause, weil seine Mutter erkrankt sei. Da alle wussten, wie ungern er Auto fuhr, war der Chef einverstanden, dass ich ihn hinbrachte. Auf die Weise hätten Jan und ich im Anschluss schnell wieder zur Soko stoßen können, falls es nötig gewesen wäre. Aber noch passierte nicht viel. Das Phantombild war an alle Polizeistationen in Deutschland gegangen. Europol und Interpol hatten es, Lauterbach spielte den PF bei der DuSu – den Polizeiführer bei der Durchsuchung. Aber es gab außer Kunau kein heißes Gleis. Also hatten wir Zeit.«

»Und was taten sie bei Senta West?«

»Eine OBS.«

»Was ist das?«

»Eine Observation. Das war kein schlechter Gedanke. Jan ging davon aus, dass seine Tante irgendwann etwas unternehmen würde. Er glaubte, dass sie den Mörder kannte. Wir saßen also in meinem Dienstwagen auf der Königsallee Ecke Gustav-Freytag-Straße. Das ist eine Einbahnstraße. Jeder, der sein Haus verlässt, muss Richtung Königsallee. Ich hatte den Wagen unauffällig schräg gegenüber der Straßeneinmündung geparkt. Wir hatten schätzungsweise zwei Stunden Zeit, bevor sich jemand vom K melden würde. Weil erst mal nichts geschah, begannen wir uns zu unterhalten. Nicht, dass Jan besonders viel gesprochen hätte. Wie gesagt: Er war eher der schweigsame Typ. Dabei aber angenehm. Hatte einen trockenen Humor. Davon war jetzt natürlich nicht mehr viel übrig. Jedenfalls fragte ich ihn, was er sich von der OBS versprach. Ich dachte: Vielleicht hat er ja schon früher etwas wahrgenommen und sich jetzt daran erinnert. Was weiß ich – regelmäßige Fahrten, ohne dass sie etwas gesagt hätten. Solche Sachen. Aber er schüttelte den Kopf. Sagte: ›Keine Ahnung. Ist'n Bauchgefühl.‹ Ich dachte: In Ordnung. Dann aber sagte er: ›Vielleicht ist er unser Mörder.‹ Daraufhin ich: ›Du meinst, der alte West? Dein … Adoptivvater?‹ Ich war einigermaßen überrascht von dieser Vermutung. Wollte wissen, wie er darauf kam. Aber er fing wieder mit seinem Bauchgefühl an. Sagte nichts weiter. Da dachte ich, dass es ihm doch nicht so gut ging. Er schien einen Riesengroll auf West zu haben. Und jetzt sollte der unser Cruel Dom sein? Das Phantombild hätte auf viele ältere Männer gepasst, so spezifisch war es nicht.«

»Haben Sie ihn darauf aufmerksam gemacht?«

»Ja, aber er wechselte das Thema. Er sagte, er hätte sich immer gefragt, warum seine Eltern so distanziert waren, vor allem der Alte. Und warum seine Tante manchmal unglücklich ausgesehen habe, wenn sie ihn umarmte. Jetzt würde er wenigstens das verstehen. Es war das erste Mal, dass Jan etwas über seine Vergangenheit sagte. Er erinnerte sich, wie sie ständig versucht hatten, Kinder zu bekommen, als er noch klein war, sogar zu einem chinesischen Wunderheiler nach London waren sie geflogen, um es irgendwie möglich zu machen. Aber es funktionierte nicht. Jan hatten sie erzählt, sie wollten ihm ein Geschwisterchen schenken, aber er hatte natürlich im Nachhinein das Gefühl, dass er ihnen nicht genug war. Kann man ja irgendwie verstehen, den Wunsch nach eigenen Kindern. Jan erzählte, seine Tante habe dann Krebs bekommen und eine Chemotherapie gemacht. Kurz darauf hatten ihre Monatsblutungen aufgehört, da war Senta Kolbert erst Ende dreißig. Jan erinnerte sich, dass die beiden wochenlang niedergeschlagen waren. Damals hatte er wohl seine ersten heftigeren Zusammenstöße mit dem alten West. Der schien ihm die Schuld zu geben, was natürlich absurd ist, aber Menschen tun manchmal solche Sachen. Sie wissen das besser als ich.«

»Das würde ich nicht unbedingt sagen.«

»Für mich geht es nur darum, zu verstehen, wer die Regeln verletzt hat. Tiefer geht es nur, insofern es hilft, den Täter dingfest zu machen. Vor

mir laufen die Leute weg. Zu Ihnen kommen sie und schütten sich aus. Sogar die Schuldigen.«
»Das stimmt. Wobei die meisten Schuldigen, die zu mir kommen, nicht gegen das Gesetz verstoßen haben.«
»Wie soll ich das verstehen?«
»Unsere Gesellschaft hat viele Schuldgründe abgeschafft, die früher geahndet wurden. Den Ehebruch zum Beispiel, der ist heute in den meisten Fällen eine Privatangelegenheit. Das heißt aber nicht, dass die Menschen, die zu mir kommen, sich nicht doch schuldig fühlen, weil sie ihre Partner hintergangen haben.«

Stille.

»Wie geht es Ihnen mit Ihrer Frau, Herr Malik? Wollen wir ein bisschen darüber sprechen?«
»Dachte mir schon, dass Sie das nicht einfach so gesagt haben, das mit dem Ehebruch.«
»Das war nicht absichtlich. Es ist mir nur grade eingefallen. Wenn Sie nicht darüber reden wollen – kein Problem.«
»Ich habe ihr erzählt, dass Sie mich nach ihrer Beziehung zu Jan West gefragt haben.«
»Und wie hat sie reagiert?«
»Sie hat mir vorgeworfen, dass ich ihr das nur erzählt hätte, um ihre Reaktion zu testen, und dass der tiefere Grund dafür mein Misstrauen ihr gegenüber sei. Ich habe es geleugnet, aber sie hat mir nicht geglaubt. War wohl nicht so geschickt von mir.«
»Hm. Um das zu verstehen, müsste ich mehr darüber wissen, wie Ihre Probleme mit Ihrer Frau begannen. Zum Beispiel würde mich interessieren, ob Sie wirklich gar nichts über den Fall Klara Kolbert zu ihr gesagt haben.«
»Das ging ja nicht.«
»Aber nach allem, was Sie mir bisher geschildert haben, dürfte doch klar sein, dass Ihre Frau irgendetwas bemerkt haben muss. Sie steckten ja in der Klemme.«

Stille.

»Mitte Februar, fünf Wochen, nachdem die Kolbert gefunden worden war, kam ich ziemlich spät nach Hause, so gegen acht. Nichts Ungewöhnliches in meinem Beruf, und meine Frau wusste natürlich Bescheid, ich hatte ihr eine Nachricht geschickt. Sie bat mich, auf dem Heimweg für den nächsten Morgen einzukaufen, aber ich vergaß es und fuhr direkt nach Hause. Ich hatte einen schwierigen Tag mit Jan gehabt. Die Soko kam nicht voran, unsere Observierungen brachten nichts, die Untersuchung von Kunaus Lieferwagen hatte nichts ergeben. Ballmann machte Druck, weil wir nicht imstande waren, die Identität der Toten zu ermitteln. Die Presse schrieb, wir würden im Dunkeln tappen. Ich versuchte, Jan zu überzeugen, dass das K viel besser arbeiten konnte, wenn es wusste, was wir wussten. Ich schlug ihm sogar vor, dass wir denen das Video anonym zukommen lassen könnten. Sie mussten es ja nicht einmal von uns erfahren!«

»Sie wollten ihn also zur Umkehr bewegen?«

»Ich dachte, der Zeitpunkt wäre günstig, weil der Erfolg ausblieb. Es war unangenehm, jeden Tag im K so zu tun, als wüssten wir nichts. Ich wollte nicht ineffektiv wirken.«

»Und West?«

»Er wollte das auf keinen Fall. Sagte, er stünde dann nackt vor Leuten wie Lauterbach da. Konnte man ja auch irgendwie verstehen. Er wäre vermutlich zum Gespött der ganzen Berliner Kriminalpolizei geworden. Ich glaube, er ahnte da schon, dass die ganze Angelegenheit nicht gut enden würde. Sagte Sachen wie, er wolle nur noch diesen einen Fall lösen, danach sei ihm alles egal. Aber ich hoffte immer noch, dass alles irgendwie klappen würde. Doch ohne heiße Spur stieg einfach nur die Anspannung. Jedenfalls hatten wir einen Streit. Saßen wieder im Auto. Jan wollte, dass ich die OBS der Wests allein durchführe und ihn vorher zu Kunau fahre, damit er sozusagen den offiziellen Teil unseres Auftrags erledigen konnte. Das hatten wir bereits mehrere Male so gemacht, immer ergebnislos. Ich wollte mich weigern, hatte zunehmend das Gefühl, dass Jan nicht wusste, was zu tun war. Nicht, dass *ich* es

gewusst hätte. Aber ich hatte ja auch keine große Erfahrung. Deshalb mein Vorschlag, das K doch noch einzuweihen. Jan wurde richtig sauer, als er das hörte. Sagte, wenn wir jetzt alles offenlegen, dann könnte ich meine Karriere vergessen. Damit hatte er vermutlich Recht.«
»Sie hätten immer noch auf eigene Faust handeln können, Herr Malik.«
»Schon.«

Stille.

»Aber das kam nicht in Frage. Jan war immer noch mein Freund. War ja verständlich, dass wir beide unter Stress standen. Deshalb versuchte ich, es nicht so ernst zu nehmen. Als ich dann später nach Hause fuhr, war ich so in Gedanken, dass ich den Einkauf vergaß. Und als Hanna mich darauf aufmerksam machte, verlor ich die Beherrschung. Pflaumte sie an, von wegen Scheiß Einkauf, und warum sie den nicht selbst gemacht hätte. So hatte ich noch nie reagiert, das war gar nicht unser Umgangston. Sie starrte mich überrascht an und ging anschließend ins Bett. Mir tat's sofort leid, zumal klar war, dass es mit ihr gar nichts zu tun hatte, aber sie gab mir an dem Abend keine Chance, mich zu entschuldigen. Ich glaube, ab da war der Wurm drin.«
»Und Sie sprachen auch am nächsten Morgen nicht darüber? Als die Kinder weg waren?«
»Sie hatte es eilig, musste irgendeine Präsentation an der Uni machen. Keine Ahnung, ob das stimmte. Jedenfalls vermied sie es, lange mit mir zu reden. Und dann schien der richtige Moment irgendwie vorbei zu sein. Wir taten, als wäre alles normal, aber da war immer diese Missstimmung, die wir nicht bereinigt hatten.«
»Hm. Ist Ihre Frau nachtragend?«
»Möglich. Bis zu dem Abend hatte es ja keinen Anlass gegeben, etwas zu verzeihen.«
»Und Sie? Hätten Sie nicht einfach um Verzeihung bitten können?«

Stille.

»Vermutlich schon. Ich weiß auch nicht, warum ich es nicht getan habe. Ich hatte solche Probleme im Job. Ich wollte nicht noch mehr haben.«

»Vielleicht hat Ihre Frau ja nur darauf gewartet, dass Sie es tun.«

»Möglich.«

»Sie können sie immer noch um Verzeihung bitten, Herr Malik.«

Stille

»Ich würde jetzt gerne aufhören.«

»Natürlich. Sollen wir einen neuen Termin vereinbaren?«

Fünftes Gespräch

»Wie ist es Ihnen ergangen, Herr Malik?«
»Viel um die Ohren.«
»Okay. Wollen Sie mir davon erzählen?«
»Vor allem Familie.«
»Aha. Geht es Ihnen gut damit?«
»Hab' mich bei meiner Frau entschuldigt.«
»Und?«
»Sie tat so, als wäre es nicht der Rede wert.«
»Tat so?«
»Kam so rüber.«
»Vielleicht hatte sie Ihnen in der Zwischenzeit schon verziehen.«
»Keine Ahnung.«
»Waren Sie enttäuscht?«
»Kann man so sagen.«
»Geben Sie ihr ein wenig Zeit, Herr Malik. Sie musste ja auch lange warten.«
»Stimmt schon.«
»Gibt es einen Grund dafür, dass Sie heute so einsilbig sind?«

Stille.

»Ich habe eine Vorladung bekommen.«
»Was für eine Vorladung?«
»Zu einem Gerichtstermin. Ich soll in der Sache Jan West aussagen – als Zeuge.«
»Was erwartet Sie da?«
»Na, was wohl? Die lassen mich einen Eid schwören, und wenn ich lüge und die das rausfinden, lande ich im Gefängnis. Die setzen mir die Pistole quasi direkt auf die Brust. Das erwartet mich. Die gesamte Soko Edinburger 34 wird neu aufgerollt, aber es geht nicht mehr um Klara Kolberts Mörder, sondern nur noch um die Rolle, die Jan West gespielt hat. Und um meine. Die müssen was wissen, sonst machen die so was nicht.«
»Glauben Sie, Herr Ballmann steckt dahinter?«

»Keine Ahnung. Spielt auch keine Rolle. Die Staatsanwaltschaft ermittelt, da sind dem die Hände gebunden.«
»Was werden Sie tun? Die Wahrheit sagen?«
»Ich kann nicht auspacken! Wenn ich auspacke, liefere ich ihn denen ans Messer!«
»Jan West?«
»Wen sonst? Mir ist inzwischen egal, ob ich nochmal in den aktiven Dienst zurückkehren kann. Mein Vater musste neu anfangen, warum sollte mir das nicht auch gelingen? Aber ich kann Jan nicht verraten. Nicht, nach allem, was passiert ist!«
»Was ist denn noch passiert?«

Stille.

»Ach, was soll's: Zwei Monate nach Klara Kolberts Tod hatten wir alles getan, was möglich war. Wir hatten sämtliche Bewohner in dem Mietshaus befragt, in dem Kunau mit seinen Frauen wohnte. Das war ziemlich aufwendig gewesen, weil wir ständig mit anderen Dolmetschern arbeiten mussten. Finden Sie mal einen somalischen Dolmetscher – nicht so leicht. Außerdem wussten wir alles über Kunaus soziale Kontakte. Lauterbach und Richter hatten die BDSM-Szene von Berlin auf den Kopf gestellt, ich hatte wochenlang die Wests observiert und war ihnen überallhin gefolgt. Aber wir hatten nichts. Das heißt: Jan und ich hatten das Video. Wir hatten den Namen, wir wussten Bescheid. Aber auch wir kamen nicht weiter. Die ganze Sache trat auf der Stelle. Jan war in der Zwischenzeit mehrere Male bei seiner Großmutter. Allein. Er sprach nicht über diese Besuche, sagte nur, sie seien rein privater Natur, hätten nichts mit den Ermittlungen zu tun. Ich glaube, die Alte tat ihm gut. Sie hatte alles hinter sich, machte niemandem mehr einen Vorwurf, freute sich, wenn er kam. Alles nur gut für ihn. Obwohl er sie sicherlich auch weiterhin wegen seiner Mutter anlog. Damals hoffte ich, die Soko Edinburger 34 würde einfach irgendwann ergebnislos eingestellt werden. Dann wäre alles beim Alten geblieben. Aber am Freitag, dem 15. März, sagte Jan morgens in der Cafeteria vom K zu mir, er habe einen Brief von Britta Kolbert erhalten, Klaras jüngster Schwester. Er zeigte mir den Brief. Er war handgeschrieben, eindeutig die Schrift einer Frau, soweit ich das beurteilen konnte. Der Brief war eine Überraschung. Wie hätte Britta Kolbert etwas von Jans plötzlichem Interesse an der Familie wissen sollen? Warum wandte sie sich ausgerechnet jetzt an ihn? Ich stellte Jan diese Fragen. Er erzählte mir, seine Großmutter habe ihr gleich nach unserem ersten Besuch in Lichtenberg einen Brief geschrieben und von ihm erzählt. Dieser Brief war nun also die Reaktion. Jan hatte immer wieder davon gesprochen, dass wir Klaras Geschwister befragen müssten, war aber bislang nicht aktiv geworden. Jetzt sagte er, er wolle Britta Kolbert treffen, und bat mich, wieder mitzukommen. Als sein Kollege, sein Freund, sein Zeuge. Was weiß ich. Aus ermittlungstaktischen Gründen war dieser Schritt ja längst überfällig. Doch eigentlich wollte ich nicht. Ich wäre, wie gesagt, froh gewesen, wenn die Ermittlungen eingestellt worden wären. Aber er meinte, er könne nur mir vertrauen. Er habe das Gefühl, dass er verrückt werden würde, wenn er ganz allein damit umgehen müsste. Ich könne ihn jetzt nicht hängenlassen. Solche Sachen. Also kam ich mit. Das war am Samstagnachmittag. An den Wochenenden war es leichter, unsere private Ermittlung durchzuführen – einerseits. Andererseits kam die Familie zu kurz.«

Stille.

»Britta Kolbert wohnte in Schöneberg, direkt an der U-Bahn-Station Eisenacher Straße Ausgang Schwäbische. Altbau, Beletage. Das Haus war eingerüstet, wurde offenbar gerade renoviert. Wir parkten den Wagen direkt davor. Die Haustür stand offen wegen der Bauarbeiter. Innen war anscheinend schon renoviert worden. Sah alles ziemlich chic aus. Getäfelte Decke, Buntglasfenster auf alt gemacht oder original, roter Läufer auf der Treppe mit Messingleisten befestigt. Alles sehr gediegen. Britta Kolbert stand oben in der Tür. Eine ältere Frau, sie war ja nur ein Jahr jünger als Klara. Sah ihr erstaunlich ähnlich. Im ersten Moment dachte ich, das ist die Tote. Auch die Stimme – wie die von Klara Kolbert auf dem Video. Schon erstaunlich. Sie war nur einen

Moment lang verwirrt, als sie uns zu zweit die Treppe heraufkommen sah. Dann schlug sie die Hände vor den Mund und riss die Augen auf. Anschließend umarmte sie Jan. Hatte Tränen in den Augen. Auch Jan war bewegt, das konnte ich sehen. Sie nahm sein Gesicht in ihre Hände und sagte, er sehe seiner Mutter so ähnlich. Lächelte und weinte gleichzeitig. War schon ergreifend. Anschließend bat sie uns herein. Jan stellte mich als seinen besten Freund vor. Legte den Arm um meine Schultern. Sie gab mir die Hand, hatte aber nur Augen für ihren Neffen. Wir betraten die Wohnung. Ziemlich geschmackvoll. Britta Kolbert hatte als Innenarchitektin ganz gut verdient, wie sie sagte, war mit einer dicken Abfindung vorzeitig in Rente gegangen, als ihre Firma von einer größeren geschluckt worden war, und schien ein gutes Leben zu haben. Sie führte uns ins Wohnzimmer. Hohes Erkerfenster mit Blick auf einen Neubau gegenüber. Bauarbeiter liefen die ganze Zeit vor dem Fenster herum. Frau Kolbert erklärte uns, die Fassade sei nach dem Krieg abgeschlagen worden und werde jetzt nach einem alten Foto neu gestaltet. Ziemlich aufwendiger Vorgang. Und teuer. Lohne sich aber. Sie sei froh, dass die Gemeinschaft der Hausbesitzer sich endlich habe einigen können. Sie lebe nun schon seit über zwanzig Jahren in der Wohnung und fühle sich sehr wohl, aber die Bauarbeiten seien schon lästig. Sie sei froh, wenn der ganze Zirkus endlich vorbei sei. Solche Sachen. Jan versuchte, interessiert zu wirken, aber ich konnte sehen, dass er angespannt war. Ich glaube, am liebsten wäre er gleich zur Sache gekommen und wieder gegangen. Wie ein Polizist eben. Aber das ging nicht, weil sie seine Tante war und man sehen konnte, wie sehr sie sich freute. Aber da war auch noch etwas anderes. Jedenfalls ging sie nach dem Palaver in die Küche und kochte Kaffee.«

Stille.

»Alles okay, Herr Malik?«
»Geht so. Wenn ich das erzähle, läuft der ganze Film nochmal ab. Ist nicht leicht. Ich sehe, wie sie mit einem Tablett zurückkommt, als wär's gerade eben gewesen. Wie eine Erscheinung. Im ersten Augenblick

dachte ich wieder, die Tote steht plötzlich mit Kaffee und Kuchen vor mir. Ich blickte zu Jan hinüber. Er saß mit aufgestützten Ellbogen in seinem Sessel, die Fingerkuppen gegeneinandergedrückt und sah aus dem Fenster. Schien völlig abwesend zu sein. Wartete vermutlich nur, weil er schnell zum Punkt kommen wollte. Aber vielleicht irre ich mich. Inzwischen bin ich nicht mehr so sicher, dass ich ein guter Kriminalbeamter geworden wäre.«
»Herr Malik, Sie reden ja, als wäre Ihre Karriere schon beendet. So weit ist es doch noch gar nicht.«
»Wenn Sie es sagen.«

Stille.

»Britta Kolbert kommt also rein und stellt das Tablett auf dem Tisch ab – so ein rundes Café-Tischchen aus Holz mit geschwungenen Beinen. Sah ziemlich fragil aus. Sie stellt alles ordentlich hin – drei Teller mit Käsekuchen und Gabeln, drei Tassen mit Kaffee, ein Kännchen Milch. Wir rücken zusammen mit unseren Sesseln, sie setzt sich auf einen rotlackierten Metallhocker. Dann sitzen wir da und sie lächelt uns an. Ich versuche auch zu lächeln, klappt aber nicht wirklich. Ich komme mir fehl am Platz vor, eigentlich will ich gar nicht da sein. Aber wer A sagt, muss auch B sagen. Also warte ich, dass einer von beiden das Gespräch eröffnet.«

Stille.

»Britta Kolbert saß da und blickte Jan feierlich an. Sie war immer noch ziemlich bewegt. Aber bevor sie den Mund aufmachen konnte, sagte Jan plötzlich, er sei nicht nur wegen ihres Briefes gekommen, es gebe noch einen Anlass. Er zog sein Handy aus der Tasche und zeigte ihr das Video. Das war hart. Aber typisch für Jans Vorgehensweise. Er schockierte die Leute, und wenn sie die Beherrschung verloren, beobachtete er sie, um herauszufinden, wie viel sie verbargen. So machte er es jetzt auch bei seiner Tante. Zugegeben: Damit hatte ich nicht gerechnet.«
»Wie war die Wirkung?«

»Sie war wie vom Donner gerührt. Verstand erst mal gar nichts. Starrte nur völlig verwirrt ihren Neffen an. War eigenartig. Obwohl man sah, dass sie nicht begriff, worum es ging, begann sie zu weinen. Schien es selbst nicht zu bemerken. So was hatte ich noch nie gesehen. Es war, als gäbe sie uns zwei verschiedene Informationen gleichzeitig: Erstens wusste sie nicht, dass ihre Schwester tot war. Und zweitens wusste sie, dass etwas Schlimmes geschehen sein musste, weil sie schon immer wusste, dass etwas Schlimmes geschehen konnte. Zumindest deutete ich ihre Reaktion so. Als sie sich einigermaßen erholt hatte, versuchte sie, mehr über die Umstände des Todes ihrer Schwester zu erfahren, kann man ja verstehen. Aber Jan sagte etwas von laufenden Ermittlungen. Ließ sie erst mal vor die Wand laufen. Er wollte, dass sie erzählte, sagte ihr das auch. Er war ganz offen zu ihr, sagte, dass er Kriminalpolizist sei und den Fall eigentlich abgeben müsste, weil es um seine Mutter ging, dass er aber den Mörder finden wolle. Ich war wieder überrascht. Er schien ihr wirklich zu vertrauen. Sie saß dann eine ganze Weile da und versuchte, ihre Gedanken zu ordnen, während sie weinte. Jan ließ sie nicht aus den Augen, beobachtete jede ihrer Regungen, als würden sie ihm etwas Wichtiges verraten. Ganz der Polizist. Oder zumindest bildete ich mir das ein. Vielleicht wollte ich auch nur selbst daran glauben, dass wir es immer noch mit einem Kriminalfall und nicht mit ...«

Stille.

»Mit einem Drama?«
»Korrekt. Obwohl: Streng genommen gibt es da keinen Unterschied. Alles, womit wir uns beruflich beschäftigen, ist irgendwie dramatisch, sogar die kleinen Fälle. Wenn ich an die Kramms denke ... Sie lässt sich verprügeln, und ihm fällt nichts Besseres ein, als sie zu verprügeln. Beide eigentlich bemitleidenswert.«

Stille.

»Das ist jetzt ... nicht sehr polizeilich gedacht.«

Stille.

»Entschuldigung. Bin etwas mitgenommen von der ganzen Sache.«
»Kein Problem, Herr Malik. Möchten Sie über etwas anderes reden? Wie geht es Ihnen mit Ihrer Frau?«
»Ist nicht wirklich so anders. Im Moment sehe ich da keinen Lichtblick.«

Stille.

»Ich habe übrigens Ihren Rat befolgt und mit meiner Mutter gesprochen.«
»Über die Umstände ihrer Flucht?«
»Korrekt. Sie sagte, dass sie bis heute Gewissensbisse habe. Und darunter leide, dass sie die Familie gespalten hat. Sie sagte, manchmal schaue sie mich an und sehe in mir eine Art Halbwaise, weil ich nur Vater und Mutter habe.«

Stille.

»Ist eine andere Kultur.«
»Aber auch Ihre, Herr Malik. So sehr Sie sich auf dieses Land eingelassen haben und sogar Beamter im Staatsdienst geworden sind, so sehr haben Sie doch Ihre Wurzeln auch dort.«
»Wie meinen Sie das?«
»Ich meine Ihre Loyalität gegenüber Jan West. Dieses persönliche Band, die Verpflichtung zur Treue. Ich weiß nicht, was ein ... ich nenn' es mal ›deutscher Deutscher‹ getan hätte. Sehen Sie, hierzulande neigt man dazu, den Staatsapparat, die Autorität, die Behörden über das Persönliche zu stellen. Das hat etwas Gutes, weil es vielleicht nicht ganz so viel Korruption gibt wie in vielen anderen Ländern. Aber es war auch einer der Gründe, weshalb die Nazis so erfolgreich waren: Die Leute befolgten die Vorgaben der Obrigkeit. Ich würde sagen, ein Deutscher, dessen Vorfahren seit Jahrhunderten hier gelebt haben, hätte vermutlich seinen Vorgesetzten informiert.«

Stille.

»Sie meinen, ich habe falsch gehandelt.«
»Nein. Was ich meine, ist etwas anderes: Sie haben auf die Stimme Ihres Gewissens gehört. Anstatt es sich leicht zu machen, sind Sie den schwersten Weg gegangen, indem Sie persönliche Verantwortung übernommen haben. Das war sehr mutig von Ihnen, Herr Malik. Mit Menschen wie Ihnen hätte es vermutlich keinen Holocaust in Deutschland gegeben. Aber Ihr Mut hat Sie in die Zwickmühle gebracht, in der Sie jetzt stecken. Ich nehme an, Sie wissen, wo Jan West sich befindet. Und ich nehme an, dass er sich nach wie vor auf Sie verlassen kann. Das ist gut, Herr Malik. Aber Sie bringen große Opfer für diese Sache.«

Stille.

»Ich glaube, meine Frau hat Angst.«
»Um Sie?«
»Nein. Vor mir. Sie ... wir ... es kommt kaum noch zu ... eigentlich gar nicht mehr.«
»Reden Sie mit ihr! Weihen Sie sie ein. Erzählen Sie ihr alles, auch das, was Sie mir nicht erzählen wollen.«
»Aber dann mache ich sie zur Komplizin!«
»Sie ist Ihre Frau. Sie kann nicht dafür verurteilt werden, dass Sie zu Ihnen hält.«

Stille.

»Meine Mutter bat mich, meinem Vater nichts von unserem Gespräch zu sagen. Sie hat ihn nie wissen lassen, was sie fühlt, wenn sie an die Flucht denkt. Sie sagte, sie wisse, dass es unverzeihlich ist, eine solche Verlobung aufzulösen. Ich ... hätte nie damit gerechnet, dass es ihr so damit geht. Ich dachte, das, was mein Vater erzählte, sei die Geschichte von beiden. Aber es ist nur seine, und er weiß nicht einmal was von ihrer.«

»Glauben Sie mir: Tief in seinem Herzen weiß er es. Vielleicht hat er in all diesen Jahren seine Geschichte so laut erzählt, damit Sie, Herr Malik, es leichter damit haben.«
»Aber jetzt kommt alles zurück.«
»Und doch haben Sie eine glückliche Kindheit gehabt, nicht wahr? Bestimmt hat das auch Ihrer Mutter geholfen. Sonst hätte sie ihn doch korrigiert. Aber sie unterließ es. Sie hat erst etwas gesagt, als Sie ihr die entsprechende Frage gestellt haben.«

Stille.

»So gesehen.«
»Ihre Situation ist anders, Herr Malik. Sie müssen zu einer gemeinsamen Geschichte mit Ihrer Frau zurückfinden. Deshalb müssen Sie mit ihr reden, ihr erzählen, was passiert ist. Dann kann sie zu Ihnen halten, auch wenn es bedeutet, dass sie schweigen muss. So, wie Ihre Mutter geschwiegen hat.«

Stille.

»Soll ich weitererzählen?«
»Bitte!«
»Wir saßen da, niemand hatte den Kaffee oder den Kuchen angerührt, Britta Kolbert flehte Jan an, ihr zu erzählen, was passiert war. Sagte, sie sei doch eine Angehörige. Schließlich gab Jan nach und erzählte ihr mehr oder weniger detailliert, wie Klara Kolbert zu Tode gekommen war, und sie saß weinend da, starrte auf das Tischchen und hielt wieder die Hände vor den Mund. Hörte sich alles an und nickte sogar manchmal, als hätte sie längst geahnt, dass es so kommen würde. Als Jan seinen Bericht beendet hatte, war es eine Weile still. Dann erhob sie sich und ging zu einem hohen Bücheregal, das neben dem Fenster stand. Ganz unten befanden sich große dicke Bände, sie zog einen heraus und kam damit zurück. Ein Album. Sie reichte es Jan und sagte: ›Ich habe dir geschrieben, weil ich dir das zeigen wollte.‹ Ich beobachtete Jan. Er sah erst mal

enttäuscht aus. Konnte ich verstehen, auch seine Großmutter hatte ihm nichts als Alben gezeigt. Aber Britta Kolbert wirkte angespannt. Keine Ahnung, warum. Jan blätterte lustlos in dem Album und blieb plötzlich an einem Foto hängen. Betrachtete es fast eine Minute lang und sagte dann zu seiner Tante: ›Von wann ist das?‹ Sie nickte, als hätte er eine Prüfung bestanden, und antwortete: ›Von 1990.‹ Jan gab mir das Album, damit ich das Foto sah. Ich verstand auf Anhieb, was ihn so überraschte. Es war ein Foto der beiden Schwestern. Britta fing stockend an zu erzählen, während ich das Foto betrachtete. Sagte, dass es auf dem Geburtstag ihres Bruders aufgenommen worden war. Rolf Kolbert hatte damals offenbar regelmäßig in der Tukania verkehrt, einer schlagenden Burschenschaft in Zehlendorf. Die kannten wir, einige unserer Kollegen sind alte Herren von der Tukania. Schwärmen immer von ihrer Zeit dort. Das Typische: Besäufnisse, Männerrituale, Frauen, aber auch Politik. Nicht alles astrein. In den letzten Jahren sind da unter anderem auch Rechte aufgetreten. Jedenfalls sind auf dem Foto ziemlich viele Leute zu sehen, Männer, Frauen, offenbar beim Tanzen und Trinken. In der Mitte des Fotos Klara und Britta Kolbert. Sehen einander nicht so ähnlich wie in späteren Jahren. Klara mit langen glatten Haaren. Britta mit einem Kurzhaarschnitt. Auch die Gesichter wirken unterschiedlich. Britta eher zurückhaltend. Klara ganz gelöst. Sie stehen nebeneinander und lächeln in die Kamera. Tragen beide normale Kleidung. Jan fragte, ob einer der Männer auf dem Bild mit Klara in engerer Verbindung gestanden habe. Britta blickte ihn daraufhin eine Weile forschend an, während ihr immer noch die Tränen herunterliefen. Sah aus, als wollte sie herausfinden, wie viel Jan wusste. Oder vielleicht wartete sie auch nur, bis der Schmerz nachließ, damit sie weitersprechen konnte. Ich weiß es nicht. Jedenfalls sagte sie dann langsam, sie habe schon lange mit ihm darüber sprechen wollen, wenn auch unter anderen Umständen. Schluchzte wieder. Anschließend tippte sie mit einem Finger auf einen der Männer, die hinter den beiden Schwestern stehen. Ein großer, kräftiger. Unterhält sich mit einem Mann, der nur im Profil zu sehen ist. Trägt irgendwie andere Kleidung als die anderen. Das war Thomas Winkler.«

Stille.

»Es kam heraus, dass Senta Kolbert einen Weg gefunden hatte, in den Westen zu gelangen. Über diesen Thomas Winkler, den sie Jahre zuvor im Brandenburgischen Dedelow kennengelernt hatte. Im Frühjahr 1975. Senta war dorthin gezogen, weil sie im Fernsehen eine Sendung über ein DDR-Musterdorf gesehen hatte. Sie wollte etwas beitragen, zumindest nannte Britta Kolbert es so. Sie ging dorthin und arbeitete als Sekretärin bei der dortigen Landwirtschaftlichen Produktionsgenossenschaft. Thomas Winkler kam aus dem Westen, aus Hannover. Er besuchte regelmäßig seine Verwandtschaft in Dedelow, und so lernten sich die beiden kennen. Hatten wohl was miteinander, zumindest eine Weile. Winkler erzählte Senta Kolbert damals, die DDR stecke in großen finanziellen Schwierigkeiten und brauche Devisen. Deshalb kaufe die Bundesrepublik Leute frei, die versucht hatten, abzuhauen, erwischt worden waren und anschließend in der DDR im Gefängnis saßen. Man sitze da höchstens ein Jahr lang ein und werde dann freigekauft. Klang ganz leicht. Senta Kolbert versuchte tatsächlich ein paar Monate später, mit einem Simson-Mofa in Ost-Berlin über die Grenze zu fahren.«
»Zuerst wollte sie etwas beitragen, und dann wollte sie flüchten?«
»Offenbar. Jan fragte Britta Kolbert das Gleiche, aber sie zuckte nur mit den Schultern und meinte, in der DDR hätte eigentlich jeder, der West-Fernsehen bekam, nach drüben gehen wollen, bis auf ein paar Tausendprozentige. Weil aber die Grenze dicht gewesen sei, habe man sich andere Dinge ausgedacht, wie eben, etwas beizutragen.«
»Klingt nachvollziehbar.«
»Das denke ich auch. Senta wurde natürlich bei ihrem Grenzübertritt erwischt und zu acht Jahren Gefängnisstrafe verurteilt. Sie saß aber nur anderthalb und kam frei, nachdem die Bundesregierung 70.000 D-Mark an die DDR bezahlt hatte. Das war wohl ziemlich gut organisiert. Muss ein richtiger Menschenhandel gewesen sein. Aber die DDR-Behörden taten trotzdem so, als sei die Flucht so was wie Hochverrat. Britta erzählte, dass sie zu ihnen nach Hause kamen, sie ausfragten, die ganze Wohnung durchsuchten. Nach feindlich ideologischer Infiltration. So

nannten die das offenbar, meinte Britta. Jedenfalls hatte Senta Kolbert es in den Westen geschafft. Britta und Klara Kolbert überlegten sich dann, auf gleiche Weise nach drüben zu gelangen.«

»Brach deshalb der Kontakt zur Mutter ab?«

»Vermutlich. Jan meinte später zu mir, die seien nur deshalb in den Westen abgehauen, weil es mit der Familie bergab ging. Das Ganze begann fast unmittelbar, nachdem der Vater ausgezogen war. Muss ein Schock für alle gewesen sein, zumindest für die Mädchen. Rolf blieb ja da. Jans Großmutter hatte nichts davon erwähnt. Ich glaube, er versuchte, einen verständlichen Grund für ihr Schweigen zu finden. Wollte sich wohl nicht schon wieder von der Familie angelogen fühlen.«

»Und dann versuchten Klara und Britta zu fliehen?«

»Korrekt. Sie und Britta Kolbert arbeiteten als Kohlearbeiterinnen in der VEB Elektrokohle in Lichtenberg, in ihrem Kiez also. Muss wohl eine ziemlich dreckige Arbeit gewesen sein. Britta Kolbert machte Andeutungen, dass Klara und sie sich nach Sentas Weggang wie Fremde in der Familie gefühlt hätten. Zuerst der Vater und dann die älteste Schwester. Der Mutter ging es wohl schlecht, sie sprach kaum noch, überließ die Mädchen sich selbst. Die haben sich dann immer weiter isoliert. Die schulischen Leistungen müssen in der Zeit ziemlich nachgelassen haben. Die beiden schafften nur die Polytechnische Oberschule, das entspricht der mittleren Reife. Studieren kam deshalb nicht in Frage. Aber Klara Kolbert soll sehr gut in Sport gewesen sein.«

»Wofür steht VEB?«

»Volkseigener Betrieb, Staatsunternehmen. Gab ja nichts anderes. Jedenfalls träumten sie seit Sentas Flucht davon, es irgendwie rüber zu schaffen, wie Britta Kolbert es nannte. Von dem Geld, das sie verdiente, konnte sich Klara irgendwann auch so ein Simson-Mofa kaufen. Damit sind sie dann am 4. Juni 1976 zum Grenzübergang Bösebrücke gefahren. Sie wollten tatsächlich auf dieselbe Weise vorgehen wie ihre ältere Schwester. Aber sie kamen gar nicht erst auf die Brücke. Volkspolizisten fingen sie vorher ab und schickten sie weg.«

Stille.

»Kann man sich ja eigentlich gar nicht vorstellen, wie das ist, in so einem System zu leben.«

Stille.

»Schwer, darüber zu urteilen.«

Stille.

»Wie wirkte Britta Kolbert denn während der Erzählung auf Sie?«
»Sie war schon ziemlich mitgenommen von der Nachricht, dass ihre Schwester tot war. Sprach stockend, weinte immer wieder. Waren ja alles Erinnerungen an Klara. Ich hatte den Eindruck, auch für Jan war es ein schweres Gespräch, obwohl er versuchte, professionell zu bleiben.«
»Und Sie, Herr Malik?«
»Ich? Schwer zu sagen. War weder meine Mutter, noch meine Tante, um die es da ging. Trotzdem ...«

Stille.

»Ganz ehrlich: Am liebsten wär' ich aufgestanden und gegangen. Das ging mich alles nichts an. Andererseits ging es um einen Mord, und wir hatten den Auftrag, den Mörder zu finden.«

Stille.

»Ich hab' dann gedacht: Mensch, Abid, stell dich nicht so an! Im Vergleich dazu hast du doch eigentlich keine Probleme.«
»Das haben Sie in der Situation gedacht?«
»Korrekt. Half auch.«
»Wie ging's weiter?«
»Britta Kolbert wollte an dem Morgen, als sie einfach zurückgeschickt wurden, aufgeben. Sie sagte, sie hätte plötzlich das Gefühl gehabt, dass sie nur Kinder waren, die gar nicht verstanden, was sie da taten.

Hatte plötzlich Angst, was Falsches zu tun. Sie sagte wohl zu ihrer Schwester: ›Was, wenn das im West-Fernsehen auch alles nur Propaganda ist? Vielleicht ist es da noch schlimmer als hier?‹ Kann man ja verstehen. Die waren eingesperrt, hatten keine Ahnung. Aber Klara Kolbert wollte nicht mehr zurück nach Hause. Muss ihre Schwester ziemlich übel beschimpft haben – vor allem als feige Heulsuse und Versagerin.«

»Das hat Britta Kolbert einfach so erzählt?«

»Hat mich auch gewundert. Aber sie schien nicht stolz zu sein. Sagte, Klara wäre schon immer die Stärkere von ihnen beiden gewesen, hätte sich in der Regel durchgesetzt. So auch diesmal. Die beiden sind dann auf dem Mofa zum Grenzübergang an der Heinrich-Heine-Straße gefahren. War ja noch relativ früh am Morgen. Sie mussten sich beeilen, bevor die im Kohlewerk ihr Fehlen meldeten. Der Grenzübergang an der Heinrich-Heine-Straße war keine Brücke, deshalb gab es im Prinzip mehr Platz. Klara wartete einen günstigen Moment ab, dann sind sie auf die Grenze zugefahren. Mit 25 Stundenkilometern. Ein paar Vopos begannen, sie zu Fuß zu verfolgen. Muss ein ganz schönes Geschrei gewesen sein. Direkt vor dem Grenzübergang stand einer mit einer Pistole in beiden Händen. Hatte sie hochgehoben, als würde er auf sie zielen. Klara fuhr genau auf ihn zu. Britta meinte, da hätte sie die Augen zugemacht, weil sie dachte: ›Der schießt jeden Moment, dann sind wir beide tot‹. Aber er schoss nicht, sondern sprang im letzten Moment zur Seite. Hatte sich wohl gedacht, die kommen eh nicht rüber. Und so war es auch. Die Absperrungen waren anscheinend nicht so leicht zu überwinden. Die beiden mussten vom Mofa steigen, und danach kamen sie nicht mehr weit. Wurden offenbar gleich umringt und abgeführt.«

»Und dann saßen sie in Haft?«

»Sie saßen drei Monate in Einzelhaft, und wurden dann zu zehn Jahren Zuchthaus verurteilt. Kamen nach Bautzen II.«

»Bautzen? War das nicht schon während des Nationalsozialismus ein Gefängnis?«

»Schon vor '33. In Bautzen gibt es seit über hundert Jahren Gefängnisse. Heute befindet sich in Bautzen I eine Justizvollzugsanstalt.«

»Haben Sie das recherchiert?«

»Aus Interesse.«

Stille.

»Jedenfalls hatten die beiden Pech. Die DDR-Behörden fanden natürlich heraus, dass Senta Kolbert bereits geflohen war und stuften die ganze Familie als konterrevolutionär ein. Jans Großmutter verlor ihre Arbeit und wurde gezwungen, aus der großen in eine kleinere Wohnung umzuziehen. Als Britta Kolbert das erzählte, sah ich Jan an, wie überrascht er war. Wohl auch enttäuscht von der Alten. Aber später sagte ich zu ihm, dass sie es vielleicht nur deshalb nicht erwähnt hatte, weil es ihr peinlich war. Das überzeugte ihn zwar nicht, aber er tat es auch nicht ab. Ich kann ihn verstehen. Er musste sich vorkommen wie im falschen Film. Alles in seinem Leben war unecht. Er konnte sich auf niemanden verlassen. Da war er natürlich radikal.«
»Ist das vielleicht auch der Grund, warum Sie so konsequent zu ihm halten?«
»Haben Sie vorhin nicht gesagt, das kommt aus der Kultur meiner Eltern? Wie passt das zusammen?«
»Ich würde sagen, das passt sehr gut. Es braucht ja immer zwei.«
»Hm. Möglich.«

Stille.

»Die DDR wollte an den Kolbert-Schwestern ein Exempel statuieren. Britta erzählte vom Zuchthaus. Muss hart gewesen sein. Schwere Arbeit, viel Disziplin, strenge Strafen. Sie hat's wohl nicht leicht gehabt, war häufig in Einzelhaft, weil sie ausgetickt ist. Sie meinte, nach einem Jahr wäre sie mit den Nerven fertig gewesen, hätte damals nicht mehr daran geglaubt, dass sie das überlebt. Die DDR sah die beiden wohl einerseits als Propaganda-Opfer sogenannter feindlich negativer Positionen an und versuchte sie davon zu ... reinigen. Britta Kolbert meinte, es habe ein Programm zur sogenannten Rückgewinnung gegeben, mit ideologischer Schulung. Das habe sie alles schon aus der Schulzeit gekannt. Andererseits aber waren sie verurteilte Täterinnen und wurden zum Teil überhart angefasst.«

Stille.

»Klara reagierte wohl anders. Sie fügte sich schnell ein, wurde mehrfach wegen guter Führung ausgezeichnet. Britta Kolbert sagte, damals hätte sie zum ersten Mal gedacht, dass Klara eigentlich nicht Freiheit suchte, sondern Struktur. Kann ich natürlich nichts zu sagen. Aber es passt ins Persönlichkeitsprofil.«
»Wie meinen Sie das?«
»Lauterbach hat mal gesagt, BDSM sei ein Auffangbecken für Leute, die sich nicht selbst disziplinieren können. Er meinte damit sowohl die sogenannten Doms als auch die sogenannten Sklaven. Kann man schon nachvollziehen. Die Doms brauchen jemanden, den sie rumkommandieren können, weil sie sich selbst nicht unter Kontrolle haben. Und die Sklaven brauchen jemanden, der sie zwingt, Regeln einzuhalten, weil sie es allein nicht hinkriegen.«
»Interessant.«
»Ich kann nicht sagen, ob es sich wirklich so verhält, aber es klingt plausibel. Britta Kolbert sagte auch, sie hätte sich von ihrer Schwester im Stich gelassen gefühlt. Immer wenn es ihr schlecht gegangen sei, hätte Klara sich von ihr distanziert. Deshalb sei sie dann auch immer ausgerastet und in Einzelhaft gekommen. Das sei fast besser gewesen, als mitansehen zu müssen, wie die eigene Schwester zur Fremden wird.«
»Das ist allerdings hart.«
»Kann man so sagen. Damals entstand wohl ein Bruch zwischen den beiden. Britta sagte, sie hätte versucht, ihn zu kitten, obwohl sie diejenige war, die sich verraten fühlte, aber da sei nichts zu machen gewesen. Klara habe im Gefängnis eine Wesensveränderung durchgemacht. Exakt so hat sie das genannt. Weinte dabei auch wieder. War schon eine traurige Geschichte. Sie hatten aber Glück im Unglück. Genau an dem Tag, als sie und Klara Kolbert versucht hatten, zu fliehen, am 4. Juni 1976, waren in Westdeutschland über zwanzig DDR-Spione

festgenommen worden. Nach vier Jahren wurden die Kolbert-Schwestern und ein paar andere Häftlinge gegen die meisten dieser Spione und eine unbekannte Geldsumme ausgetauscht. So kamen die beiden Mitte 1980 nach West-Berlin.«

»Gut. Bis hierhin, Herr Malik. Sollen wir einen neuen Termin vereinbaren?«

»Brechen Sie jetzt wieder ab, weil es gerade nicht mehr so schlimm ist?«

»Auch das. Sie haben mich durchschaut. Ich muss wohl besser aufpassen. Aber unsere Zeit ist auch schon abgelaufen.«

»Ich muss Ihnen noch eine Sache sagen.«

»Ja, bitte?«

»Ich hab Jan erzählt, dass ich regelmäßig zu Ihnen komme.«

»Okay.«

»Er meinte, ich soll Ihnen alles erzählen.«

»Das hat er gesagt?«

»Korrekt. Er hat gesagt, er hat mich so tief in den Schlamassel mit reingezogen, dass er sich schuldig fühlt. Sagte, ich soll keine Rücksicht mehr auf ihn nehmen.«

Stille.

»Das hatte er vorher noch nie gesagt.«

»Wissen Sie was, Herr Malik? Wir machen jetzt einen Deal: Ich übernehme Ihre Aufgabe, dichtzuhalten, so dass Sie es nicht mehr tun müssen. Okay?«

»Sie meinen, egal, was ich Ihnen erzähle?«

»Ja.«

»Aber sind Sie nicht verpflichtet ...?«

»Wenn ich nichts sage, erfährt es doch keiner, oder? Was ist mit Britta Kolbert und den Wests? Werden die dichthalten? Das ist doch zu vermuten, nicht wahr?«

»Warum tun Sie das? Das ist gefährlich. Ich will nicht, dass noch jemand da reingerät.«

»Sie haben zu Beginn unserer Sitzungen einmal zu mir gesagt, ich sei kein Fluss, erinnern Sie sich?«
»Ja. Und jetzt wollen Sie zum Fluss werden?«
»Ich kann nicht zum Fluss werden. Aber ich kann versuchen, Sie zu entlasten. Verstehen Sie mich bitte richtig: Sie haben mir soeben ›gestanden‹, dass Sie weiterhin Kontakt zu Jan West halten, der von der Kripo gesucht wird. Herr Ballmann hat mich vorgestern angerufen und mir mitgeteilt, dass West wegen Mordes gesucht wird. Er forderte mich explizit auf, ihn zu informieren, falls Sie zu erkennen geben sollten, dass Sie wissen, wo er steckt. Und jetzt stehe ich vor der Entscheidung. Sobald Sie meine Praxis verlassen, muss ich ihn eigentlich anrufen. Dann sehen wir uns womöglich nie wieder, Herr Malik.«
»Die Sache ist also klar.«
»Bitte bleiben Sie noch! Ich habe viel darüber nachgedacht. Ein Intervisor hätte mir gutgetan, aber Sie wollten ja nicht, dass noch jemand involviert wird. Ich stelle mir vor, dass ein Intervisor mir geraten hätte, den Anruf zu tätigen. Er hätte argumentiert, dass es um Grenzen geht. Er hätte gesagt, dass ich nicht in die Falle der Empathie gehen darf. Ganz ähnlich wie in Ihrem eigenen Beruf. Erinnern Sie sich? Sie sagten einmal zu mir, Empathie sei gefährlich für Polizisten.«
»Ich erinnere mich.«
»Aber ich habe den Eindruck, dass es manchmal unmöglich ist, nicht in diese Falle zu gehen. Wir sind ja alle nur Menschen. Vielleicht habe ich das sogar durch Sie begriffen, Herr Malik.«
»Kann nicht sagen, dass ich stolz darauf wäre.«
»Das kann ich nachvollziehen, auch wenn ich anderer Meinung bin. Und ich bin selber auch nicht stolz darauf, dass ich meine professionelle Distanz aufgebe. Es erscheint mir einfach nur notwendig, wenn wir weiterkommen wollen.«

Stille.

»Ich habe von Anfang an geahnt, dass Sie mir mehr abverlangen werden als meine bisherigen Patienten. Weil es eben diesen krimi-

nalpolizeilichen Aspekt gibt. Außerdem warte ich schon mein ganzes Berufsleben darauf, dass mir so etwas mal passiert.«
»Ich verstehe nicht.«
»Sehen Sie, im Studium brachte man uns bei, dass es im Leben eines jeden Therapeuten mindestens einen Patienten gibt, der ihn an seine Grenzen und vielleicht sogar darüber hinaus bringt. Bisher war das bei mir noch nicht passiert. Aber mit Ihnen ändert sich das gerade, glaube ich.«

Stille.

»Ich habe auf jeden Fall genug von Ihnen gehört, um zu wissen, dass Sie versuchten und immer noch versuchen, Ihrem Gewissen zu folgen. Ich könnte jetzt natürlich sagen, dass es besser ist, Sie aus Ihrem Dilemma zu befreien, indem ich Ihre Aussage melde. Aber ich glaube inzwischen, dass das nicht meine Aufgabe ist, sondern Ihre. Sie, Herr Malik, müssen sich entscheiden. Deshalb biete ich Ihnen diesen Deal an. Oder haben Sie mir gesagt, dass Sie wissen, wo Herr West sich aufhält, damit ich Sie verpfeife?«
»Ich habe Ihnen doch gar nicht gesagt, dass ich weiß, wo er ist. Ich habe nur gesagt, dass ich mit ihm gesprochen habe. Er könnte mich doch auch von einem Mobiltelefon mit blockierter Nummer angerufen haben.«

Stille.

»Also kein Geständnis und deshalb auch kein Deal? Herr Malik?«

Stille.

»Ich muss darüber nachdenken.«
»Machen wir also einen neuen Termin?«
»Möglichst bald, wenn es geht.«

Sechstes Gespräch

»Wie waren die letzten Tage, Herr Malik?«

Stille.

»Viel passiert.«

Stille.

»Ich hab' mit meiner Frau geredet. Hab' ihr alles erzählt. Sie war ziemlich geschockt. Von der ganzen Sache. Hat geweint. Aber sie war auch erleichtert.«
»Erleichtert? Warum?«
»Ballmann war bei ihr gewesen, schon vor über einem Monat. Hatte Ihr erzählt, dass Jan unter Mordverdacht steht, dass nach ihm gefahndet wird, dass ich dringend verdächtigt werde, sein Komplize zu sein. Dass wir die Ermittlungen nach Klara Kolberts Mörder mutmaßlich behindert hätten, indem wir Indizien und Beweismaterial unterschlugen. Alles mit dem Ziel, Rache am Mörder zu üben. Hatte wohl auch Anspielungen auf meine Herkunft gemacht, von wegen er sei enttäuscht von mir, weil ich im entscheidenden Moment wie ein pakistanischer Freischärler gehandelt hätte. So hat er es genannt. Hat was von Vendetta gesagt.«
»Vendetta? Das gehört doch nach Italien!«
»War trotzdem klar, was er meinte. Ist ja auch nicht falsch. Sie haben doch selbst gesagt, dass meine Loyalität zu Jan nicht gerade deutsch ist.«
»Und wie erklärt er Jan Wests Verhalten?«
»Sprach von mildernden Umständen, falls er sich stellt. Das hatte er kurz davor auch schon im K gesagt – in die Runde. Es war aber wohl vor allem an mich gerichtet.«
»Haben Sie Jan darüber informiert?«
»Natürlich. Ich fuhr noch am selben Tag zu ihm. Er versteckt sich in einer Wohnung in Neukölln. Wo, sag' ich Ihnen besser nicht.«

Stille.

»Schon hart – meine Frau hat in den letzten anderthalb Monaten gedacht, dass ich womöglich einen Mörder decke.«

Stille.

»Sie sagte, sie hätte sich jeden Tag vorgenommen, mit mir zu reden. Aber dann hätte sie sich gefragt, ob Ballmann nicht Recht habe. Sie hätte irgendwann nicht mehr gewusst, ob sie mich wirklich kennt. Vor allem, seit ich damals wegen des Einkaufs so wütend reagiert hatte. Da kam eins zum anderen.«

Stille.

»Sie sagte, sie hätte sogar schon begonnen, ihre Flucht mit den Kindern vorzubereiten, falls sich herausstellt, dass ich ...«

Stille.

»... dass ich tatsächlich in einen Mord verwickelt bin.«
»Und jetzt?«

Stille.

»Wird man sehen. Ich war nicht auf so was vorbereitet. Die ganze Zeit über hab' ich mein Schweigen mit dem Üblichen gerechtfertigt – laufende Ermittlungen und so. Wollte sie nicht belasten mit meinem Kram. Aber sie wusste längst Bescheid. Und hat auch nichts gesagt.«
»Wie fühlen Sie sich dabei?«
»Ich komme mir schon irgendwie hintergangen vor. Ist vermutlich unvermeidlich. Ballmann hatte ihr Angst gemacht, und sie ... war verunsichert. Kann man ja verstehen. Deshalb war sie so froh, als ich ihr alles erzählte. Ich glaube, sie weinte vor allem vor Erleichterung. Sie hat mir erzählt, wie das war, als Ballmann zu uns nach Hause kam, kurz nachdem ich aus der Wohnung gegangen war, um zur Arbeit zu fahren. Ich

erinnere mich sogar. Ist ungefähr fünf Wochen her – also ein paar Tage, bevor ich das erste Mal bei Ihnen war. An dem Morgen sollte die Soko West zur Besprechung zusammenkommen, aber es hieß, Ballmann habe sich verspätet. Wir warteten fast eine Stunde lang auf ihn. Währenddessen war er bei mir zuhause. Meine Frau meinte, nach dem Gespräch sei sie fix und fertig gewesen.«

Stille.

»Und ich hab nichts davon bemerkt.«
»Wovon?«
»Von den Albträumen, die sie seitdem hatte. Davon, dass sie nicht mehr einschlafen konnte, solange ich wach neben ihr lag. Ich war so mit der ganzen Sache beschäftigt, dass ich nicht sah, wie es ihr ging. Wer weiß ... wenn die Kinder nicht wären, hätte sie mich vielleicht längst verlassen. Aber mit Kindern ist man vorsichtiger. Hat sie auch gesagt. Meinte, sie hätte gar nicht mehr gewusst, was sie tun sollte. Bleiben. Mit mir reden. Zu ihren Eltern. Dachte sogar schon an Scheidung und die ganzen juristischen Konsequenzen. Kann man verstehen, sie will ja Anwältin werden. Sorgerecht hätte ich nicht bekommen, meinte sie. Da mussten wir zum ersten Mal lachen. War dann auch noch ein schöner Abend. Zum ersten Mal wieder Nähe.«

Stille.

»Ich hatte schon gedacht, sie ...«

Stille.

»Sie liebe Sie nicht mehr?«
»Korrekt.«
»Ich freue mich, dass es Ihnen und Ihrer Frau wieder besser miteinander geht, Herr Malik. Das ist ein gutes Zeichen.«
»Ein Zeichen? Wofür?«

»Dafür, dass wir auf dem richtigen Weg sind.«
»Hm. So gesehen. Hoffentlich.«
»Weiß Ihre Frau denn auch, dass Sie dabei sind, mir alles zu erzählen?«
»Ja. Auch, dass Sie mir geraten haben, ihr alles zu erzählen. Sie meinte dazu: ›Dann hat das wenigstens ein Gutes gehabt‹.«
»Was meinte sie damit?«
»Ballmann hatte ihr gesagt, er halte eine Therapie für das Beste. Er hätte da jemand Geeignetes. Damit meinte er Sie. Ich müsse ans Reden gebracht werden, damit ich aus dieser ›unguten Sache‹ rauskomme. Bat sie natürlich, ihn anzurufen, wenn ihr etwas auffiele, oder wenn ich irgendwas zu ihr sage. Meinte, sie müsse mir helfen, bevor noch Schlimmeres passiert. Das Übliche. Man lernt das in der Ausbildung. Die Angehörigen positiv einbinden.«
»Und was wird sie jetzt tun?«
»Sie ist meine Frau, haben Sie ja selbst gesagt. Ballmann kann ihr nichts anhaben, wenn sie trotzdem den Mund hält.«
»Und das will sie tun?«
»Korrekt. Sie glaubt mir. Jan tut ihr natürlich leid, und sie versteht, dass er nicht anders konnte. Aber sie denkt, dass er sich trotzdem stellen muss.«
»Ich nehme an, Sie haben Ihrer Frau eine kurze Version der Ereignisse erzählt?«
»Korrekt. Nur das Wichtige.«
»Okay. Nun stellt sich die Frage, ob es für Sie überhaupt noch Sinn hat, mir die Ereignisse weiter zu schildern. Wie denken Sie darüber?«

Stille.

»Ich weiß noch nicht, was ich tun soll. Jan den Kollegen auszuliefern, kommt für mich nicht in Frage. Aber meine Frau hat schon Recht: Er muss sich verantworten. Und das muss ich auch. Aber ich kann es nur, wenn er den ersten Schritt macht.«
»Gut. Ich glaube, in dem Fall ist es das Beste, wenn Sie erst einmal weitererzählen. Was denken Sie?«

»In Ordnung.«

Stille.

»Mitte 1980 sind die Kolbert-Schwestern also in West-Berlin. Sie kamen zunächst bei Senta unter. Die lebte damals bereits mit Karl West zusammen, dem späteren Adoptivvater von Jan. Die beiden wohnten am Wannsee in einer ehemaligen Siedlung für SS-Angehörige. West stammt aus einer wohlhabenden Familie, das hab' ich recherchiert. Industrielle, die ursprünglich aus Hamburg kamen. Er hatte die gesamte Siedlung – lauter kleine Einfamilienhäuser mit größeren Gärten – von der Stadt erworben und ließ sie sanieren, um sie weiterzuverkaufen. Aber eines der Häuschen behielt er für sich. Das große Haus in Grunewald, wo sie heute leben, erbte er erst später, als sein Vater starb. Die ersten Monate im Berliner Westen wohnten Klara und Britta Kolbert also in der SS-Siedlung zusammen mit dem Paar. Ich bin dort hingefahren, habe mich umgeschaut. Eigentlich eine schöne Gegend, sehr grün. Aber die Häuschen selbst haben was Enges, wirken irgendwie ungemütlich. Geschmackssache vermutlich. Britta meinte, für sie sei es anfangs sehr schwer gewesen. Sie hätte sich kaum vor die Tür getraut. Hätte Heimweh gehabt und sogar mit dem Gedanken gespielt, in die DDR zurückzugehen, um bei ihrer Mutter zu sein, obwohl sie doch vor allem wegen der kaputten Familie geflohen war. Erst nach Wochen sei sie zum ersten Mal in die Stadt gefahren, um sich West-Berlin anzusehen. Zu dem Zeitpunkt war Klara schon ständig unterwegs, lernte Leute kennen. Sentas West-Bekannter aus Dedelow, Thomas Winkler, war inzwischen nach Berlin gezogen. Hatte offenbar Kontakt gehalten zu Senta. Jetzt nahm er Klara ab und zu mit, wenn er feiern ging oder Leute traf. Klara war wohl sehr interessiert, wollte immer mit, Britta meinte, Thomas Winkler habe sie gern mitgenommen, weil sie, wie er sagte, nicht schüchtern war. Britta hat es nicht so direkt gesagt, aber ihre Schwester ging in dieser Zeit wohl mit ziemlich vielen Männern ins Bett. Verbrachte dann manchmal tagelang mit einem furchtbaren Kater im Haus. Britta weinte wieder, als sie daran zurückdachte. Sagte, ihre Schwester sei so gierig gewesen. Habe nie genug bekommen, sei nie zufrieden gewesen. Manchmal sei sie regelrecht in depressive Zustände verfallen, wenn sie vorher eine Woche oder länger auf Achse gewesen war. Klingt für mich nach Drogenkonsum. Vermutlich Speed, Ecstasy oder Kokain – typische Partydrogen. Die verursachen so einen Absturz. Jedenfalls dachte Britta sich irgendwann, sie müsse auch einmal mitgehen und sich unter Leute begeben. Sie sagte, seit dem Zuchthaus habe sie Probleme gehabt, mit vielen Menschen längere Zeit in einem geschlossenen Raum zu verbringen. Dann, eines Tages, kam Thomas Winkler wieder zu Besuch und lud Klara ein, ihn zu einer Feier zu begleiten, woraufhin Britta sagte, sie wolle auch mit. Klara war wohl nicht begeistert, aber Winkler willigte sofort ein. Er fuhr mit ihnen nach Zehlendorf. Zur Tukania.«

»Ist dort das Foto entstanden, auf dem die Schwestern zu sehen sind?«

»Das Foto entstand fast zehn Jahre nach diesem ersten Aufenthalt. Aber an dem Abend im Sommer 1980 lernten Klara und Britta jemanden kennen, einen sogenannten ›alten Herrn‹, ehemaliger Student der Rechtswissenschaften, der in der Tukania gewohnt hatte und immer noch häufig dort verkehrte. Britta meinte, er sei ihr gleich aufgefallen, weil er irgendwie mehr Mann gewesen sei als die anderen. Groß, elegant gekleidet, hatte wohl was Weltmännisches, so einer, der ganz natürlich im Mittelpunkt steht. Den lernten die Kolbert-Schwestern kennen, weil er ein Freund von Thomas Winkler war. Anfang oder Mitte dreißig, arbeitete in einer Berliner Anwaltskanzlei als Steuerberater, verdiente gutes Geld, fuhr einen dicken PKW, trug teure Hemden, hatte eine Rolex am Handgelenk, so einer offenbar. Britta meinte, er sei sehr nett gewesen, sie hätten sich unterhalten, aber sie habe damals ein schweres Herz gehabt, so hat sie es genannt: ein schweres Herz. Wegen der Zeit im Zuchthaus und wegen der Entfremdung von Klara. Das habe sie an dem Abend in der Tukania die ganze Zeit gemerkt, und sie habe auch gemerkt, dass Klara wieder auf Distanz zu ihr ging, während sie sich mit Harry Wolff unterhielten, dem Bekannten von Thomas Winkler. Britta redete lange von diesem Gespräch. Es war wohl ziemlich laut in der Tukania, deshalb gingen sie irgendwann raus in den Garten und setzten sich dort zu dritt auf eine Bank. Wolff in der Mitte, links Britta, rechts Klara. Und Wolff redete. Er sprach davon, dass er zwar oberflächlich gesehen ziemlich viel Erfolg habe, zumal im Vergleich zu manchen anderen alten Herren aus seiner aktiven Zeit. Er zählte ein paar von ihnen auf, die an dem Abend anwesend waren und meinte wohl, sie täten ihm leid, weil sie sich nicht aus dem Studentenleben gelöst hätten. Manche seien inzwischen zu Alkoholikern geworden, andere würden langweilige Ehen führen und heimlich ins Bordell fahren, einer wäre spielsüchtig geworden, und nur zwei hätten einigermaßen ihr Leben in den Griff bekommen. Das sei schon bitter mitanzusehen. Aber auch er selbst sei sich nicht sicher, ob er es wirklich gut gemacht habe. Er führe eine langweilige Affäre mit einer verheirateten Frau, gebe sein Geld für unwichtige Dinge aus und spiele den Erfolgsverwöhnten. Aber in Wirklichkeit suche er nach etwas anderem, nach wahrer Intensität, nach unbedingter Hingabe, nach etwas Absolutem, nach Sinn. ›Das ist der Westen‹, soll er zu den beiden gesagt haben, ›seht euch vor. Hier gibt es alles, aber im Grunde bedeutet es nur, dass ihr ständig Gefahr lauft, euch selbst zu verlieren.‹ Britta wirkte, als hätte das Gespräch am Vortag stattgefunden. Sie saß vor uns und schien uns gar nicht mehr zu sehen. Jedenfalls meinte sie, Wolff habe ihr aus dem Herzen gesprochen. Irgendwann sagte er wohl: ›Ihr beide seid anders als die anderen. Ich habe das Gefühl, dass es eine Verbindung zwischen uns gibt‹, und auch das hätten sie beide so empfunden, sagte Britta. Ich war natürlich nicht dabei und kann es nicht beurteilen. Aber es klingt für mich so, als hätte er die Naivität der Kolbert-Schwestern ausgenutzt. Wolff ist nach einer Weile reingegangen, um Cocktails für sich und die Frauen zu holen. Britta und Klara waren also eine Zeitlang allein im Garten. Britta begann wieder zu weinen, als sie erzählte, Klara habe sie regelrecht angefaucht, sie solle sich ihr nicht in den Weg stellen. Damit hätte sie niemals gerechnet, sagte sie. Sie habe zu dem Zeitpunkt überhaupt nicht strategisch gedacht, aber Klara habe schon genau gewusst, was sie wollte. Sie wollte Wolff für sich haben. Als er dann mit den Cocktails zurückkam, habe er gleich gemerkt, dass irgendwas vorgefallen war. Und er sprach es offen aus. Er setzte sich wieder zwischen sie und sagte: ›Ich finde euch beide ziemlich attraktiv. Und ich freue mich, dass wir hier zu dritt sind.‹ Und dann habe er sie beide an sich gezogen und nacheinander geküsst. Britta sagte, für sie sei es das erste Mal gewesen. Sie war wohl völlig überrumpelt von der Situation und wehrte sich überhaupt nicht. Er habe zuerst sie geküsst, das sei ihr aufgefallen, und danach erst Klara. Aber Klara habe den Kuss dann in die Länge gezogen, sie habe ja auch viel mehr Erfahrung gehabt und gewusst, wie man das macht.«

»Das ist ja ganz schön detailliert, finden Sie nicht.«

»Kann man so sagen. Sie schien während ihrer Erzählung immer tiefer in ihre Erinnerungen einzutauchen. War ja auch verständlich – sie hatte eben erst erfahren, dass ihre Schwester ermordet worden war, und die Beziehung zwischen den beiden war ganz offensichtlich kompliziert gewesen. Sie sagte, wenn sie heute an damals zurückdenke, falle ihr auf, dass sie wirklich alles mit ihrer Schwester geteilt hätte, auch den Mann. Für sie sei Klara immer die bessere Version ihrer selbst gewesen, die Schönere, die Klügere, die Stärkere, die, die alles verdiente, was sie sich in den Kopf setzte. Aber sie selbst sei vermutlich für Klara immer die etwas lästige kleine Schwester geblieben. Ich kann das nicht beurteilen, ich habe keine Geschwister. Möglich ist alles. An dem Abend haben die drei wohl eine ziemlich lange Zeit auf der Bank gesessen und rumgeknutscht und sich Wolffs Komplimente angehört, bis er schließlich vorschlagen hat, sie könnten auch zu ihm nach Hause fahren. Britta sagte, sie habe gezögert, aber Klara sagte wohl sofort Ja. Also seien sie mit seiner schwarzen Limousine nach Charlottenburg gefahren. Da besaß Wolff eine Dachwohnung, so eine Art ausgebautes Atelier mit großen Fenstern. Muss wohl ziemlich luxuriös eingerichtet gewesen sein, lauter Sachen, die Britta und Klara nur aus dem West-Fernsehen kannten – Wasserbett, Dimmschalter, teure Massivholzmöbel, edle Teppiche, solche Sachen. Britta meinte, im Bad hätten drei Balenciaga-Flaschen gestanden. Sie habe nicht mal gewusst, was das war. Im Wohnzimmer mit Panoramablick über die Stadt befand sich eine kleine Bar, Wolff lud sie ein, sich an die Theke zu setzen, während er den Barmann spielte und ihnen Cocktails mixte. Wollte sie betrunken machen, wenn Sie mich fragen. Scheint ihm auch gelungen zu sein, denn irgendwann landeten sie zu dritt auf seinem Wasserbett, und Britta bekam kaum noch mit, wie er sie auszog. Sie betonte, dass sie aber noch genau wisse, dass das, was Klara und Wolff dann taten, nicht ihre Sache gewesen sei. Es sei ihr alles gestellt vorgekommen, gar nicht innig. Das sagte sie: nicht innig. Sie ist dann wohl mittendrin eingeschlafen. Am nächsten Morgen sei sie aufgewacht und Klara habe neben ihr gesessen und sie angegrinst. Sie habe sofort das Brennen zwischen ihren Beinen gespürt, und Klara habe sie darüber informiert, dass Wolff es sehr sexy gefunden habe, es mit einer schlafenden Frau zu treiben. Sie weinte dann wieder eine Weile, kann man ja verstehen. Streng genommen war sie in dieser Nacht vergewaltigt worden.«

»Wie verhielt Jan West sich denn während dieser Erzählung?«

»Sehr konzentriert. Ließ seine Tante nicht aus den Augen. Auch nicht, wenn sie weinte. Britta konnte eine ganze Zeitlang nicht weitersprechen, und ich dachte schon, das Gespräch sei beendet. Dann aber sagte sie, sie sei sofort aufgestanden, habe sich angezogen und die Wohnung verlassen. Sie meinte, für sie sei das Schlimmste nicht gewesen, dass Wolff sich an ihr vergangen habe. Das Schlimmste sei gewesen, dass ihre Schwester nichts dagegen unternommen hatte. Britta meinte, das sei der Moment gewesen, wo sie begriffen habe, dass es aus war zwischen Klara und ihr. Sie sei zurück zu Senta gefahren, habe dort noch ein paar Monate gewohnt, bis sie einen Ausbildungsplatz als Goldschmiedin gefunden habe, nachdem ihr DDR-Abschluss anerkannt worden war. Dann sei sie nach Kreuzberg gezogen in eine Wohngemeinschaft mit netten Leuten. Dort habe sie später auch ihren Mann kennengelernt. Klara sei bei Wolff geblieben. Sie beugte sich vor und zeigte mit dem Finger auf eine Stelle im Foto. Hinter den beiden Schwestern stand ein großer Kerl im Profil, markante Züge, lächelnd. Scheint sich mit Thomas Winkler zu unterhalten. ›Das ist Harry Wolff‹, sagte sie. Und dann sagte sie zu Jan: ›Ich glaube, er ist dein Vater.‹«

»Ich hab's mir fast schon gedacht.«

»Britta Kolbert wusste es nicht mit Gewissheit, denn sie hatte seit jener Nacht den Kontakt zu ihrer Schwester verloren. Ein paar Tage später kam Klara kurz in das Haus von Senta und Karl West, um ihre Sachen zu holen. Britta sagte, sie habe vorher das Haus verlassen und sei am See spazieren gegangen, um sie nicht sehen zu müssen. Weinte dann natürlich wieder. Konnte einem schon leidtun. Sie meinte dann noch, sie habe Klara erst durch einen Zufall zehn Jahre später ausgerechnet in der Tukania wiedergesehen. Ihr damaliger Mann sei dort als Redner aufgetreten, um über Waldsterben und die Folgen zu sprechen. Er war Forstwissenschaftler und Mitglied bei den Grünen. Britta meinte, sie hätten wirklich nur für das Foto zusammengestanden, das ihr Mann gemacht habe. Sie habe sich sehr unwohl gefühlt, weil Harry Wolff hinter ihr stand, und sie davon ausgehen musste, dass er Klara dazu veranlasst hatte, Jan wegzugeben. Damals war Jan ja schon acht Jahre alt und lebte praktisch seit seiner Geburt bei Senta. Das wusste sie aufgrund eines Telefonats, das die beiden geführt hatten, wie Britta angab. Sie sei entsetzt gewesen, weil Senta diesen Wahnsinn mitmachte, anstatt die Polizei zu rufen. Deshalb habe sie anschließend auch den Kontakt zu ihrer ältesten Schwester abgebrochen. Sie wollte das alles hinter sich lassen, sagte sie. Gelang ihr wohl auch. Mit Ausnahme jenes Abends in der Tukania. Klara dort so unbeschwert zu sehen, habe sie ziemlich erschüttert. Verständlich.«

»Das sind wirklich tragische Verwicklungen.«

»Kann man so sagen. Britta war ziemlich erschöpft, nachdem sie zu Ende erzählt hatte. Es war schon spät. Wir hatten über fünf Stunden bei ihr gesessen, um uns das alles anzuhören. Es war wie gesagt Wochenende, Samstag, ich hatte eigentlich eine Verabredung mit meiner Familie, aber weil ich mein Handy ausgestellt hatte, konnte meine Frau mich nicht erreichen. Dafür bekam ich später noch Ärger. Aber wir hatten jetzt einen Namen. Jan war jedenfalls ziemlich außer sich, nachdem wir uns von seiner Tante verabschiedet hatten und ich ihn nach Hause fuhr. Wir sprachen kaum, aber ich sah es an seinem Gesicht. Er starrte die ganze Zeit durch die Windschutzscheibe, als wäre er derjenige, der am Steuer sitzt. Ging bestimmt im Kopf noch mal alles durch, was Britta gesagt hatte. Ich setzte ihn vor seiner Haustür ab und fuhr dann selbst heim. Da war es schon nach Neun.«

Stille.

»Ich frage mich, warum Britta Kolbert ihrem Neffen das alles erzählen wollte.«

»Wie meinen Sie das?«

»Hm. Ist das nicht eher eine Geschichte, die man für sich behält?«

»Ich gehe davon aus, dass sie ursprünglich nur vorhatte, Jan zu sagen, wer ihrer Meinung nach sein Vater war. Als sie dann aber von Klaras Tod erfuhr, geriet sie aus der Fassung. Im Nachhinein war es natürlich geschickt von Jan, sie gleich zu Anfang mit dieser Nachricht vor den Kopf zu stoßen. Aber es war auch ...«

»Rücksichtslos?«

»Schon. Ich verstand ihn allerdings. Er hatte sein Leben in einer Stadt verbracht, in der lauter Verwandte von ihm wohnten. Aber keiner von ihnen hatte ihm jemals die Wahrheit gesagt. Ich habe übrigens etwas herausgefunden, was nicht einmal Jan weiß. Die alte Kolbert, seine Großmutter, hatte nicht nur die Flucht ihrer Töchter verschwiegen, sondern auch ein paar Dinge über ihren Mann: Die Familie lebte deshalb in Berlin-Lichtenberg, weil Günther Kolbert im Ministerium für Staatssicherheit in der Normannenstraße arbeitete, zu Fuß höchstens zehn Minuten von der Wohnung entfernt. Die Kinder wussten das nicht, sie dachten, er arbeite in einer Wälzlagerfabrik, die es in Lichtenberg tatsächlich gab. Nur seine Frau war im Bilde. Zu Hause spielte Kolbert den Durchschnittsgenossen, ließ es zu, dass seine Kinder West-Fernsehen schauten – alles, um nicht aufzufallen. Sie wussten nicht, dass er Berufssoldat und Offizier im besonderen Einsatz war. Das hieß konkret, dass er offiziell in einem volkseigenen Betrieb angestellt war, während er tatsächlich im Auftrag der Stasi Klassenkampf betrieb, also sogenannte feindlich negative Kräfte ausfindig machte.«

»Interessant. Die Kinder kannten ihren Vater also eigentlich gar nicht.«

»Nicht wirklich. Solange Kolbert bei Frau und Kindern lebte, schien allerdings alles gutzugehen.«

»Warum haben Sie Jan bisher nichts darüber gesagt?«

»Ich will ihn nicht zusätzlich belasten. In seiner derzeitigen Lage kann er solche Informationen nicht gebrauchen. Er hat schon genug Ärger wegen seines eigenen Vaters.«

»Hat er Harry Wolff getötet?«
»Nein. Harry Wolff ist nicht sein Vater.«
»Oh. Das ist jetzt wirklich eine Überraschung.«
»War es auch für mich. Und für Jan. Wir machten uns nach dem Gespräch mit Britta Kolbert sofort daran, Wolff aufzuspüren. Das entsprach vermutlich auch Brittas Absicht, nachdem sie durch Jan von Klaras Tod erfahren hatte. Sie war diejenige, die davon ausging, dass Wolff Jans Vater war und deshalb wohl auch der Mörder ihrer Schwester. Ich wollte bis zum Montag mit den weiteren Ermittlungen warten. Wollte Zeit haben, über alles nachzudenken. Zeit mit meiner Familie verbringen. Aber Jan war nicht mehr zu bremsen. Nachdem ich ihn vor seiner Haustür abgesetzt hatte, fuhr ich heim, wo meine Frau allein in der Küche saß. Sie hatte sogar noch Abendessen für mich zubereitet, obwohl ich unseren Ausflug mit den Kindern vergessen hatte und seit Stunden nicht erreichbar war. Mitten in unserem Streit rief er auf dem Diensttelefon an, so dass ich drangehen musste.«
»Moment! Das geht mir jetzt zu schnell. Wovon handelte der Streit?«

Stille.

»Es war nicht das erste Mal, dass ich wegen dieser Sache Verabredungen mit Hanna nicht eingehalten hatte. Seit wir auf eigene Faust ermittelten, standen wir ständig unter Zeitdruck und logen immer wieder, wenn der Chef anrief und fragte, wo wir steckten. Wir mussten ja zusätzlich noch immer die offizielle Arbeit erledigen. Ballmann schickte uns hierhin und dorthin und erwartete, dass wir eigenständig dachten und handelten und Ergebnisse vorlegten. Aber wir brachten keine Ergebnisse. Niemand brachte welche. Das gefiel keinem. Mir am wenigsten, denn Jan und ich hatten ja neue Erkenntnisse. Ich fühlte mich überhaupt nicht wohl damit. Kam mir immer mehr wie ein Verräter vor. Die anderen mühten sich ab, recherchierten, telefonierten, zerbrachen sich den Kopf, und ich sah das alles und sagte nichts. War schon schwierig. Dann noch der Ärger mit Hanna. Sie hatte mehrmals mitbekommen, wie Jan mich anrief und ich anschließend alles stehen und liegen ließ, um mich mit ihm zu treffen. Das gefiel ihr nicht. Als ich von dem Treffen mit Britta Kolbert spät abends nach Hause kam, stellte sie mich zur Rede. Sie behauptete, Jan wälze Arbeit auf mich ab, und ich ließe mir das gefallen, weil ich jünger und unerfahrener sei. War natürlich nicht gerade hilfreich, dass Jan ausgerechnet da anrief und von mir verlangte, ins K zu kommen. Ich versuchte ihr klarzumachen, dass es mein erster Mordfall war, und dass eine Soko kein normaler Dienst sei. Aber sie war nicht überzeugt.«

»Konnten Sie denn an einem Samstagabend so ohne Weiteres ihre Dienststelle betreten?«

»Es gibt einen Wachschutz. Da sitzt immer jemand an der Pforte, und man kann mit dem Dienstausweis durch das Drehkreuz am Eingang. Die Büros sind verschlossen, aber es gibt einen Schlüsselkasten mit Code. Ich kann also immer ins Büro.«

»Und es wundert niemanden, wenn Sie am Wochenende aufkreuzen?«

»Nein. Das kommt häufiger vor. Wir arbeiten ja nur bedingt zu festen Uhrzeiten. Wenn ein Fall es erfordert, kann auch mal alles andere sekundär werden.«

»Wie ging es weiter?«

»Meine Frau war ganz schön wütend, weil ich unseren Streit einfach abbrach und ins K fuhr. Im Nachhinein muss ich zugeben, dass ich Jans Anruf benutzte, um nicht mehr weiterreden zu müssen. Sie wollte ja wissen, warum ich ständig unterwegs war. Was hätte ich sagen sollen? Damals glaubte ich noch, dass die ganze Sache letztlich gut enden würde. Dann hätte ich ihr nie was sagen müssen.«

»War das einer der Momente, die dazu beitrugen, dass Sie und Ihre Frau sich schlechter verstanden?«

»Schon. Bis zur Soko Edinburger 34 war mein Leben einfach. Dann ist allmählich alles außer Kontrolle geraten. Wenn ich heute noch mal zurückgehen könnte bis zu dem Augenblick, als Jan mich bat, ihm zu helfen, dann würde ich Nein sagen. Ich würde Nein sagen und sofort zu Ballmann gehen, ihm von dem Video erzählen und ihn bitten, Jan davon abzuhalten, die Sache in die eigene Hand zu nehmen. Dann wäre nichts von alldem passiert. Ich würde nicht einmal hier sitzen und mit Ihnen diesen ganzen Schlamassel durchkauen.«

Stille.

»Entschuldigung.«
»Sie müssen sich nicht dafür entschuldigen, Herr Malik. Das ist ganz normal in Ihrer Situation. Es kann auch etwas Befreiendes haben, wenn man es zulässt.«
»Etwas Befreiendes? Draußen auf der anderen Straßenseite sitzen Lauterbach und Richter im PKW und warten darauf, dass ich herauskomme und so tue, als ob ich sie nicht sehe, obwohl das fast unmöglich ist, weil die sich gar nicht verstecken wollen. Die wollen, dass ich immer nervöser werde. Meine Frau habe ich zur Mitwisserin gemacht, Sie hängen jetzt auch schon mit drin. Und Jan steckt nur deshalb in solchen Schwierigkeiten, weil ich nicht Freund genug war, um Nein zu sagen. Aber ich sitze hier und flenne rum! Das soll etwas Befreiendes haben?«

Stille.

»Entschuldigung. Sie können nichts dafür.«
»Kein Problem. Sie können mir alles an den Kopf werfen. Aber ich darf mich auch wehren. Ich darf Ihnen zum Beispiel sagen, dass Sie nicht für mich verantwortlich sind. Ich ›hänge‹ nicht mit drin. Das habe ich ganz allein zu verantworten. Und ich kenne die Konsequenzen sehr genau, Herr Malik.«
»Wie sehen die aus?«
»Wollen Sie das wirklich wissen? Haben Sie nicht schon genug am Hals?«
»Bitte sagen Sie es mir.«
»Also gut: Sollte sich zu irgendeinem Zeitpunkt herausstellen, dass Sie mir Ihr Wissen anvertraut haben und ich geschwiegen habe, werde ich vor die Ethik-Kommission zitiert. Man wird von mir verlangen, Rede und Antwort zu stehen. Und ich werde vermutlich meine Lizenz verlieren.

Das alles ist mir bewusst. Und es war meine eigene Entscheidung, dieses Risiko einzugehen.«

»Zu irgendeinem Zeitpunkt? Also auch in zehn Jahren?«

»Möglicherweise. Aber das ist nicht der Punkt. Der Punkt ist doch, dass wir erwachsene Menschen sind. Ich verstehe, dass Sie sich für Jan verantwortlich fühlen. Vielleicht waren Sie wirklich kein so guter Freund, als Sie sich von ihm unter Druck setzen ließen, zumal wenn man bedenkt, dass Sie offenbar das Schlimmste nicht verhindern konnten, obwohl das Ihre ursprüngliche Absicht war. Das verstehe ich. Aber Sie hatten damals keine Ahnung, worauf das alles hinauslaufen würde. In Ihrer naiven Vorstellung waren Sie und Jan Helden, die den Schurken schnappen. Wenn man da ein bisschen gegen das Gesetz verstößt, ist das nicht so schlimm. Hauptsache, das Ergebnis stimmt. Doch so ist es nicht gekommen, denn die Wirklichkeit funktioniert nach Regeln, die sich uns oft erst erschließen, wenn wir sie erleben. Der einzige Vorwurf, den Sie sich machen könnten, wäre, zu blauäugig gewesen zu sein. Sie wollten Gutes tun und haben das Gegenteil nicht verhindern können. Glauben Sie mir, Herr Malik: So geht es uns allen irgendwann im Leben. Es ist das Normalste von der Welt. Unglücklicherweise üben Sie einen riskanten Beruf aus und tragen viel Verantwortung, deshalb sind die Konsequenzen weitreichend. Aber wenn Sie sich jetzt für Jan schuldig fühlen, dann haben Sie noch immer nicht verstanden, worum es hier geht: Es geht darum, zu verstehen, was geschehen ist. Es geht nicht darum, irgendjemanden zu verurteilen, und seien es Sie selbst.«

»Sie haben leicht reden.«

»Ich habe gar nicht leicht reden! Ich wäre keine gute Therapeutin, wenn ich Ihnen nicht von Zeit zu Zeit reinen Wein einschenken würde. Und im Moment habe ich das Gefühl, dass Sie es bitter nötig haben. Denn Sie sind dabei, sich zum Hauptschuldigen zu machen, Herr Malik, obwohl Sie in erster Linie ihrem Freund und Kollegen die Stange gehalten haben. Und obwohl er älter und erfahrener ist als Sie und deshalb mindestens so verantwortlich für die Ereignisse wie Sie selbst. Vergessen Sie das nicht, Herr Malik!«

»Jeder ist für sich selbst verantwortlich und keiner ist schuldig – ist es das, was Sie mir sagen wollen?«
»Wer schuldig ist, müssen die Gerichte entscheiden. Sie selbst haben doch gesagt, dass es zu den Aufgaben eines Polizisten gehört, die Gewaltenteilung dadurch zu respektieren, dass er nicht urteilt. Sie gehören zur Exekutive, nicht zur Judikative. Ist es nicht so? Dann wenden Sie das bitte auch auf sich selbst an! Denn sonst übertreten Sie Ihre Kompetenzen.«

Stille.

»Wusste gar nicht, dass Sie so knallhart sein können.«
»Ich habe zwei Kinder großgezogen. Da lernt man das. Aber danke, ich fasse es als Kompliment auf.«
»Wie soll es denn jetzt weitergehen? Wir können ja nicht ewig weiterreden und darauf warten, dass sie Jan ohne meine Hilfe schnappen.«
»Dazu kann ich Ihnen nichts sagen. Ich werde Ihnen bestimmt nicht den Rat geben, Ihren Freund zu verraten. So, wie ich Sie inzwischen kenne, würden Sie sich das Ihr Leben lang nicht verzeihen. Damit wäre also nichts gewonnen. Das Einzige, was ich Ihnen raten kann, ist, Geduld zu haben. Erzählen Sie mir alles schön der Reihe nach. Und dann sehen wir weiter. Okay?«
»In Ordnung.«
»Aber nicht mehr heute. Heute sollten Sie nach Hause fahren und sich darüber freuen, dass Sie und Ihre Frau wieder Vertrauen zueinander gefasst haben. Das ist viel wert in schwierigen Zeiten. Sollen wir einen Termin in drei Tagen vereinbaren?«

Siebtes Gespräch

»Guten Morgen, Herr Malik. Wie geht es Ihnen? Sie sehen mitgenommen aus.«
»Kann man so sagen.«
»Was ist denn passiert?«
»Ich war gestern Nacht bei Jan. War ziemlich anstrengend.«
»Wie gelingt Ihnen das überhaupt? Sie werden doch rund um die Uhr beschattet.«
»Korrekt. Tagsüber werde ich auf Schritt und Tritt observiert, und nachts stehen vor und hinter unserem Mietshaus Einsatzwagen. Aber die wissen nicht genau Bescheid. Es sind zwei Häuser nebeneinander, Wand an Wand, beide fünf Stockwerke hoch, auf jeder Etage vier Wohnungen. Keine Verbindung zwischen den beiden Gebäuden. Aber die Kellerräume sind älter, da muss früher etwas Größeres gestanden haben. Jedenfalls muss ich nur in den Keller und dann durch einen langen Gang bis unter das Nachbarhaus. Dort gibt es genau wie bei uns einen vorderen und einen hinteren Ausgang. Ich nehme den hinteren. Ab da sind es nur noch ein paar Hundert Meter bis zur U-Bahn.«
»Wusste Ihre Frau, dass Sie zu Jan wollten?«
»Zum ersten Mal. Es gefiel ihr nicht. Sie meinte, ich solle nicht mehr zu ihm. Verständlich. Sie hat Angst, dass ich erwischt werde und in den Knast wandere. Kann ja auch noch passieren. Aber Jan ist völlig isoliert. Er geht nicht mal auf die Straße.«
»Hat er so viel Angst?«
»Nein, es ... Sie müssen erst alles erfahren, dann verstehen Sie es vielleicht. Jan ist ... Er bräuchte viel dringender eine Therapie als ich. Er bräuchte jemanden, der ihm glaubhaft versichert, dass ... dass die Grundregeln noch gelten.«
»Die Grundregeln?«
»Weiß auch nicht, wie ich das sagen soll.«

Stille.

»Ich bin zu ihm gefahren, weil er jemanden zum Reden braucht. Oder auch einfach nur zum Dasein. Gestern Nacht war es schlimmer. Jan

weiß, dass er sich stellen muss. Er weiß, dass er gegen das Gesetz verstoßen hat. Das wissen wir beide. Aber er ... fragt sich, welchen Sinn das alles noch hat.«
»Ich verstehe nicht.«
»Sie wissen ja noch nicht alles.«
»Dann erzählen Sie es mir.«

Stille.

»An dem Abend, als ich nochmal von zuhause weggefahren bin, weil Jan vom K aus angerufen hatte, trafen wir uns im Büro. Er hatte Harry Wolffs Adresse ausfindig gemacht und wollte sofort hinfahren. Wolff betreibt einen Nachtclub in der Nähe vom Ku'damm. Einschlägig bekannte Gegend. Schien alles zu passen. Wir fuhren hin. Samstagnacht. War also einiges los. Es stellte sich schnell heraus, dass der Nachtclub ein Treff der Berliner BDSM-Szene ist. Alles wies darauf hin, dass wir am richtigen Ort waren.«
»Kamen Sie denn ohne Weiteres hinein?«
»Männer ohne Frauen kommen da nicht einfach so rein. Das sahen wir sofort an der Art, wie die Türsteher die Gäste auswählten. Deshalb zeigten wir gleich am Eingang unsere Dienstausweise. Jan hätte sowieso keine Geduld für etwas anderes gehabt. Er dachte ja zu dem Zeitpunkt noch, Harry Wolff wäre sein Vater.«
»Und womöglich der Mörder seiner Mutter.«
»Korrekt. Er war also ziemlich angespannt. Stieß die Türsteher fast zur Seite, als die sich vor uns aufbauen wollten, zwei Typen, die doppelt so breit waren wie wir. Drückte dem einen seinen Dienstausweis ins Gesicht. Unter anderen Umständen hätte Jan sofort Prügel bezogen. Aber was sollten die machen? Als Polizist bist du so gut wie unantastbar. Drinnen war es ziemlich voll, laute Musik, ungefähr drei- bis vierhundert Personen, in der Mitte eine Tanzfläche. Viele Männer in Anzug und Krawatte. Die Frauen kaum bekleidet, manche fast nackt. War alles ziemlich eindeutig. Wir wollten direkt zu den Büros, um Harry Wolff zu stellen. Aber dann gab's eine Überraschung. An der Theke stand Lauterbach.«

»Ihr Kollege?«
»Korrekt. Er stand mit einer Frau da, hatte den Arm um ihre Taille gelegt. War ganz offensichtlich nicht beruflicher Natur. Die Frau gehörte eindeutig der Szene an, trug so ein Hundehalsband und eine Art Geschirr aus schwarzen Lederriemen am Körper. Sonst nichts. War deutlich jünger als Lauterbach.«
»Lauterbach gehört also selbst zur Szene?«
»So sah es aus. Aber die große Überraschung kommt noch. Er unterhielt sich mit einem großen Kerl, den wir nur im Profil sahen. Jan zog sein Handy aus der Tasche. Er hatte den Schnappschuss aus Britta Kolberts Album abfotografiert. Und so, wie es aussah, unterhielt sich Lauterbach mit Harry Wolff. Die beiden schienen einander gut zu kennen. Lachten häufig, prosteten sich zu. Hin und wieder sagte Wolff etwas zu den Frauen hinter der Theke. Die waren auch alle fast nackt. An der Art, wie er mit ihnen sprach, wie er sich manchmal im Klub umsah und den Angestellten Zeichen gab, merkten wir, dass er tatsächlich der Chef des Ladens sein musste. Aber jetzt hatten wir ein Problem. Jan wollte auf keinen Fall, dass Lauterbach uns sah. Deshalb verließen wir den Nachtclub wieder und setzten uns ins Auto, um zu überlegen, was wir tun konnten. Dass die beiden sich kannten, war auf jeden Fall kritisch, da wir Harry Wolff nun nicht mehr befragen konnten, ohne dass Lauterbach davon erfahren würde. Jan war stinksauer. Schrie im Auto rum. ›Ausgerechnet Lauterbach, dieser Wichser!‹ Solche Sachen. War ja auch Pech. Ich glaube, dass Lauterbach damals Wind bekam von unserem Aufenthalt. Das dachte ich schon an dem Abend, nachdem ich Jan vor seiner Haustür abgesetzt hatte und selbst heimfuhr. Bestimmt hatte einer der Türsteher Harry Wolff über unsere Anwesenheit informiert. Jan hatte sich ja nicht gerade korrekt verhalten. Deshalb war es gut, dass wir so schnell wieder raus waren. Aber wenn Wolff und Lauterbach so gut miteinander waren, wie es den Anschein hatte, dann sprachen sie vielleicht über den Zwischenfall. Und dann musste er sich gewundert haben, dass er diese Kollegen gar nicht bemerkt hatte. Sollte er dann neugierig geworden sein, musste er sich nur noch die Aufnahmen der Videokamera am Eingang zum Nachtclub zeigen lassen. Ist

also möglich, dass Lauterbach von da an etwas ahnte. Doch er sagte nichts. Das fiel auch Jan auf, der dieselben Gedanken gehabt hatte. Als wir uns am Montag im Büro trafen, meinte Jan, es sei verdächtig, dass Lauterbach Wolff kenne. Er wollte, dass ich ihn beschatte, aber das ging mir zu weit. Ich schlug ihm stattdessen vor, er solle sich Wolff auf persönlicher Basis nähern. In seinem Nachtclub kannte ja niemand unsere Namen, und die einzigen, die uns gesehen hatten, waren die beiden Türsteher. Was also, wenn Jan Harry Wolff privat anriefe und sagte, er sei der Sohn von Klara Kolbert. Dann gab es keine Verbindung zur Kripo und Wolff würde durch seine Reaktion vielleicht einiges verraten. Jan zögerte, aber er sah auch, dass es kaum eine andere Möglichkeit gab, unerkannt an Wolff ranzukommen. Wir überlegten noch, dass Wolff seine schmutzigen Geheimnisse bestimmt nicht mit einem Beamten von der Kripo teilte. Es sei denn, er und Lauterbach steckten unter einer Decke, klar. Aber das kam mir doch zu unwahrscheinlich vor. Ich glaube, Jan traute Lauterbach nur deshalb alles zu, weil er ihn nicht leiden konnte.«
»Glauben Sie, die Tatsache, dass ausgerechnet Lauterbach ihm auf den Fersen ist, hindert Jan daran, sich zu stellen?«
»Nein. Ich denke, das spielt alles keine Rolle mehr für ihn. Damals aber schon. Damals dachte er zeitweilig, dass Lauterbach sein Vater sei. Dass der ein Doppelleben führte und genau wusste, dass Jan sein Sohn war. Dass er es irgendwie so gedreht hatte, dass beide derselben Einheit angehörten, und er ihn triezte, weil er ein Sadist war. Aber das war nur eine Verschwörungstheorie. Abwegig, aber nachvollziehbar, dass einer auf solche Ideen kommt. Jan lebte täglich mit dem Gedanken, dass der eigene Vater die eigene Mutter auf perverse Weise ermordet hat – und er kannte keinen von beiden. Das war ein enormer Druck. Aber man musste sich nur ihn und Lauterbach nebeneinander ansehen, um zu erkennen, dass sie nicht miteinander verwandt waren.«
»Und wie ging es mit Harry Wolff weiter?«
»Jan wollte nicht telefonieren. Wolff wohnte in der Fasanenstraße in einem sehr feinen Altbau, schräg gegenüber vom Auktionshaus Grisebach.«
»Am Literaturhaus?«

»Korrekt, das liegt auch gleich da. Wir parkten auf der gegenüberliegenden Straßenseite. Jan sollte allein zu Wolff gehen, aber er war verkabelt, so dass ich vom Wagen aus alles mithören konnte. Das war am Mittwoch, 20. März. In der Nacht davor waren wir ihm vom Klub aus nach Hause gefolgt. Dann das Übliche: Wache halten. Einer schläft, der andere passt auf. Abwechselnd. Um neun Uhr an besagtem Morgen Anruf von Ballmann. Wo wir denn steckten. Von wegen Besprechung der Soko. Das hatten wir total vergessen. Ich redete was von Stau. Sagte, wir seien auf dem Weg. Stau ist immer eine gute Ausrede in Berlin. Ballmann war nicht erfreut, aber er schluckte es. Um zehn Uhr kam Harry Wolff aus dem Haus. Begann, Richtung Ku'damm zu gehen. Hatte offenbar keine Eile. Jan stieg aus dem Wagen und holte ihn ein. Sprach ihn an. Sagte, er sei der Sohn von Klara Kolbert, wie wir es besprochen hatten. Ich sah die beiden vom Wagen aus. Waren ungefähr fünfzig Meter von mir entfernt. Standen hinter den geparkten Autos. Wolff war einen halben Kopf größer als Jan. Zuerst sagte er gar nichts. Schien Jan nur anzustarren. Dann dämmerte ihm wohl was. Er lächelte Jan an, ich hörte über den Kopfhörer, wie er sagte, er freue sich. Klang ehrlich, sah auch ehrlich aus. Das konnte nur bedeuten, dass Wolff sich in der Zwischenzeit nicht die Aufnahmen seiner Überwachungskamera angeschaut hatte. Denn sonst hätte er gleich gewusst, wer ihn da ansprach. So weit so gut. Jan konfrontierte ihn dann sofort mit der entscheidenden Frage, wie das so seine Art war. Fragte ihn, ob er sein Vater sei. Wolff lachte und verneinte. Zögerte dann. Fragte, ob Jan wisse, wie seine Mutter lebe. Das klang für mich eindeutig so, als hätte er keine Ahnung von ihrem Tod. Jan bejahte die Frage, ich hörte an seiner Stimme, dass er Mühe hatte, sich zu kontrollieren. Er durfte ja nicht den Bullen raushängen lassen wegen Lauterbach.«

»Sie nennen sich selbst ›Bullen‹?«

»Wir sind die Einzigen, die das dürfen. Jedenfalls sagte Wolff dann, Klara Kolbert sei damals nur eine kurze Zeit bei ihm geblieben. Als Jan fragte, warum, zögerte Wolff erneut. Ich nahm an, er sah, dass Jan nicht in bester Verfassung war. Bevor er antwortete, fragte er, ob es Klara gut gehe. Jan sagte nur die halbe Wahrheit. Er habe seine Mutter nie kennengelernt und wisse erst seit Kurzem, dass er adoptiert sei. Jetzt suche er sie. Wolff antwortete nicht darauf. Schien keine Lust zu haben, in irgendwas verwickelt zu werden. Aber Jan ließ nicht locker. Er behauptete, er wolle sie treffen, um mit ihr zu reden. Wolff zögerte immer noch. Jan musste ihm seinen Personalausweis zeigen. Dann lud Wolff ihn in ein Café ein. Sagte, er wolle dort frühstücken. So weit, so gut. Jan ging also mit ihm, ich blieb im Auto. Ich wendete und folgte ihnen langsam, weil die Reichweite unserer mobilen Geräte nicht so groß ist. Eine ganze Weile hörte ich nichts als Gehgeräusche und Straßenverkehr. Hatte die beiden da schon aus den Augen verloren. In der Gegend sind immer ziemlich viele Leute unterwegs. Dann betraten sie offenbar ein Lokal. Ich parkte den Wagen noch in der Fasanenstraße, Ecke Ku'damm. Der Zeit nach zu urteilen, die vergangen war, lag es ein Stück weiter Richtung Breitscheidplatz auf dem Ku'damm. Als sie sich gesetzt hatten, hörte ich, wie sie bestellten. Wolff irgendein Frühstück, Jan nur Kaffee. Dann endlich rückte Wolff mit der Sprache raus: Klara Kolbert habe was Konsequenteres gesucht, er sei ihr zu soft gewesen. So hat er es genannt. Sie sei auf der Suche nach ihren Grenzen gewesen und habe schnell gemerkt, dass er sie nicht weiterbringen konnte. Er redete dann davon, dass es ihm nicht gefalle, Spuren zu hinterlassen. Er wolle seine Mädchen makellos, alles andere gefalle ihm nicht. Aber sie wollte was Härteres. Deshalb habe er Klara mit ein paar Leuten bekannt gemacht. Damals hatte er nach eigener Aussage noch nicht den Nachtclub besessen, sondern in der Anwaltskanzlei seines Vaters gearbeitet. Das stimmte mit Britta Kolberts Erzählung überein. Durch die Anwaltstätigkeit habe er Zugang zur Szene erhalten. Sei eingeladen worden zu besonderen Abenden. So kam er dann in die exklusiven Kreise. Nicht die normale BDSM-Szene, sondern Leute, die auf Diskretion achtgaben. Leute mit viel Geld, die ihren perversen Wünschen hinter verschlossenen Türen nachgehen, während sie nach außen hin tadellos wirken. Das hat er nicht gesagt, das sage ich. Jedenfalls redete er um den heißen Brei. Wusste offenbar nicht, ob er Jan den Namen von Klara Kolberts neuem Besitzer – so nannte er das – verraten sollte. Er hatte sie nämlich verkauft. Für 10.000 Mark. Sie sei einverstanden gewesen, hätte es sogar geil gefunden, wie Wolff betonte. Das sei im Sommer '81 gewesen – also rund ein Jahr, nachdem die Kolbert-Schwestern in den Westen gekommen waren.«

»Das war dann schon das zweite Mal, dass Klara Kolbert verkauft wurde, wenn man das Lösegeld mitrechnet, das die Bundesrepublik an die DDR gezahlt hatte.«

»So gesehen. Was denken Sie? Dass sie damals auf den Geschmack gekommen war?«

»Das kann ich nicht sagen. Es ist nur eine eigentümliche Parallele.«

»Britta Kolbert sprach ja von einer Wesensveränderung. Wer weiß. Möglich ist alles. Jedenfalls passt der Zeitpunkt. Jan wurde etwa ein Jahr später, am 23. September 1982, geboren. Klara Kolbert dürfte also kurz nach ihrem ›Verkauf‹ an den neuen Besitzer schwanger geworden sein. Jan bat Wolff noch einmal um den Namen. Aber der hatte wohl inzwischen entschieden, dass er den nicht offenbaren durfte. Sprach von Vertrauensverhältnis zwischen Anwalt und Mandant. Von Verschwiegenheitspflicht. Meinte, Geheimnisbruch sei strafbar. Solche Sachen. Ich dachte sofort, dass das ebenso gut eine Lüge sein konnte. Vielleicht war Klara Kolberts neuer Besitzer gar nicht sein Mandant gewesen, sondern nur ein Bekannter. Ich denke, die Konstellation war Wolff einfach zu heikel.«

»Welche Konstellation?«

»Eine Frau, die sich als Sklavin verkaufen lässt und dann ihren Sohn weggibt. Der Sohn taucht siebenunddreißig Jahre später auf und fragt nach seinem offenbar schwerreichen Vater, der zugleich der Grund ist, weshalb der Sohn nicht bei der Mutter bleiben konnte. Das ist meines Erachtens eine heikle Konstellation.«

»Da haben Sie allerdings Recht.«

»Im Grunde war ja aus Wolffs Sicht keine strafbare Handlung begangen worden. Wenn er tatsächlich nichts von Klara Kolberts Ermordung wusste, musste er das denken. Dass Klara Kolbert ihr Kind an die Schwester weggab, hätte der Sohn vielleicht anfechten können. Vielleicht befürchtete Wolff, dass es Jan um Geld ging. Entschädigung, Schmerzensgeld. So was. Keine Ahnung. Jedenfalls blieb er hart, wollte den Namen nicht rausrücken. Als er das so definitiv äußerte, ließ ich den Wagen an und fuhr los. Ich wusste, was passieren würde, wenn ich Jan nicht unter irgendeinem Vorwand aus dem Café holte. Dummerweise hatte ich nicht gesehen, wohin sie genau gegangen waren. Ausgerechnet auf diesem Abschnitt am Ku'damm gibt es ein paar Cafés in unmittelbarer Nähe. Ich fuhr also langsam die Straße hinunter. Dann sah ich Jan und Wolff. Sie saßen hinter einer Glasscheibe. Ich stieg aus, wollte Jan irgendwie ablenken. Ich sah, wie er seinen Dienstausweis zog, und im nächsten Moment hörte ich, wie er sagte, er sei nicht Klara Kolberts Sohn, sondern Kriminalpolizist und ermittle wegen Mordes. Immerhin hatte er die Geistesgegenwart besessen, Wolff anzulügen – wegen Lauterbach und Ballmann. Er sagte dann noch zu ihm, alles wäre viel leichter gewesen, wenn er sofort kooperiert hätte, aber nun müsse es eben auf die harte Tour gehen. Wolff war vor den Kopf gestoßen, wunderte sich über die Methoden der Polizei. Jan sprach von verdeckter Ermittlung, aber das waren alles nur noch Notlügen. Ich wusste in dem Moment, dass wir ein echtes Problem hatten. Natürlich würde Wolff bei nächster Gelegenheit mit Lauterbach reden, wenn er es nicht längst getan hatte. Und außerdem war überhaupt nicht klar, ob Wolff nicht auch den alten West kannte. Jedenfalls drohte Jan ihm jetzt mit einer Vorladung ins K, falls er den Namen nicht nenne. Durch die Scheibe sah ich, wie Wolff darauf reagierte. Er starrte Jan einen Moment lang an. Dann stand er auf und verließ wortlos das Café. Jan blickte ihm nach und entdeckte mich und den Wagen, der hinter mir am Straßenrand stand. Ich sah, wie er aufsprang und gleichzeitig sagte: ›Zieh deine Waffe!‹ Ich war zu überrascht, um etwas zu tun. Wolff kam genau auf mich zu, und dann sah ich, wie Jan hinter ihm das Café verließ. Er hatte die Waffe schon in der Hand. Mir blieb nichts anderes übrig. Ich zog meine Dienstwaffe und richtete sie auf Wolff. Der starrte mich erschrocken an. Bevor er was sagen konnte, hatte Jan ihn eingeholt und drückte ihm seine Waffe in den Rücken. Dabei rief er laut: ›Halt, Polizei! Nehmen Sie die Hände hoch!« Das tat er wegen der Passanten. Damit die nicht womöglich dachten, wir seien die Verbrecher. Wolff jedenfalls hob die Hände. Ich legte ihm für alle sichtbar Handschellen an und schob ihn hinten in den Wagen. Jan setzte sich zu ihm. Dann fuhren wir los. Ich kam mir wirklich vor wie ein Verbrecher, der vom Tatort flieht. War kein gutes Gefühl. Als hätten wir die Seiten gewechselt. Ich redete mir ein, dass wir immer noch im Dienst waren. Dass Wolffs Aussagen erst mal überprüft werden mussten. Dass er vielleicht wirklich Klara Kolberts Mörder war. Aber es half nicht viel. Eine Person festzunehmen, gegen die nichts vorliegt, ist eine Grenzüberschreitung. In dem Moment hatte ich zum ersten Mal eindeutig das Gefühl, dass die ganze Sache schlecht enden wird. Aber Jan ging noch weiter. Während wir den Ku'damm entlangfuhren, hielt er die Waffe weiter auf Wolff gerichtet und sagte, er sei dringend verdächtig, Klara Kolbert in der Nacht zum 13. Januar allein oder gemeinsam mit einem Komplizen ermordet zu haben. Wenn er jetzt nicht rede, werde er erst einmal in Untersuchungshaft kommen. In dem Moment knickte Wolff ein. Hatte vermutlich Angst, öffentlich mit der Sache in Verbindung gebracht zu werden. Jan hatte genau darauf spekuliert. Er bekam also wieder mal, was er sich in den Kopf gesetzt hatte. Wolff nannte einen Namen: Gerhard Erben. Eine Telefonnummer und eine Adresse gab er auch noch an. Hatte er im Handy. Alles nur, um wieder aus dem Wagen rauszukommen. Damals dachte ich plötzlich, dass Wolff wirklich zu soft war. Verrückt, oder?«

»Meinen Sie, weil Klara Kolbert dasselbe von ihm dachte? Tja, vermutlich war etwas Wahres dran. Oder glauben Sie, Klara Kolbert war verrückt?«

»Keine Ahnung. Sagen Sie es mir. Ist doch auf jeden Fall nicht normal, es geil zu finden, dass man verkauft wird wie ein Stück Vieh. Oder dass man ein Video aufnimmt, in dem man sagt, dass die eigene Ermordung durch den ›Besitzer‹ völlig in Ordnung geht, weil es genau das ist, was man sich immer gewünscht hat. Oder dass man sein Kind weggibt, weil der ›Besitzer‹ seine eigenen Söhne nicht duldet.«

»Nein, normal ist es nicht. Aber ob es verrückt ist, ist schwer zu sagen. Es gibt kaum Menschen, die keine Probleme haben. Ich würde sagen, Klara Kolbert litt unter schweren psychischen Störungen, die sie durch ihre Lebensweise zu kompensieren versuchte.«

»Und das heißt?«

»Nun, wenn jemand anderes die absolute Verfügungsgewalt über mich hat, dann gibt mir das etwas. Es gibt mir zum Beispiel die Möglichkeit, die Verantwortung vollkommen abzugeben. Ganz gleich, was geschieht – ich bin nicht der Täter und deshalb auch nicht schuldig. Das ist auch eine Sicherheit.«
»Ist das Ihr Befund zu Klara Kolbert?«
»Es ist eher eine allgemeine Auffassung unter Psychologen und Psychotherapeuten. Eine Lehrmeinung gewissermaßen. Komplizierter wird es, wenn man versucht, die Sexualität zu berücksichtigen. Da gerät man schnell in tiefenpsychologische Bereiche, wo Wissen und Meinung nicht mehr klar voneinander zu trennen sind. Ein frühkindliches Trauma vielleicht. Möglicherweise in Zusammenhang mit dem Vater. Sie haben mir erzählt, dass Klaras Vater seinen Beruf beim Geheimdienst der DDR vor den Kindern verborgen hielt. Vielleicht spürte Klara trotzdem etwas. Vielleicht war ihr Vater nie wirklich für sie da, so dass sie sich nach einer Autoritätsperson in ihrem Leben sehnte. Ich spekuliere jetzt. Man wird nie genau wissen, warum der eine so reagiert und der andere ganz anders. Aber es ist insgesamt auffällig, dass gegenwärtig autoritäre Liebesmodelle mit männlicher Dominanz sehr in Mode sind, während in den westlichen Gesellschaften gleichzeitig die Vormachtstellung der Männer radikal hinterfragt wird. Es kommt mir so vor, als hinterließen die abgesetzten Patriarchen ein Machtvakuum. Darunter aber leiden vor allem die Kinder, denn Kinder wollen starke Väter. Jungen wie Mädchen. Auf einen starken Vater kann man sich verlassen, ein starker Vater kann ein Gegengewicht zur Mutter bilden, wenn es notwendig ist. Und das ist gar nicht so leicht, denn die Mutter hat einen biologischen Vorteil im Hinblick auf das Kind: Sie hat es neun Monate lang in ihrem Körper getragen, hat es ernährt, war ihm näher, als jeder andere Mensch es jemals sein wird. Wenn es zur Welt kommt, leistet die Mutter die ganze Arbeit und hat den ganzen Schmerz. Und auch in den ersten Jahren ist die Mutter unverzichtbar – sie ernährt ihr Kind mit ihrer Milch, hält es mit ihrem Körper warm und gibt ihm Schutz und Liebe. Das ist eine sehr starke Position. Nur ein starker Vater ist in der Lage, so damit zu konkurrieren, dass es gut für alle ist. In klassisch

patriarchalischen Gesellschaften gelang es den Männern, dadurch ein Gleichgewicht herzustellen, dass sie wiederum die Frauen ernährten, indem sie arbeiten gingen und Geld nach Hause brachten. Das war eine klare Rollenverteilung, die viele Jahrhunderte lang ganz gut funktionierte. Aber heutzutage gelingt das immer seltener, weil die meisten Frauen selbst arbeiten gehen wollen. Dadurch wird es für die Männer schwieriger, ein Gegengewicht zu finden. Manche engagieren sich im Haushalt und übernehmen Funktionen, die ursprünglich von den Frauen ausgeübt wurden. Aber viele klammern sich an die alten Vorstellungen. Denn hier geht es nicht bloß um Macht – es geht auch um Identität. Was ist am Mann männlich, wenn er nicht mehr das Sagen in der Familie hat, weil er nicht mehr der Hauptverdiener ist? Wenn er derjenige ist, der die Windeln wechseln oder die Hausaufgaben betreuen muss? Oder wenn er, wie im Fall der Familie Kolbert, einem Beruf nachgeht, der gesellschaftlich verpönt ist? Wer weiß, warum die alte Frau Kolbert ihren Mann aus dem Haus geekelt hat. Vielleicht empfand sie seine Bereitschaft, Mitmenschen auszuspionieren als unethisch. Vielleicht begann sie irgendwann, den Vater zu verachten und die Kinder spürten das. Aber das sind, wie gesagt, alles nur Mutmaßungen.«
»Sie glauben also, dass Klara Kolbert logisch auf die Umstände in ihrer Familie reagiert hat? Und deshalb nicht verrückt war?«
»Ich weiß es nicht. Nach Ihrer Erzählung zu urteilen, habe ich nicht den Eindruck, dass sie sich selbst verloren hatte. Das wäre für mich ein Grund, jemanden für verrückt zu halten. Wenn er nicht mehr weiß, wer er ist. Wenn er nicht mehr Rechenschaft ablegen kann. Klara hat zum Beispiel in dem Video, das Jan zugeschickt bekam, ganz deutlich mütterliche Gefühle zu erkennen gegeben. Und allein die Tatsache, dass sie dieses Video aufnahm und ihm irgendwie zukommen ließ, spricht dafür, dass sie es ehrlich meinte. Aber Mutter zu sein stand offenbar nicht an oberster Stelle, sondern etwas anderes. Und ich kann Ihnen aus meiner beruflichen Erfahrung sagen, dass das bei Frauen viel häufiger vorkommt, als man denkt.«

Stille.

»Hm. Wenn ich an Hanna und meine Mutter denke … Kein Wunder, dass die beiden nicht so gut miteinander können. Sind einfach zu verschieden.«
»Sie meinen, weil Ihre Mutter traditionell denkt?«
»Schon. Obwohl meine Mutter auch arbeiten ging und mindestens so gebildet ist wie mein Vater. Aber sie arbeitete, weil es sein musste. Und sie ist gebildet, weil sich das für eine Frau ihrer Herkunft so gehört. Hanna studiert, weil es ihr Wunsch ist. Sie will arbeiten, um ihr eigenes Geld zu verdienen. Als ob sie … Als ob sie sich nicht hundertprozentig auf mich verlassen will.«
»Vielleicht hat sie aber auch das Bedürfnis, Ihnen einen Teil der Last abzunehmen. Vielleicht findet sie es nicht gerecht, dass Sie das alles allein hinkriegen müssen.«
»Möglich.«

Stille.

»Ehrlich gesagt, habe ich mich seit der Begegnung mit Wolff häufiger gefragt, ob ich nicht auch zu soft bin. Ob meine Frau sich vielleicht einen kantigeren Kerl wünscht. Einen, der den Mut hat, seinem älteren Kollegen die Stirn zu bieten.«
»Wie geht es Ihnen denn gerade miteinander?«
»Schlecht zu sagen. Wie früher ist es nicht.«
»Sie meinen …?«
»Korrekt.«

Stille.

»Keine große Nähe.«
»Sind Sie sicher, dass Ihre Frau dafür verantwortlich ist?«
»Was wollen Sie damit sagen?«
»Sie stehen ziemlich unter Druck, Herr Malik. Es würde mich nicht wundern, wenn das zumindest ein Faktor wäre.«
»Möglich.«

»Wann ist denn Ihr Gerichtstermin?«
»Morgen. Deshalb war ich gestern bei Jan.«
»Oh, schon morgen? Gibt es etwas, das Sie in dem Zusammenhang besprechen möchten?«
»Nein. Ich werde alles zugeben, was die schon wissen. Alles andere werde ich leugnen.«
»Und was wissen die?«
»Mehr als mir lieb ist. Obwohl: Wir hatten erst mal Glück. Entweder sagte Harry Wolff nichts zu Lauterbach, oder Lauterbach hielt den Mund, weil er nicht wollte, dass Ballmann was von seinem perversen Hobby erfuhr. Konnte sich ja denken, dass wir ihn gesehen hatten. Jan ging jedenfalls davon aus, dass uns nicht mehr viel Zeit blieb. Aber zuerst mussten wir ins K, weil dort die Soko auf uns wartete. Wir trafen mit zwei Stunden Verspätung ein und hatten keine Erklärung. Die Besprechung war zu Ende. Ballmann zitierte uns in sein Büro und hielt uns eine Standpauke. Sagte, er wolle keine Entschuldigungen hören, sondern zuverlässige Mitarbeiter haben. Drohte damit, uns neue Partner zu geben, wenn wir uns weiterhin so danebenbenähmen. Sprach davon, dass wir im Moment nicht zu seinen besten Leuten gehörten, obwohl das mal anders gewesen sei. Dabei sah er Jan an. Jan wollte was erwidern, aber Ballmann schnitt ihm das Wort ab. Ich war einerseits besorgt, weil Ballmann offenbar schon seit Längerem bemerkt hatte, dass wir nicht mehr hundert Prozent gaben. Aber andererseits war ich erleichtert, weil er keinen Verdacht schöpfte. Schien uns für Freunde zu halten, die über das Vergnügen die Arbeit vergaßen. Seine Wut hatte fast was Väterliches. Aber gerade, weil er so ahnungslos wirkte, bekam ich ein schlechtes Gewissen. Er war unser Vorgesetzter, vertraute uns, obwohl wir Mist bauten, und wir hatten ihn hintergangen. Jan stand neben mir und spielte den Zerknirschten, bat den Chef um Entschuldigung, solche Sachen, aber ich wusste, dass er nur daran dachte, schnell wieder rauszukommen, um Gerhard Erben dingfest zu machen. Doch daraus wurde erst mal nichts. Ballmann verdonnerte uns zu Büroarbeit. Wir sollten Karin Schirgel helfen, sämtliche Fälle von Körperverletzung an Frauen

mit Krankenhausaufenthalt der letzten dreißig Jahre unter die Lupe zu nehmen.«

»Waren das viele?«

»Zigtausende. Fast immer die eigenen Männer oder andere männliche Verwandte. Wir waren tagelang damit beschäftigt. Anfangs dachte ich, das hat gar keinen Sinn. Andererseits tat es mir gut, nicht ständig illegal mit Jan unterwegs zu sein. Abends war ich so müde von der Büroarbeit, dass ich nur noch nach Hause wollte. Aber Jan hatte natürlich andere Pläne. Am ersten Feierabend ließ er mich noch in Ruhe. Ich hatte ihm klipp und klar gesagt, dass ich mal wieder Zeit mit meiner Frau verbringen musste. Das akzeptierte er. Auch am nächsten Tag hielt er still. Vielleicht, weil Lauterbach nichts sagte, und er davon ausging, dass wir doch mehr Zeit hatten als angenommen. Es war natürlich nicht gerade spannend, täglich mehr als hundert Fälle von Partnerschaftsgewalt abzuarbeiten, Identitäten zu überprüfen, Fotos mit dem Phantombild zu vergleichen, darüber zu debattieren, ob es Sinn macht, dass ein Kollege zur Befragung oder zur Beobachtung rausfährt. Solche Sachen. Und alles, während man weiß, dass man das einzige heiße Gleis längst kennt. In den zwei Tagen hab' ich bei jedem neuen Kerl, der seine Frau verprügelt hat, gedacht: Jetzt sag ich's, jetzt mach ich den Mund auf, damit der Hokuspokus endlich ein Ende hat.«

»Aber Sie taten es nicht. Warum nicht?«

»Ich dachte zu dem Zeitpunkt immer noch, mein Verrat wäre schlimmer als alles andere. Heute sehe ich das nicht mehr so.«

»Wie sehen Sie es heute?«

»Heute denke ich, dass es mir vor allem um mich selbst ging. Ich wollte keiner sein, der eine gemeinsame Sache verrät. Und ich wollte nicht auffliegen. Eigentlich sind Kriminelle genauso drauf. Das denke ich heute.«

»Sind Sie da nicht ein bisschen zu hart mit sich selbst?«

»Ich glaube nicht. Ich habe viel nachgedacht über meine Vorstellung von Loyalität. Vor allem, seit Sie mir gesagt haben, dass ich vielleicht doch nicht so deutsch bin, wie ich gern wäre. Aber ich glaube nicht, dass es damit zu tun hat. Ich glaube eher, dass ich mir nie klargemacht habe, auf wie viel man verzichten muss.«

»Wie meinen Sie das?«

»Ich verstehe es heute selbst nicht mehr. Es ist, als würde ich auf eine leere Stelle schauen, wenn ich versuche, den zu sehen, der damals entschied, mit Jan diese ... verdeckte Ermittlung aufzunehmen. Verstehen Sie? Der Abid Malik, der glaubte, er müsse zu seinem Freund und Kollegen halten, ist fort. Das ist vermutlich gut. Aber es nimmt mir auch jede Möglichkeit, mein Handeln zu rechtfertigen. Es gibt nichts zu rechtfertigen. Ich habe falsch entschieden. Oder schlimmer noch: Ich sah gar nicht, dass ich eine Entscheidung treffen konnte. Stattdessen dachte ich, dass ich loyal sein müsse. Dass ich schon zum Verräter werden würde, wenn ich Ballmann sofort von dem Video in Kenntnis setzte. So gesehen habe ich nie die Seiten gewechselt. So gesehen bin ich nie wirklich Polizist gewesen.«

»Was waren Sie denn dann?«

»Ich lief als Privatperson herum und bildete mir ein, wenn ich mich an die Regeln hielt, würde ich alles richtig machen. Aber es geht gar nicht um Regeln. Es geht darum zu begreifen, was man wirklich will.«

»Sie sagten mir am Anfang, Sie wollten Menschen beschützen.«

»Korrekt! Menschen beschützen! Kriminelle hinter Gitter bringen! Etwas für die Gesellschaft tun! Das klingt alles großartig! Aber Jan habe ich nicht beschützt. Meine Frau und meine Kinder habe ich nicht beschützt. Dabei hat sich alles direkt vor meinen Augen abgespielt. Mich selbst habe ich nicht beschützt!«

Stille.

»Sie haben letztes Mal gesagt, wir hätten die Sache in die eigene Hand genommen, weil wir Helden sein wollten. Möglich. Aber ich veränderte mich durch den Beruf nicht. Ich war immer noch der Abid Malik von früher. Nur lief ich inzwischen mit einem Dienstausweis durch die Gegend und glaubte, darin läge der große Unterschied.«

Stille.

»Jetzt beruhigen Sie sich erst einmal, Herr Malik. Ich weiß nicht, ob es Ihnen hilft, aber meiner Meinung nach haben Sie sich sehr verändert, seit Sie zum ersten Mal hier Platz nahmen.«
»Soll mich das trösten?«
»Nein. Ich denke das wirklich.«

Stille.

»Warten Sie ab, bis ich Ihnen alles erzählt habe.«
»Nur zu!«
»Am Freitagabend fuhren wir direkt nach der Arbeit zu der Adresse, die Harry Wolff uns gegeben hatte. Über Erben informierten wir uns während der Fahrt im Internet. Die Dienstcomputer hatten wir nicht benutzen können. Aber es war leicht, denn Erben war so was wie eine lokale Größe. Gebürtiger West-Berliner. Jahrgang 1944, ein alter Mann. Ist Immobilienmakler gewesen. Seit 1965. Hatte sich offenbar aus ganz kleinen Verhältnissen hochgearbeitet und nach '89 ziemlich gute Geschäfte gemacht, ganze Häuserblocks in Ost-Berlin billig aufgekauft, sanieren lassen und teuer weiterverkauft. Zum Teil offenbar auch mit rauen Methoden, wenn er Mieter loswerden wollte. Alles gerade so im Rahmen der Gesetze. Wolff war in der Zeit einer seiner Anwälte. '95 setzte er sich zur Ruhe. Die Adresse, die wir hatten, führte zu einem großen Anwesen in Grunewald, keine fünfhundert Meter vom Haus der Wests entfernt. War schon eine Überraschung. Wir fragten uns natürlich sofort, ob es doch eine Verbindung gab. Jan meinte, er werde am nächsten Tag seiner ›Mutter‹ einen Besuch abstatten. Sprach das Wort ganz abfällig aus. Ich sagte ihm sofort, dass ich nicht noch einmal dabei sein wollte. Er tat, als würde er es nicht hören. Erbens Haus lag am Ende einer Straße. Eine Sackgasse. Ziemlich abgeschieden, offenbar ein riesiges Grundstück. Das Gartentor war mannshoch, die Hecke auch. Wir bogen ein paar Zweige mit Gewalt zur Seite, um einen Blick hineinzuwerfen. Da es dunkel war, konnte man nicht viel erkennen. Der Garten

war wie ein Park angelegt. Ziemlich alter und dichter Baumbestand. Das Haus war nicht zu sehen. Kein Licht. Kein Name an der Klingel. Hinter dem Tor war ein gelber SUV geparkt, ein Lamborghini. Ziemlich teures Auto. Ich notierte mir das Kennzeichen. Jan sagte: ›Hier kannst du eine Frau totficken, und keiner merkt was.‹ Ganz hart, wie er das ausdrückte. Er tat mir leid in dem Moment. Aber in der Sache hatte er Recht. Er läutete, dann warteten wir. Keine Reaktion. Wir läuteten bestimmt zwanzig Mal. Nichts. War offenbar niemand zu Hause. Jan war sich sicher, dass Wolff Erben gewarnt hatte. Er sagte: ›Der ist in seinen Privatjet gestiegen und auf die andere Seite geflogen. Fertig.‹ Er war ziemlich enttäuscht. Klang wie einer, der überhaupt keinen Sinn mehr im Leben sieht. Wir standen noch eine Weile rum, überlegten, ob wir durch die Hecke sollten. War mir dann aber zu riskant. Jan gab sofort nach, was mich überraschte. Aber dann sage er: ›Wir fahren jetzt gleich zu den Wests.‹ Einfach so. Als hätte ich nie etwas dazu gesagt. Zuerst war ich überrumpelt, aber als wir im Auto saßen, fragte ich ihn, warum er mich unbedingt dabeihaben wolle. Er tat, als wäre das doch ganz klar. ›Das ist unser Fall, Abid. Außeneinsatz. Wir müssen uns gegenseitig absichern. Du kennst die Vorschriften.‹ Verstehen Sie? Er leugnete einfach die Tatsache, dass wir total aus der Spur geraten waren. Mit allem, was wir taten! Da hatte ich zum ersten Mal das Gefühl, dass Jan etwas völlig anderes machte als ich. Dass es nur noch so aussah, als wären wir ein Team.«

»Er hat Sie ja ziemlich geschickt mundtot gemacht mit seinem Argument.«

»Korrekt. War auch seine Absicht. Hätte ich was dagegen gesagt, hätte ich ihm die Loyalität aufkündigen müssen – als Freund *und* als Kollege. Und er wusste, dass ich das nicht riskieren würde. Ich war wirklich zu soft.«

»Oder zu gutmütig, Herr Malik. Zu treu. Zu zuverlässig. Zu großzügig. Mir fällt auf Anhieb eine Reihe anderer Bezeichnungen ein, die man anstelle von ›soft‹ verwenden könnte. Und vielleicht waren Sie gar nicht ›zu sehr‹ irgendwas. Vielleicht nutzte Jan einfach nur Ihre guten Eigenschaften aus, weil er glaubte, auf Sie angewiesen zu sein.«

»Sie haben offenbar ein positiveres Menschenbild als ich.«
»Warum lohnt es sich Ihrer Ansicht nach, die Gesellschaft zu schützen? Das können Sie doch nur wollen, wenn Sie davon ausgehen, dass die Mehrheit gut ist. Alles andere hätte gar keinen Sinn.«

Stille.

»Schenken Sie mir jetzt wieder reinen Wein ein?«
»Ich wollte es nur mal gesagt haben. Sie müssen auch nicht darauf antworten. Bitte erzählen Sie weiter.«

Stille.

»Warten Sie ab, bis Sie alles wissen.«
»Okay. Tut mir leid. Entschuldigung.«

Stille.

»Sie müssen sich nicht entschuldigen. Ich habe Ihnen zu danken. Sie gehen ein Risiko für mich ein.«
»Ich hoffe nur, es hilft Ihnen.«
»Immerhin kann ich mit jemandem darüber reden. Das ist schon was. Besser als ein Fluss.«
»Das freut mich zu hören, Herr Malik. So skeptisch, wie Sie anfangs waren. Wollen Sie weitererzählen?«
»In Ordnung.«

Stille.

»Jan besaß noch immer seinen Hausschlüssel. Um die Zeit – nach 22 Uhr – war der Hausangestellte nicht mehr im Dienst. Saß vielleicht in seinen zwei Räumen auf der Rückseite des Gebäudes vor dem Fernseher oder schlief bereits. Jan kannte ja die Gewohnheiten. Wir ließen den Wagen auf der Straße stehen und gingen zu Fuß rein. Zuerst das

Gartentor. Anschließend die Gartenbeleuchtung mit Bewegungssensoren. Jan ging voraus, ich direkt hinterher. Schlangenlinien, um die Beleuchtung nicht anzuschalten. Er erzählte mir, dass er den Schleichweg in seiner Jugend entdeckt hatte, wenn er sich abends vom Grundstück schlich, um mit Freunden feiern zu gehen. Im Haus war oben im ersten Stock noch Licht in zwei Zimmern. Laut Jan schliefen Senta und Karl West schon lange nicht mehr im selben Bett. Er meinte, sie hätten immer behauptet, das wäre der Grund, weshalb sie noch zusammen seien. Tippte sich dabei mit dem Finger an den Kopf. Aber ich bin mir nicht so sicher, ob das langfristig nicht wirklich das Beste ist. Jedenfalls sprach Jan erstaunlich viel, während wir uns dem Haus näherten. War vermutlich nervös. Die Wests waren letztlich seine wirklichen Eltern. Hatten sich um ihn gekümmert, ihn großgezogen. Liebten ihn bestimmt auch – zumindest Senta. Das hatte ich bei der ersten Begegnung gleich gesehen. Sie musste ziemlich gelitten haben in der Zeit danach. Soweit ich weiß, hatte Jan sich gar nicht mehr bei denen gemeldet. Durch meine anfängliche OBS hatte ich sie seitdem vermutlich häufiger gesehen als er. Ist die Zeit nicht bald um?«

»Das macht nichts. Ich habe heute niemanden nach Ihnen.«

»Aber ich sollte trotzdem bald gehen. Sonst werden die Kollegen da draußen noch misstrauischer.«

»Da könnten Sie Recht haben. Wollen wir dann nächstes Mal weitermachen? Sie können gleich übermorgen zu mir kommen. Dann haben Sie den Gerichtstermin hinter sich und wir können auch darüber sprechen. Okay?«

»In Ordnung.«

Achtes Gespräch

»Psychologischer Dienst der Polizei, Praxis Dr. Roth hier, guten Tag?«

Stille.

»Herr Malik! Ich erwarte Sie eigentlich hier.«

Stille.

»Verspätet? Okay. Wann können Sie denn hier sein?«

Stille.

»Ihr Handy? Ach ja, ich habe ein Handy hier gefunden. Kein Problem, es wartet hier auf Sie.«

Stille.

»Gut. Dann bis gleich, Herr Malik!«

Stille.

»Hallo? Herr Malik? Sind Sie das?«

Stille.

»Warum wollten Sie das Gespräch denn über Ihr Handy führen?«

Stille.

»Ich verstehe nicht. Sie haben doch gerade gesagt, es sei Ihr Handy?«

Stille.

»Das heißt, Sie haben es absichtlich hier liegen gelassen? Das sind ja Methoden, Herr Malik! Ich weiß nicht, wie ich das finden soll.«

Stille.

»Mit Herrn West reden? Sind Sie gerade bei ihm? Du meine Güte, Herr Malik! Sie bringen mich da in eine Situation!«

Stille.

»Ich verstehe, und das tut mir sehr leid. Aber ehrlich gesagt: lieber nicht, Herr Malik. Ich kenne ihn doch gar nicht. Ich kann nicht mal eben so eine Fernanalyse anstellen. Das hilft ihm gar nicht. Es könnte sogar alles noch schlimmer machen. Außerdem wäre es in höchstem Maße strafbar.«

Stille.

»Doch! Ich würde ihm helfen wollen! Natürlich würde ich ihm helfen wollen! Aber er müsste hierherkommen. Ich müsste ihm in die Augen sehen können, um mit ihm zu reden. Sonst hätte das keinen Sinn. Aber anschließend müsste ich die Polizei verständigen. Herr West wird wegen Mordes gesucht, Herr Malik! Das kann ich doch nicht einfach ignorieren!«

Stille.

»Unschuldig? Das ist das erste Mal, das Sie mir das sagen. Wissen Sie das mit Gewissheit?«

Stille.

»Dann kommen Sie doch bitte in meine Praxis und erzählen mir endlich die ganze Geschichte! Aber bitte allein! Zum gegenwärtigen Zeitpunkt sehe ich mich außerstande, Ihnen etwas anderes anzubieten, so leid es mir tut. Richten Sie Herrn West aus, dass … Nein, richten Sie ihm gar nichts aus. Nicht einmal dafür ist Raum. Wenn Sie den heutigen Termin noch wahrnehmen wollen, bin ich bereit, hier auf Sie zu warten. Wenn nicht, dann sollten wir einen neuen vereinbaren.«

Stille.

»Morgen? Okay. Ich erwarte Sie morgen um die gleiche Zeit. Tschüss, Herr Malik. Und bitte rufen Sie mich nicht mehr auf diesem Handy an. Okay?«

Neuntes Gespräch

»Hallo Herr Malik. Hier ist erst mal das Handy. Ich habe die Software zurückgesetzt und hoffe, dass jede Spur unserer Unterhaltung damit gelöscht ist. Sie haben mir einen ganz schönen Schreck eingejagt.«

Stille.

»Alles okay mit Ihnen?«
»Ich muss mich bei Ihnen entschuldigen.«
»Kein Problem, Herr Malik. Schwamm drüber. Sie wollten Ihrem Kollegen helfen, das kann ich verstehen. Aber ich habe es Ihnen schon einmal gesagt, ganz zu Anfang unserer Sitzungen: Meine Hauptperson sind Sie, nicht Herr West. Okay?«
»Ist in Ordnung.«
»Schön, dass wir das geklärt haben. Wie waren die letzten beiden Tage für Sie?«
»Meine Frau überlegt, ob sie nicht doch vorübergehend mit den Kindern zu ihren Eltern ziehen soll. Sie meint, sie will die Familie raushalten, falls es hart auf hart kommt.«
»Oh. Und wie stehen Sie dazu?«
»Ich?«

Stille.

»Ich frage mich, ob sie die Wahrheit sagt.«
»Wie meinen Sie das?«

Stille.

»Ach, ich weiß nicht, wie ich das meine. Es ist nur ein Gefühl. Als wäre da etwas zwischen uns.«

Stille.

»Ich glaube, sie hat das Vertrauen in mich verloren. Sie denkt nicht mehr an uns, nur noch daran, sich und die Kinder aus der Gefahr zu bringen. Ich weiß nicht mal mehr, ob sie mich noch liebt.«
»Aber Sie lieben sie doch noch, Herr Malik, nicht wahr?«
»Korrekt ... Ja!«

Stille.

»Ich liebe sie noch.«
»Halten Sie an Ihrer Liebe fest! Seien Sie stur! Aber lassen Sie Ihre Frau machen! Hindern Sie sie nicht daran, das zu tun, was sie glaubt, tun zu müssen. Sie müssen sich jetzt beweisen. Bleiben Sie großzügig und geduldig, das ist jetzt das Wichtigste. Ihre Frau hat Zweifel, das scheint mir offensichtlich zu sein. Sie weiß nicht, ob Sie die Lage noch unter Kontrolle haben. Dass sie unter diesen Umständen vor allem an Ihre gemeinsamen Kinder denkt, ist vollkommen verständlich. Betrachten Sie es so: Es sind Ihre Kinder, um die Ihre Frau sich Sorgen macht. Sie hilft Ihnen im Grunde. Versuchen Sie, sich das einzureden. Vielleicht funktioniert es.«
»Mehr können Sie mir nicht anbieten?«
»Was möchten Sie denn hören?«
»Ich will nicht, dass sie geht! Bei dem ganzen Scheiß, den ich am Hals hab', würde ich es nicht ertragen, abends nach Hause zu kommen und allein zu sein. Ich würde mich fühlen wie Jan, der ist auch ganz allein. Sie muss doch sehen, dass sie mir hilft, wenn sie zumindest die Familie normal weiterlaufen lässt! Was sollten wir den Kindern auch erzählen? Irgendwelche Lügen! Was anderes ginge ja nicht!«
»Wie geht es Ihren Kindern denn?«
»Gut! Keine Ahnung! Ich weiß nicht, wie viel sie mitbekommen.«

Stille.

»Sie fragen oft, warum ich nicht da bin, wenn sie wieder einmal ins Bett gehen, ohne mich gesehen zu haben. Dann muss Hanna natürlich lügen,

von viel Arbeit reden und ›Papa muss etwas ganz Wichtiges machen‹ und was weiß ich. Sie kann ja schlecht sagen: ›Der Papa jagt einen perversen Sexualmörder und ist dabei selbst kriminell geworden!‹«
»Das ist bestimmt auch nicht leicht für Ihre Frau.«

Stille.

»Nein. Ist es nicht.«

Stille.

»Wie war denn Ihr Gerichtstermin?«
»Beschissen. Die wussten schon seit Mitte März, dass bei uns was nicht stimmte. Kam jetzt alles raus. Lauterbach erzählte von unserem Besuch im Nachtclub. Erwähnte natürlich nicht, dass er auch da war. Sagte nur, er und Wolff würden sich seit einem Fall von Kipo, in den einer seiner Stammkunden verwickelt war, kennen.«
»Kipo?«
»Kinderpornographie. Ist vielleicht sogar die Wahrheit. Sadist oder Sklave zu sein, ist ja nicht strafbar in diesem Land, solange du erwachsen bist und alles freiwillig abläuft. Und was Lauterbach in seiner Freizeit tut, ist seine Sache. Ich habe mich da wohl von Jan beeinflussen lassen. Verdammt! Lauterbach verständigte direkt am Tag, nachdem wir Wolff quasi entführt hatten, den Chef, und sie beschlossen, ein MEK auf uns anzusetzen – ein mobiles Einsatzkommando. Natürlich mit Lauterbach und Richter, das ließ der sich nicht nehmen. Zu dem Zeitpunkt dachten wir noch gar nicht an so was!«

Stille.

»War unmöglich, alles zu leugnen. Die hatten ja mitbekommen, dass wir bei Erben waren und fragten jetzt, warum. Ich log mich raus. Sagte, wir seien uns nicht sicher gewesen, hätten deshalb keine Pferde scheu machen wollen. Wie wir denn auf Erben gekommen seien. Das fragten sie, weil Wolff offenbar nichts über Klara Kolbert und ihre Verbindung zu Erben gesagt hatte. Klar. Wollte schließlich nicht in einen Mord verwickelt werden. Hatte Lauterbach offenbar nur erzählt, wir hätten ihn ungerechtfertigt unter Druck gesetzt, grundlos mit unseren Dienstwaffen bedroht und in der Öffentlichkeit abgeführt – alles nur, weil er einen Nachtclub betreibe, in dem die BDSM-Szene verkehrt. Ballmann musste denken, dass wir uns einbildeten, wir könnten machen, was wir wollten. Sagte was von Wild-West-Methoden, die er nicht dulden werde. Verständlich, es musste ja so wirken, als hätte er seine Leute nicht unter Kontrolle. Und ich konnte nichts sagen! Was Erben betraf, log ich natürlich auch: Wir hätten einen anonymen Tipp erhalten, der kein Ergebnis gebracht habe. Ganz unglaubwürdig. Ich war ja völlig überrascht. Glaubte, ich wüsste, was die wissen. Aber die sind besser, als ich dachte. Vor allem Lauterbach, der Spürhund. Verdammt! Hätte ich damals doch nur anders reagiert! Verdammt!«

»Und Jan?«

»Jan will sich stellen. Alles erzählen.«

»Das ist doch gut!«

Stille.

»Herr Malik?«

»Ich muss jetzt weitererzählen, sonst …«

»Ja?«

»Ich weiß gar nicht, warum ich Ihnen das alles erzähle. Ich weiß nur, dass es mir dann besser geht. Keine Ahnung warum.«

Stille.

»Also: Nachts bei den Wests, da waren wir stehengeblieben. Wir schlossen die Tür auf. Ich seh' den Schlüssel noch genau vor mir. Spezialanfertigung. Die sind teuer. Dann gingen wir ins Haus. Unten war alles dunkel. Nur schwaches Licht von oben durch den Treppenschacht. War nichts zu hören. Jan ging aber nicht nach oben, sondern direkt in den

Keller. Ich ging einfach hinterher. Versuchte, mich zu beruhigen. War ja kein Einbruch, weil Jan offiziell immer noch der Sohn von den Wests war. Wie es sich wirklich verhielt, das wussten nur wir. Deshalb bin ich überhaupt noch auf freiem Fuß! Die im K wissen einfach nicht, warum wir die Sachen tun, die wir tun. Haben keine Ahnung. Tappen im Dunkeln.«

Stille.

»Wir gingen also in den Keller. Was will er da, fragte ich mich. Jan sagte gar nichts. Ging in einen großen Raum, machte das Licht an. Überraschung: ein Schwimmbad. Reiche Leute eben. Daneben eine Sauna, Duschen, ein Umkleideraum. Er geht am Beckenrand entlang zum hinteren Teil des Raums. Noch eine Tür. Öffnet sie, schaltet das Licht an: ein komplett eingerichtetes Fitnessstudio. Die Wests waren reich. Jan war reich. Das dachte ich in dem Moment: Jan ist reich. Wusste ich natürlich alles schon. Aber es so vor Augen geführt zu bekommen ... Jedenfalls geht er durch den Fitnessraum zu einer weiteren Tür. Dahinter befindet sich eine Art Geräteschuppen. Gartenzeug. Torferde in Plastikbeuteln, Harken, Schaufeln, Wasserschlauch. Hier riecht es feucht. Der Raum ist höchstens zwölf Quadratmeter groß. Am Ende eine Tür mit Oberlicht. Milchglas. Jan schließt sie auf. Wieder die Spezialanfertigung. Dahinter liegt eine Treppe nach oben. Ich denke: Alles klar, der Gärtner kommt die Außentreppe runter, schließt auf, holt, was er braucht, und arbeitet dann im Garten. Ganz normal. Wir gehen die Treppe hoch. Ich drehe mich um. Noch eine Überraschung: Wir sind nicht mehr am Haus. Schwimmbad, Fitnessraum und Geräteschuppen liegen offenbar unter dem Garten. Wir stehen am anderen Ende des Gartens. Der Ausgang ist ein kleines Häuschen mit Pickelhaube in einer Art Wäldchen. Ein kleiner Weg führt ans andere Ende des Gartens, fünf, sechs Meter entfernt. Da gibt es noch ein schmales Gartentor. Wieder der Spezialschlüssel. Dann stehen wir auf einer anderen Straße. Und jetzt verstehe ich: Es ist die Sackgasse, die zu Erbens Haus führt. Ich bin völlig überrumpelt. Warum habe ich wochenlang auf der anderen Seite im Wagen gesessen und die Mündung der Einbahnstraße observiert, wenn West oder wer auch immer ohne weiteres hinten raus konnte? Aber ich komme gar nicht dazu, Jan zu fragen. Er packt mich an den Armen und sagt: ›Du hast gesehen, wie West montags in den Klub und donnerstags zum Tennis gefahren ist. Am Wochenende sind er und Senta gemeinsam in die Stadt, um ins Theater oder ins Kino oder essen zu gehen. Korrekt?‹ Das hat er gesagt. Und so war es auch. Ganz normal. Aber Jan sagt jetzt, er sei früher manchmal mit dem alten West in den Klub gefahren. Da habe oft ein gelber Lamborghini SUV gestanden. Genau so einer, wie wir ihn gerade eben im Garten von Gerhard Erben gesehen hatten. Er sei nur deshalb auf ihn aufmerksam geworden, weil er eines Abends beim Einsteigen mit der Beifahrertür gegen den Lamborghini gestoßen sei und einen Lackschaden verursacht habe. Er sagte: ›West war ziemlich sauer. Ich war damals Anfang zwanzig und vertrug nicht viel Alkohol. So ist es dann eben passiert. Aber West tobte rum, weil es ein so teures Auto war.‹ Die Angelegenheit wurde dann wohl unter den beiden Männern geregelt, ohne dass Jan noch was davon mitbekommen hätte. Er fragte mich jetzt, ob ich den Lamborghini schon mal am Klub gesehen hätte, während ich den alten West observiert hatte. Ich verneinte. Aber Jan meinte, Erben sei nun aufgescheucht und müsse sich bewegen. Er verlangte deshalb von mir, West noch einmal zu beschatten, wenn er in den Klub fuhr. Und falls Erben mit seinem Lamborghini auftauchte, solle ich ihn sofort informieren. Fällt Ihnen was auf?«

»Ich verstehe nicht.«

»Jan sagt, er sei Anfang zwanzig gewesen, als er den Blechschaden am Lamborghini verursachte. Das ist siebzehn Jahre her! Aber der Wagen soll derselbe sein?«

»Stimmt. Bei so reichen Leuten erwartet man ein anderes Kaufverhalten.«

»Allerdings. Ich war zu überrumpelt von der ganzen Sache, deshalb fiel mir der Widerspruch erst später auf, als ich wieder zuhause war. Hat mich fast um den Schlaf gebracht. Neben mir meine Frau, mit der nichts mehr läuft seit ... zu lange schon jedenfalls. Dann dieser ganze Fall, der immer auswegloser wird. Und jetzt auch noch Jan, der mit verrückten Ideen kommt, die keinen Sinn ergeben. Ich hatte plötzlich das Gefühl, in Wahrheit völlig allein dazustehen. Alles Mögliche ging mir durch den Kopf. Dass Jan doch was mit meiner Frau hatte und mich die OBS bei den Wests machen ließ, damit er in der Zwischenzeit zu uns nach Hause konnte. Dass Jan dabei war, durchzudrehen, weil ihn das alles wahnsinnig machte. Können Sie sich vorstellen, wie das war? Es ging hin und her zwischen Wut, Eifersucht, schlechtem Gewissen, Mitleid. Und neben mir meine Frau, die so nah war und so weit weg. Ich dachte schon, ich müsste selbst verrückt werden.«

»Haben Sie mit ihm darüber gesprochen?«

»Ich wusste nicht, was ich machen sollte. Ich dachte, ich tue erst einmal, was er verlangt. Es war ja wieder Wochenende, also musste ich erst mal nichts tun, weil die Wests dann eher in die Stadt fuhren. War ein verfahrenes Wochenende. Ich war schlecht drauf, meine Frau spürte das natürlich, deshalb gab's ständig Diskussionen wegen Kleinigkeiten. Aus dem Ausflug, den wir geplant hatten, wurde nichts, weil das Wetter nicht mitspielte. Insgesamt keine gute Zeit. Dann kam der Montag, 25. März. Kinder wecken, Frühstück zubereiten, Kinder abfahrbereit machen, Kinder wegbringen. Bei den Kindern kann ich normalerweise vergessen, was da draußen sonst noch los ist. Aber inzwischen ging auch das nicht mehr so gut. Die merken so was natürlich sofort, waren bockig, verlangten mir mehr Geduld ab als sonst, ich musste aufpassen, dass ich nicht auch noch sie anfahre. Anschließend zurück nach Hause. Hanna saß am Frühstückstisch, auf dem Schoß irgendein Gesetzbuch. Sie müsse lernen, sagte sie. Wir saßen voreinander, sie mit dem Buch auf dem Schoß, in das sie kein einziges Mal reinblickte. Und ich tat so, als wär' alles in Ordnung. Dann musste ich schon wieder los. Kein Wort hatten wir gesprochen. Im Büro gab es erst mal eine große Überraschung: Bei der erneuten Überprüfung der Proben von Klara Kolberts Leichnam fand der Gerichtsmediziner ein winziges Faserstück, das zu Kunaus Lieferwagen passte, den der ja am Tag nach dem Mord verkauft hatte. Erinnern Sie sich?«

»Ja. Der Wagen war doch beim Autohändler beschlagnahmt und untersucht worden, nicht wahr?«

»Korrekt. Der stand noch immer bei uns im K in der Garage. Jetzt war bewiesen, dass Kunau in die Sache verwickelt war, und dass Klara Kolberts Leiche mit großer Wahrscheinlichkeit in seinem Wagen transportiert worden war. Wir wurden gleich zu ihm geschickt, um ihn festzunehmen. Zu viert. Lauterbach, Richter, Jan und ich. Mit zwei PKW. Jan war total angespannt, fürchtete offenbar, andere könnten ihm zuvorkommen. Ich verstand es nicht mehr. Er hätte doch froh sein können, dass ihm die Arbeit abgenommen wurde. Wenn wir uns jetzt ruhig verhielten, fiel unsere private Ermittlung womöglich überhaupt nicht auf und wir waren aus dem Schneider. So dachte ich. Aber Jan ging es um etwas ganz anderes. Auch da waren wir kein Team mehr. Ich hoffte, dass die Kollegen den Mörder vor uns fanden, Jan hoffte das Gegenteil. Jedenfalls fuhren wir hin, Lauterbach übernahm als Dienstältester die leitende Funktion. Wir hatten uns vom K aus vergewissert, dass Kunau zur Arbeit erschienen war. Die vom Paul Gerhardt Stift wussten Bescheid und waren angehalten, sich ruhig zu verhalten. Wir stellten Kunau dann in der Cafeteria. Er war überrascht, ließ sich aber widerstandslos abführen. Bat nur darum, dass wir seine Frauen verständigen. Die ganze Sache wurde im K als großer Durchbruch gefeiert. Endlich hatten wir ein konkretes Ergebnis. Im Grunde war ja von Anfang an klar gewesen, dass Kunau irgendwie in die Sache verwickelt gewesen sein musste. Ehrlich gesagt: Ich war anfangs erleichtert. Die ganze Zeit über hatte ich gedacht, die Verantwortung für die Aufklärung des Mordes läge allein bei Jan und mir. Das wurde mir da erst klar. Dabei hätte Kunau schon Wochen zuvor festgenommen werden können, hätte die Gerichtsmedizin das Faserstück anfangs nicht für Verunreinigung gehalten. Kunau musste natürlich jetzt befragt werden. Er saß in einem isolierten Raum, wir nebenan. Alle waren da: Ballmann, Lauterbach, Richter, Stochow, Kämmer, Schirgel, Jan und ich. Ballmann fragte in die Runde, wer als erster Kunau in die Mangel nehmen wolle. Lauterbach schlug sofort Jan vor. Das war ungewöhnlich, aber Lauterbach meinte, er sei schließlich unser bester Mann für solche Dinge. Ich dachte, ich hätte mich vielleicht doch in ihm geirrt. Heute denke ich natürlich, dass er nicht nur Kunau, sondern auch Jan beobachten wollte in der Situation.

Wie gesagt: Die wussten ein paar Dinge, aber sie verstanden überhaupt nicht, was los war. Jedenfalls war Ballmann einverstanden. Das war bestimmt alles vorher abgesprochen worden. Jan geht also zu Kunau in den Raum, setzt sich ihm gegenüber an den Tisch. Fragt ihn direkt, ob er die Tote in alle ihre Löcher gefickt habe. So brutal. Kunau ist erst erschrocken, aber dann sitzt er nur da, verlangt nach seinem Anwalt, will telefonieren. Das können wir ihm nicht abschlagen, und wir können es nur begrenzt hinauszögern. Ich beobachtete Jan, bemerkte deshalb auch nicht, dass zumindest Ballmann und Lauterbach vermutlich das gleiche taten. Jan musste ja so tun, als würde er wie immer versuchen, die Wahrheit aus Kunau rauszukitzeln. Wenn er das nicht wollte, hatte er ein Problem. Aber Kunau machte es ihm leicht. Ließ sich durch nichts einschüchtern. Saß nur da und verlangte nach seinem Anwalt. Kannte sogar den Paragraphen: 137 Strafprozessordnung. Schien gut vorbereitet zu sein.«

»Wie läuft so ein Verhör ab? Ich kenne so was nur aus dem Fernsehen.«

»Das ist in der Wirklichkeit ein bisschen anders. Wir können überhaupt keinen Druck auf Beschuldigte ausüben. Will einer nicht aussagen, müssen wir das respektieren. Will einer seinen Anwalt anrufen, müssen wir ihm das ermöglichen. Sonst kann es zum ›Verwertungsverbot‹ kommen, das heißt, dass wir die Aussage des Beschuldigten vor Gericht nicht einbringen können, wenn der Anwalt des Beschuldigten uns irgendeinen Fehler nachweisen kann. Das beginnt mit der Belehrung über seine Rechte. Die müssen wir jedes Mal wiederholen, sonst ist die Befragung ungültig. Alles sehr bürokratisch. Jedenfalls weigerte Kunau sich zu kooperieren, deshalb ließen wir ihn seinen Anwalt anrufen. Manchmal sind Anwälte vernünftiger als Beschuldigte. Es dauerte eine Stunde, bis er kam. Es war dieser Thomas Puder, mit dem Kunau bereits zu seiner ersten Befragung gekommen war. Ein unangenehmer Typ. Wirkte kalt. Jan war wieder an der Reihe. Ich nehme an, dass er sich in der Wartezeit eine Strategie ausgedacht hatte. Erst mal kam es aber gar nicht zur Befragung. Als Puder davon erfuhr, dass Kunau der Mord an der Toten zur Last gelegt wurde, beantragte er sofort eine Beratung unter vier Augen mit seinem Mandanten. Auch das müssen wir ermöglichen. Die beiden wurden also in einen abhörsicheren Raum geführt und allein gelassen. Jan blieb bei Ballmann und den anderen. Da ich nichts zu tun hatte, setzte ich mich an den Computer und recherchierte über Puder. Zunächst im InPol – im Informationssystem der Polizei. Dort kann man Vorstrafen und andere polizeilich relevante Daten abfragen. Doch da war nichts. Puder schien sauber zu sein. Dann googelte ich seinen Namen im freien Netz. Das war interessanter. Puder hat eine Reihe namhafter Leute vor Gericht vertreten, auch ein paar Politiker aus der rechten Szene. Aber immer wieder auch Leute, die scheinbar völlig normale Bürger waren. Unter anderem einen gewissen Thomas Winkler wegen Steuerbetrugs. Erinnern Sie sich an den Namen?«

»War das nicht dieser Bekannte von Senta West?«

»Genau. Es war der Westler, den sie in Dedelow, diesem DDR-Musterdorf, kennengelernt hatte und mit dem sie sich dann 1990 in der Tukania in Zehlendorf fotografieren ließ. Ich war mir zu dem Zeitpunkt plötzlich sicher, dass ich, wenn ich bei Karl West, Gerhard Erben und Thomas Puder weit genug in die Vergangenheit zurückginge, immer auf die Tukania stoßen würde. Und so war es auch. Gerhard Erben war in den 60er Jahren aktives Mitglied gewesen, Winkler, Wolff und West in den 70ern, Puder in den 80ern. Aber auch Kunau war zwischen 1974 und 1978 Mitglied der Tukania. Die Herren kannten sich also seit Jahrzehnten.«

»Du meine Güte! Das klingt ja nach organisierter Kriminalität! Haben Sie das Jan gesagt?«

»Zunächst nicht. Ich befürchtete, dass er zu den Wests fährt und den Alten erschießt, oder sonst etwas Unüberlegtes tut. Deshalb hielt ich meinen Mund, zumal Puder und Kunau im K waren und es jeden Moment weitergehen würde. Das war auch der Fall. Die beiden kamen aus ihrem Raum und Kunau erklärte sich zu einem Geständnis bereit. Das kam völlig überraschend. Jan war richtiggehend verdattert, das sah ich ihm an. Kunau gestand, in der Nacht zum 13. Januar geholfen zu haben, eine Verstorbene von einem nicht bezeichneten Ort zum Hauptgebäude des Paul Gerhardt Stifts in der Müllerstraße zu transportieren, dort auf eine der hauseigenen Tragen gelegt und im Innenhof des Häuserblocks aufgebahrt zu haben. Behauptete, man hätte ihm versichert, die Person

sei einem Herzinfarkt erlegen. Die Leiche sei von einem Tuch bedeckt gewesen, sodass er sie gar nicht habe sehen können. Er sei dann auch sofort weg. Er habe aus reiner Gefälligkeit gehandelt. Mehr nicht. Verweigerte jede weitere Aussage. Als man Kunau fragte, warum ausgerechnet dort, zuckte er mit den Schultern und sagte, das wisse er nicht. Er wirkte da zum ersten Mal ehrlich auf mich. Ich beobachtete natürlich die ganze Zeit über auch Jan. Seine Selbstbeherrschung war bewundernswert. Niemand außer mir hätte zu dem Zeitpunkt ahnen können, was in ihm vorging. Haben Sie etwas zu trinken?«
»Natürlich! Möchten Sie einen Tee?«
»Ein Glas Leitungswasser genügt.«

Stille.

»Danke.«

Stille.

»Das war ein langer Arbeitstag. Als Kunau endlich in die U-Haft abtransportiert wurde und Puder ging, hatten wir alle genug. Aber ich war zum ersten Mal seit Wochen einigermaßen erleichtert, weil sich endlich was Offizielles in dem Fall bewegt hatte. Ich hoffte, dass Ballmann uns nicht mehr so viel Aufmerksamkeit schenken würde. Er hatte ja auch unter Druck gestanden, weil seine Vorgesetzten Ergebnisse wollten. Jetzt konnte er liefern. Das war gut für uns alle. Ich fuhr Jan wie üblich nach Hause. Zuerst sagte er kein Wort. Dann sprach er das Offensichtliche aus. Er sagte: ›Die bieten dem Kunau viel Geld, damit er die Schnauze hält. Kohle genug haben sie ja.‹ Klang wieder bitter. Anschließend sprach er darüber, dass Kunau nicht mehr nachgewiesen werden konnte, als dass er die Tote transportiert hatte. Dafür würde er höchstens ein paar Jahre sitzen. ›Wenn er wieder aus dem Knast kommt, ist er vermutlich ein gemachter Mann. Rente gesichert. Dann kann er sich noch eine dritte Sklavin leisten. Macht ihn bestimmt glücklich.‹ Solche Sachen. Ab und zu schlug er mit der Faust aufs Armaturenbrett oder gegen die Tür. Vor Wut. Mir war klar, dass er trotz oder gerade wegen der Ereignisse des Tages von mir verlangen würde, zu Wests Privatclub zu fahren. Er konnte nicht mit, weil die ihn dort kannten. Aber ich konnte mich immerhin unerkannt mit dem Wagen draußen hinstellen und warten. Nachdem ich ihm das versprochen und ihn bei sich abgesetzt hatte, rief ich meine Frau an und sagte ihr, dass ich erst spät kommen würde, weil ich noch einen Sondereinsatz hätte. Das kam natürlich nicht gut an. Aber was sollte ich tun? Wir waren schon so weit gekommen. Jetzt mussten wir es zu Ende bringen. Ich fuhr also zum Klub.«

»Was ist das für ein Klub?«

»Er heißt ›Klub Konundrum‹. Keine Ahnung, was der Name bedeutet. Jedenfalls können Reiche dort unter sich sein. Treffen sich regelmäßig in einer Villa in Dahlem, die einem Hubert Strom gehört, einem der Gründer des Klubs. Als Normalsterblicher kommt man da nicht rein. Den Klub gibt es seit den 70er Jahren. Machen einen auf ganz edel und exklusiv. Ich denke, dass es da auch um Sex geht, aber nicht vorrangig. Jan meinte, dort treffen sich Leute, um in gediegener Atmosphäre über Geschäfte zu reden. Er sei ein paar Mal mit dem alten West dort gewesen, weil der ihn in die Gesellschaft einführen wollte. Hat wohl nicht funktioniert. Es war auf jeden Fall klar, dass ich da nicht ohne weiteres Zugang bekommen würde. Das brauchte ich auch nicht. Die Villa lag an einer relativ breiten Straße. Ich konnte problemlos vor dem Haus parken und zuschauen, wer kommt und geht.«

»Und?«

»Tja, West kam wie immer gegen 23 Uhr. Und kurze Zeit später tauchte tatsächlich der gelbe Lamborghini auf. Aber nicht Gerhard Erben stieg aus, sondern Britta Kolbert.«

»Britta Kolbert?«

»Ganz schöne Überraschung, nicht wahr? Am liebsten wäre ich ausgestiegen und hätte sie zur Rede gestellt. Aber dann dachte ich, dass ich ihr besser auf dem Rückweg folge und sehe, was sie macht. Sie blieb auch nicht lange. Keine Ahnung, ob sie wirklich West traf. Jedenfalls folgte ich ihr, als sie wieder wegfuhr. Sie fuhr nach Schöneberg zu ihrer Wohnung. Parkte ihren Lamborghini direkt vor dem Gebäude.

In dem Moment dachte ich, dass sie vielleicht doch die Frau auf dem Video ist. Dass sie sich an ihrer Schwester gerächt und anschließend eine BDSM-Sache daraus gemacht hatte, um den Mord zu verschleiern. Dass sie irgendeinen Helfer gehabt haben musste. Nicht Kunau. Sein Sperma passte nicht zu dem, das wir in Klara Kolberts Körperöffnungen gefunden hatten. Erben? Wolff? Der alte West? Alles schien möglich zu sein. Ich wusste nicht mehr, was ich tun sollte. Ich hatte Angst, Jan anzurufen, weil ich dachte, der bringt sie um. Als Britta Kolbert schon an der Haustür war und aufsperrte, bin ich dann ohne zu überlegen aus dem Auto gesprungen und zu ihr gegangen.«

»Das war das erste Mal, dass Sie allein aktiv wurden, nicht wahr?«

»Korrekt. Fühlte sich komisch an. Als wäre ich Jan. Britta Kolbert war natürlich überrascht, mich zu sehen, noch dazu ohne ihn. Ich erklärte ihr, dass wir den Lamborghini wenige Tage zuvor auf Erbens Grundstück gesehen hätten. Aber sie verhielt sich nicht wie jemand, der überführt worden ist. Nickte nur und lud mich ein, mit nach oben zu kommen. Ich bin also wieder in ihrer Wohnung gewesen, saß am selben Café-Tisch, und sie machte mir erst mal einen Tee. Fühlte sich einigermaßen unwirklich an, als würde sich ein Film wiederholen. Nur dass es diesmal Nacht war und ich allein dasaß. Britta Kolbert bewegte sich wie immer. Das ist jetzt nicht sehr polizeilich: Irgendwie hatte sie was Rituelles. Als hätte jede Bewegung irgendeinen besonderen Sinn. Jedenfalls saß sie irgendwann wieder vor mir auf demselben Stuhl und sagte, Erben habe sie kontaktiert, weil Klara ihr ihren Wagen vermacht hatte. Deshalb sei sie am Wochenende bei ihm gewesen und hätte ihn abgeholt. Der Mörder ihrer Schwester kontaktiert sie, um ihr den Wagen zu überreichen, und sie fährt hin, holt ihn ab und sagt nichts und tut nichts? Sie muss gesehen haben, was ich dachte. Jedenfalls sagte sie plötzlich laut, Klara habe ihr Schicksal selbst gewählt, Erben habe ihr Beweise vorgelegt.«

»Beweise? Was denn für Beweise?«

»Das habe ich auch gefragt. Sie meinte, es gebe noch ein zweites Video, das Klara vor ihrem Tod aufgenommen habe. Aber Erben wolle zuerst, dass Jan zu ihm komme.«

»Das hat er gesagt?«
»Offenbar. Ich fragte dann, ob er auch gesagt habe, wann er zu Hause sei. Das wusste sie nicht. Hätte mich auch gewundert. Erben ist bestimmt nicht daran interessiert, in den Knast zu wandern. Jedenfalls ist er nicht abgehauen, wie Jan gedacht hatte. Das war schon verwunderlich. Auch, dass er vor Klara Kolberts Schwester einfach so ein Geständnis ablegte. Und dass die nicht sofort zur Polizei ging. Und was machte sie überhaupt in dem Privatclub, in dem die Wests normalerweise verkehrten? Das war alles unglaubwürdig oder zumindest ungewöhnlich. Ich war natürlich misstrauisch, vor allem, weil Britta Kolbert ein Motiv gehabt hätte, ihre Schwester töten zu lassen. Aber wie sie da vor mir saß, hatte ich nicht den Eindruck, dass sie das Zeug dazu hat, sich zu rächen. Sie wirkte eher zerbrechlich und hilflos, obwohl es schon erstaunlich war, wie anders sie inzwischen über Klaras Tod zu denken schien. Keine Ahnung. Jedenfalls hatte ich plötzlich Zweifel, ob wir es überhaupt mit einem Kriminalfall zu tun hatten. So weit war ich schon! Das erschreckte mich am meisten. Auf dem Heimweg hab' ich mir dann immer wieder gesagt: Es handelt sich hier um ein Tötungsdelikt. Vergiss das nicht! Man kann niemanden einfach umbringen oder aufessen, nur weil der so verrückt ist, dass er damit einverstanden ist. Das sehen Sie doch auch so, oder?«
»Da begeben Sie sich auf sehr unsicheres Terrain, Herr Malik. Ich fürchte, hier gibt es keine eindeutige Antwort.«
»Wie meinen Sie das? Es ist doch strafbar!«
»Ja, es ist strafbar. Ich habe viel darüber nachgedacht, seit Sie zum ersten Mal zu mir gekommen sind. Ich hatte mal eine Patientin, deren Vater schon seit Langem sehr krank gewesen war. Er litt unter einer genetischen Mutation, die erst aktiv wurde, als er um die vierzig war. Die Krankheit betrifft nur Männer. Sie besteht darin, dass der Körper neue Knochen bildet, ein zweites Skelett quasi. Sein Großvater war qualvoll daran gestorben, sein Vater war verschont geblieben, aber ihn traf es. Die Ärzte versuchten alles, um ihm zu helfen, aber bislang ist die moderne Wissenschaft dagegen machtlos. Es blieben also nur Schmerz- und Betäubungsmittel – vor allem Morphin. Als er sich kaum noch

bewegen konnte und entweder weggetreten war oder vor Schmerzen kaum denken konnte, versuchte er zu sterben. Seine Tochter – meine spätere Patientin – tat alles, um ihm diesen Wunsch zu ermöglichen. Doch vor dem Gesetz wird es als Verbrechen eingestuft und entsprechend geahndet. Sie verloren diesen Kampf, der sterbende Vater und seine Tochter. Aber sie war mutig, sie wich nicht von seiner Seite. Glauben Sie mir, Herr Malik: Sie hat einen hohen Preis dafür bezahlt.«
»Konnten Sie ihr helfen?«
»Ich hoffe es. Aber Fälle wie dieser sind ein Problem für die Gesellschaft.«
»Das sagt meine Frau auch. Als angehende Juristin hat sie natürlich eine andere Perspektive. Sie sagt, neben der Abtreibung ist Tötung auf Verlangen das schwierigste Thema. Sie meint, die Leute erwarten Hilfe vom Gesetz. Wenn sie die nicht bekommen, wenn sie das Gefühl haben, dass die Gesetze und das Richtige nicht dasselbe sind, dann wird es ein politisches Problem.«

Stille.

»Ich bin kein Rechtsanwalt und erst recht kein Philosoph oder Politiker. Ich bin Polizist. Für mich muss das Gesetz eindeutig sein, dann kann ich es anwenden. Wie soll ich sonst rausgehen und wissen, was das Richtige ist? Wenn einer einen tötet, nehme ich ihn erst mal fest. Anschließend muss das Gericht entscheiden, ob er einen Mord oder einen Totschlag begangen hat. Das liegt nicht mehr in meiner Kompetenz. Und ich verstehe auch, dass die Sache mit der Sterbehilfe wichtig ist. Ich möchte nicht von Schläuchen am Leben gehalten werden, wenn es keinen Sinn mehr hat. Aber jemanden so umzubringen, wie das mit Klara Kolbert passiert ist ... Dafür müsste sie noch nachträglich verurteilt werden!«
»Sie?«
»Korrekt! Wie kann sie uns – ich meine uns, die Nachwelt, ihren Sohn, ihre Mutter, ihre Geschwister, die Polizei, die ganze Gesellschaft – wie kann sie uns so einen Schlamassel hinterlassen? Einfach sagen: Ich will, dass du mich fickst, bis ich krepiere. Sie ist jetzt nämlich fein raus,

kann ja nicht mehr belangt werden, obwohl man sie eigentlich wegen Anstiftung zum Mord hinter Gitter bringen müsste!«

Stille.

»Verstehe. Aber zu einer solchen Tat gehören immer zwei. Und einer scheint ja noch zu leben. Wie ging es denn da weiter?«

»Es wird nicht besser, das kann ich Ihnen sagen.«

»Was mich überrascht, ist diese seltsame Kombination aus selbst gewählter Sklaverei und dem Besitz eines Lamborghini.«

»Britta Kolbert meinte, es sei ursprünglich Erbens Wagen gewesen. Muss irgendwas ganz Besonderes sein, ein Einzelstück oder so. Klara habe ihn fahren dürfen. Hat ihn wohl nur ein paar Mal benutzt, um in den Klub zu kommen.«

»Ach, Klara Kolbert war auch Gast in diesem Reichenklub?«

»Offenbar nur drei- oder viermal. Zu dem Zeitpunkt konnte ich unmöglich sagen, wer von den Beteiligten log und wer die Wahrheit sagte. Dazu musste Jan erst Erben treffen.«

»Und kam es dazu?«

»Klingt, als wär' das für Sie bloß eine spannende Geschichte.«

»Hm. Stört Sie mein Interesse? Was wäre Ihnen denn lieber? Dass ich Abscheu oder Wut empfinde? Oder gar keine Emotionen? Ich werde nie ein Fluss sein, Herr Malik. Aber ich bin auch kein sensationsgieriger Mensch. Mein Interesse ist anderer Art.«

»Aha.«

»Herr Malik, ich sitze hier nicht, um eine spannende Geschichte zu hören. Bei aller Professionalität als Therapeutin: Ich habe dieselben Gefühle wie jeder Mensch. Das ist sogar wichtig, denn nur meine Gefühle können mich leiten. Aber ich muss mich gleichzeitig kontrollieren, denn sonst drehe ich mich nur noch um mich und meine Emotionen. Damit wäre niemandem geholfen. Wenn Sie es genau wissen wollen: Seit drei Wochen mache ich in der Stunde nach Ihnen keinen Termin mehr. Sobald Sie hier rausgehen, überkommt mich eine solche

Erschöpfung, dass ich mich erst einmal auf meine Couch legen und schlafen muss, bevor ich weiterarbeiten kann. Zufrieden?«

Stille.

»Dann ist es also doch eine Nummer zu groß für Sie.«
»Ach, und für Sie etwa nicht? Was denken Sie eigentlich, warum Sie immer noch zu mir kommen? Doch nicht, um den Schein zu wahren! Und schauen Sie sich nur Jan West an! Gibt es irgendjemanden, für den diese ›Geschichte‹ nicht zu groß ist? Wenn sogar die Polizei daran scheitert?«

Stille.

»Ich weiß, ich müsste in jeder Situation einen kühlen Kopf bewahren, und es tut mir leid, dass es mir nicht immer gelingt. Ich danke Ihnen trotzdem für das Vertrauen, das Sie mir entgegengebracht haben. Ich denke, es ist entgegen Ihrer anfänglichen Skepsis gewachsen. Aber vielleicht ist der Zeitpunkt gekommen, unsere Gespräche zu beenden. Unser Verhältnis beginnt, persönlich zu werden, und das ist nicht gut.«
»Sie können jetzt nicht einfach aussteigen! Das geht nicht!«
»Warum geht es nicht? Ich bin Ihre Therapeutin, Sie sind mein Patient. Wir können beide frei darüber entscheiden, ob es noch sinnvoll ist, die Sitzungen fortzusetzen. Was Sie eben geäußert haben, ist ein grundsätzlicher Zweifel an meiner Motivation. Sie haben die Vermutung geäußert, dass ich Ihnen nur aus Eigennutz zuhöre. Auf dieser Grundlage hat es keinen Sinn, dass wir weiter miteinander reden, das muss Ihnen doch einleuchten.«
»Sie sind beleidigt, geben Sie es zu.«
»Ich bin nicht ...«

Stille.

»Also gut. Erzählen Sie weiter.«
»Danke.«

Stille.

»Jan und ich wussten Ende März noch nicht, dass die Kollegen uns seit unserer illegalen Festnahme von Harry Wolff gefolgt waren und deshalb auch unsere Fahrt zu Erbens Haus observiert hatten. Davon habe ich ja erst vor Kurzem erfahren – bei meinem Gerichtstermin. Habe ich Ihnen erzählt. Ballmann hat ausgesagt, dass er uns aus dem Feld haben wollte, um erst einmal zu verstehen, was überhaupt vor sich ging. Während wir also im K Listen über Partnerschaftsgewalt abarbeiteten, schickte er Stochow und Kämmer an unserer Stelle los. Am Donnerstagmorgen wurde Jan zu Ballmann und Lauterbach gerufen – allein. Die befragten ihn fast eine Stunde lang zu den laufenden Untersuchungen. Taten, als wollten sie nochmals alles rekapitulieren. Sollte wohl aussehen wie eine normale Besprechung. Irgendwann wurde es laut da drinnen. Lauterbach und Jan waren offenbar aneinandergeraten. Das wunderte niemanden im K. Anschließend erzählte mir Jan, Lauterbach habe ihm vorgeworfen, ›egoistisch‹ zu ermitteln, um seine Karriere voranzubringen. Das war natürlich sein altes Thema. Hatte ja schon vorher ein Problem mit Jans Erfolgen gehabt. Im Grunde ist das ein absurder Vorwurf. Um bei der Kripo Karriere zu machen, musst du vor allem gut im Team arbeiten. Jan war offenbar ziemlich wütend darüber geworden, dass ausgerechnet Lauterbach ihn so offen anmachte. Er sagte wohl etwas von perversen Kollegen, die ihren Schwanz so tief in der Szene stecken haben, dass sie nicht mehr wissen, ob sie noch Polizisten sind oder nicht. Das war natürlich riskant, denn wenn Ballmann nachgefragt hätte, was er damit meinte, hätte Jan von unserem Besuch in Harry Wolffs Nachtclub berichten müssen. Vor Lauterbach. Und dann wäre womöglich alles aufgeflogen. Doch Ballmann brach stattdessen das Gespräch ab. Das hätte uns damals eigentlich misstrauisch machen müssen. Aber wir dachten nur, dass Ballmann über Lauterbachs private Perversionen Bescheid wusste und sie ihm durchgehen ließ, und dass er keine Lust auf die ewigen Reibereien der beiden hatte. Dass die uns längst im Visier hatten, ahnten wir nicht.«

»Herr Malik, wir müssen für heute aufhören. Ich gebe es offen zu: Ich kann jetzt nichts mehr aufnehmen. Nur eine Frage noch: Nehmen wir an, Erben wollte von Anfang an, dass Jan West ihn findet. Dann brauchte er Kunaus Hilfe vielleicht tatsächlich nur, um Klaras Leiche so zu platzieren, dass sie in Wests Bezirk gefunden wurde. Und dann war er vermutlich auch derjenige, der das Video von Klara Kolbert an West geschickt hatte. Aber warum? Wozu der ganze Aufwand?«

Stille.

»Warten Sie es ab.«

Zehntes Gespräch

»Hallo, wer ist da?«

Stille.

»Herr Malik! Um diese Zeit? Wissen Sie, wie viel Uhr es ist? Kommen Sie erst mal hoch!«

Stille.

»Kommen Sie herein, Herr Malik, kommen Sie!«
»Tut mir leid, dass ich ... ich wusste nicht, wohin.«
»Jetzt kommen Sie erst einmal! Hier entlang. Es ist nicht groß und nicht besonders aufgeräumt. Ich habe schon seit einiger Zeit keinen Besuch mehr gehabt.«
»Wollten Sie gerade zu Bett gehen?«
»Ja, aber machen Sie sich keine Gedanken darüber. Setzen Sie sich, Herr Malik! Kann ich Ihnen etwas anbieten? Haben Sie Hunger? Möchten Sie etwas trinken?«
»Um ehrlich zu sein: Ich habe seit Stunden nichts mehr gegessen.«
»Gut, ich mache Ihnen schnell etwas. Bin gleich zurück.«
»Ich habe eine Flasche Rotwein mitgebracht. War eigentlich für meine Frau gedacht. Aber jetzt ist sie für Sie, wenn Sie wollen.«
»Oh je! Stellen Sie sie einfach auf den Tisch!«

Stille.

»Ich will Sie nicht lange stören, Frau Roth!«
»Wie bitte? Ich verstehe Sie akustisch nicht!«
»Ich sage: Ich will Sie nicht lange stören! Ich gehe gleich wieder!«
»Jetzt kommen Sie doch erst mal an, Herr Malik. Ich habe eine Pizza in den Ofen geschoben, die ist bald fertig. Dann essen Sie etwas und sagen mir, was überhaupt los ist. Okay?«
»In Ordnung.«

Stille.

»So. Hier! Essen Sie! Ich bringe noch Wasser.«
»Vielen Dank, Frau Roth. Sie müssten das nicht tun.«
»Ach, Herr Malik. Ich müsste so vieles nicht tun und tue es doch täglich ... Außerdem scheinen Sie Hilfe zu brauchen.«

Stille.

»Hier. Trinken Sie!«
»Danke.«
»Guten Appetit.«

Stille.

»Ich werde in der Zwischenzeit einen Tee zubereiten.«

Stille.

»Woher wussten Sie überhaupt, wo ich wohne?«
»Das weiß ich schon lange.«
»Oh. Haben Sie mich auch auf Vorstrafen gecheckt?«
»Nein.«

Stille.

»Das Foto da ... Sind das Ihre Kinder?«
»Ja. Da waren sie noch klein. Martin und Lucy. Martin ist in Ihrem Alter. Er lebt heute in London. Es ist ein bisschen schwierig mit ihm. Aber es wird schon. Und Lucy ist mit ihrem Mann nach Hamburg gezogen. Wir sehen uns recht oft.«
»Waren Sie eine gute Mutter?«

»Hm. Das ist eine schwierige Frage. Ich würde sagen, es ist mir trotz meiner Fehler gelungen, zu beiden einen liebevollen Kontakt aufrechtzuerhalten. Mehr kann man, glaube ich, nicht verlangen.«

Stille.

»Sie leben allein.«
»Stand das auch in meiner Akte?«
»Sieht man irgendwie.«
»Mein Mann und ich entschieden vor etwa zwölf Jahren, dass es an der Zeit war, getrennte Wege zu gehen.«
»So rational?«
»Ganz und gar nicht. Wir stritten uns nur noch. Anfangs dachten wir zwar, dass es für die Kinder auf jeden Fall das Beste ist, wenn die Eltern zusammenbleiben. Doch mit der Zeit wurde mir klar, dass es immer noch darauf ankommt, wie dieses Zusammenbleiben aussieht.«

Stille.

»In unserem Fall war es so, dass ich den Kindern diesen ständigen Stress nicht mehr zumuten wollte.«
»Kann mir gar nicht vorstellen, dass Sie rumschreien.«
»Oh, doch, Herr Malik. Aber jetzt zu Ihnen: Was ist los?«

Stille.

»War ich gestern oder vorgestern bei Ihnen?«
»Vor drei Tagen.«
»Ach ja, korrekt.«

Stille.

»Vorgestern Nachmittag war ich bei Jan. Er war nicht mehr in der Wohnung. Ich hatte keine Ahnung, wo er war. Hatte mir nicht Bescheid gegeben. Aber ich hatte ein ungutes Gefühl. Vor allem, weil mir den ganzen Tag über niemand gefolgt war. Kein Lauterbach, kein Richter, kein anderer verdächtiger PKW.«

Stille.

«Keine Ahnung, warum die damit aufgehört hatten. Irgendwas stimmte nicht. Ich fuhr nach Hause. Zur Sicherheit parkte ich den Wagen in der Parallelstraße und ging durch die hintere Kellertür im Nachbarhaus. Oben treffe ich meine Frau an, total verheult und am Kofferpacken. Die Kinder im Bett. Sagt, sie würde am nächsten Tag zu ihren Eltern fahren. Sagt, dass Ballmann dagewesen war. Um sie darüber zu unterrichten, dass Jan sich gestellt hat und derzeit verhört wird. Dass ich mich dringend zur Befragung im K einfinden soll. Mir hatte keiner was gesagt! Meine Frau sah mich an, als hätte sie gar kein Vertrauen mehr zu mir. War ganz schön hart. Dann fragt sie mich, wo ich tagsüber gewesen bin. Ich sage ihr, wie es gewesen ist: Jan war weg, also habe ich die Wohnung geputzt und möglichst alle Spuren verwischt. Alles weggeworfen, was womöglich Fingerabdrücke haben könnte. Sie hört sich das an, als ob sie nur noch nach Widersprüchen in meiner Aussage sucht. Fragt mich, ob ich ihr wirklich die ganze Wahrheit über die Sache gesagt hätte. Ich sitze in der Küche, bin erledigt vom Tag, von dem ganzen Stress, vom Druck. Und sie steht vor mir mit verschränkten Armen. Als wäre sie der Polizist und ich der Verdächtige.«

Stille.

»Ich sage natürlich: ›Ja, ich habe dir die ganze Wahrheit erzählt‹. Aber sie glaubt mir nicht. Kann ich in ihren Augen sehen. Meine Frau glaubt mir nicht mehr. Sie wendet sich ab, sagt nur noch, dass sie am nächsten Morgen mit den Kindern den Zug nimmt. Legt mir eine vorformulierte Erlaubnis hin, die ich als Vater unterschreiben muss. Ist ja zur Schulzeit. Dann geht sie, um weiterzupacken, wartet gar nicht ab, ob ich den Zettel unterschreibe oder nicht.«

Stille.

»Ich habe ihn natürlich unterschrieben. Dachte: In Ordnung, sie bringt unsere Kinder in Sicherheit – wie Sie gesagt hatten. Ich dachte: Ist vielleicht besser so. Was soll ich mit einer Frau, die mir nicht mehr glaubt? Die ist keine Unterstützung mehr, nur noch eine Schwächung. Also soll sie gehen und die Kinder mitnehmen, und dann sehen wir weiter. Deshalb habe ich unterschrieben. Und ganz ehrlich: Ich wollte nicht als konservativer Arsch mit Migrantenhintergrund dastehen, der seiner Frau nicht erlaubt, die Kinder mitzunehmen, und ihr das Leben zur Hölle macht, weil sie ihren eigenen Kopf hat. Also hab' ich unterschrieben – auch, um ihr zu beweisen, dass ich mich selbst in so einer Situation anständig benehme. Und ganz ehrlich: Ich war zu müde, um mit ihr zu streiten. Ich bin dann direkt schlafen gegangen – nicht in unser gemeinsames Bett, da hatte ich keine Lust zu. Und bevor sie es tut, dann lieber ich zuerst. Hab' mein Bettzeug im Wohnzimmer auf die Couch gelegt und da geschlafen. Und sie hatte offenbar keine Einwände.«

Stille.

»Schon bitter.«

Stille.

»Sie sagen gar nichts. Was soll's. Sind ja auch nicht im Dienst.«

Stille.

»Herr Malik?«

Stille.

»Haben Sie Ihrer Frau die ganze Wahrheit gesagt?«
»Jetzt fangen Sie auch schon damit an!«

Stille.

»Damals ... So lange ist das noch gar nicht her. Fühlt sich aber so an. Jedenfalls bin ich nach meinem Gespräch mit Britta Kolbert zu Jan gefahren. Am 25. März. War ungefähr so spät wie jetzt. Aber er war noch wach. Ich hätte nach Hause fahren sollen, um bei meiner Frau und meinen Kindern zu sein. Aber dafür war es zu spät. Wir waren so nah dran, den Fall zu lösen – zumindest dachte ich das damals. Britta Kolbert hatte mir beim Abschied eine Telefonnummer gegeben. Die war von Erben. Für Jan. Jetzt hatte ich sie. Und wollte sie loswerden. Aber ich wollte auch endlich wissen, was wirklich passiert war. Ich wollte diesen Fall beenden, wollte raus aus der ganzen Sache. Frei sein davon. Ich hatte mich viel zu weit vorgewagt, jetzt musste Jan wieder die Führung übernehmen. Ich fahre also zu ihm und erzähle ihm alles. Dachte, dass er womöglich wütend wird, weil ich einfach allein gehandelt hatte, ohne Absprache mit ihm. Aber das war ihm egal. Er nahm mir den Zettel von Britta Kolbert aus der Hand und wählte die Nummer. Ohne Kommentar. Stellte auf laut, als am anderen Ende jemand dranging. Dann hörten wir eine tiefe Stimme. Erben. Er musste es sein. Er sagte: ›Jan.‹ War keine Frage, sondern eine Feststellung. Schien auf den Anruf gewartet zu haben. Dass er Jan beim Vornamen nannte, obwohl sie sich noch nie begegnet waren ... Seine Stimme war nicht klar, klang eher kratzig, irgendwie unsauber, brüchig. Wie die Stimme eines Kettenrauchers. Jan starrte das Handy an, als hätte er den Teufel persönlich gesehen. Zuerst dachte ich, er sagt gar nichts. Von der anderen Seite kam auch nichts mehr. Nur Stille. Dann sagte Jan: ›Können wir uns treffen?‹ Und Erben gibt ihm eine Adresse. Straße und Hausnummer am Groß Glienicker See, auf der Brandenburger Seite. Ist schon ein Stück raus. Erben gibt keine Uhrzeit an, als wäre es ihm ganz egal, wann wir kommen. War vermutlich auch so. Am Ende des Gesprächs sagte er noch, wir sollten aufpassen, dass uns keiner folgt. Dann legte er auf. Ich nahm das nicht ernst, dachte, der hat Verfolgungswahn. Aber Jan fand es angebracht, vorsichtig zu sein. Ich fuhr dann nach Hause. Meine Frau schlief schon, war ja auch spät. Es tat mir leid, weil sie schon wieder allein mit den

Kindern hatte essen müssen. Aber ich konnte jetzt auch nichts anderes mehr tun. Wir waren ja nah dran, den Fall zu lösen, dachte ich damals. Am nächsten Tag war die Stimmung natürlich gedrückt. Die übliche Routine. Die Kinder fertig machen und wegbringen. Das war in dieser Phase die einzige Zeit, die ich mit ihnen verbrachte. Wenn ich sie im Auto zur Schule und in den Kindergarten brachte. An dem Morgen machte mich das traurig. Ich musste mit einem Mal an den Vater der Kolbert-Geschwister denken. Der hatte vor lauter Geheimniskrämerei den Kontakt zu seiner Familie verloren. Zumindest kam es mir in dem Moment so vor. Ich wollte nicht, dass mir das auch passiert. Der Fall musste noch am selben Tag beendet werden, egal wie. Das nahm ich mir vor. Als ich vom Kindergarten zurückkam, war Hanna schon weg. Kein gemeinsames Frühstück. Das hatte sie früher nie getan. Jetzt kam es häufiger vor. Und ich war sogar erleichtert. So musste ich kein Gespräch über den Abend davor führen. Dann bin ich ins K. Dort war die Lage angespannt. Jan und ich durften wieder nur Büroarbeit machen. Währenddessen lief die Soko auf Hochtouren. Ich bekam mit, dass sie Kunau mit den neuesten Erkenntnissen konfrontiert hatten, erfuhr aber nicht, was der dazu sagte. Sie hielten uns ja von allem fern. War schon frustrierend. Und demütigend. Wie eine Strafversetzung. Ich ertappte mich dabei, wie ich dachte, dass wir immer noch die Nase vorn hatten. Dass wir das Rennen immer noch gewinnen konnten, und dann doch noch fein raus wären. Dass Ballmann am Ende Verständnis für alles haben würde, wenn er nur erst Bescheid wusste. Aber mir wurde auch klar, dass wir keinen anderen Ausweg mehr hatten. Alles offenzulegen kam zu dem Zeitpunkt nicht mehr in Frage. Die hätten uns womöglich nicht einmal geglaubt. Hätten vielleicht gedacht, wir tischen ihnen eine neue Story auf, um unser unkollegiales Verhalten irgendwie zu rechtfertigen. Keine Chance. Jetzt mussten wir den Weg bis zum Ende gehen. Mit Jan sprach ich den ganzen Tag kein Wort. Es gab nichts mehr zu sagen. Nur noch durchhalten bis zum Feierabend und hoffen, dass wir nicht vorher aufflogen. Kurz vor Dienstende gab es dann plötzlich große Aufregung. Elisabeth Wohlfahrt, die junge Frau, die als Sklavin bei Kunau lebte, hatte offenbar eine Aussage gemacht. Ich wusste nicht, ob sie die wieder vorgeladen hatten, oder ob sie sich von selbst gemeldet hatte. Sah sie nur ziemlich blass ins K kommen und in einem der Zimmer verschwinden, die wir für Befragungen benutzen. War ziemlich verheult, als sie wieder rauskam. Aber sie ließen sie gehen. Die gesamte Soko versammelte sich anschließend in einem Besprechungsraum. Nur Jan und ich nicht. Wir recherchierten immer noch Partnerschaftsgewalt. Ich konnte mich kaum noch darauf konzentrieren. Malte mir aus, dass die Wohlfahrt ihre ursprüngliche Aussage widerrufen hatte. Dass der Kunau sie an dem Abend gar nicht ans Andreaskreuz geschnallt und ausgepeitscht hatte und was sie nicht noch alles zu Jan gesagt hatte, damals, als wir zum ersten Mal in der Wohnung gewesen waren. Aber es konnte auch etwas anderes sein. Zu arbeiten war jedenfalls fast unmöglich. Ich wollte eine Pause machen und ins Café gehen, nur den letzten Eintrag unter ›W‹ noch abarbeiten: Am 3. August 1994 wurde eine Britta Wolff mit inneren Verletzungen ins Franziskus-Krankenhaus eingeliefert. Das liegt in der Nähe vom Ku'damm. Die Namenskombination war eigenartig. Also recherchierte ich in unseren Datenbänken. Was herauskam, änderte Britta Kolberts Geschichte ziemlich. Sie hatte Harry Wolff im Oktober 1980 geheiratet und sich im Frühjahr '96 von ihm scheiden lassen. Offenbar hatte sie also gelogen, was die gemeinsame Nacht mit Wolff und ihrer Schwester betrifft. Keine Ahnung, warum. Jedenfalls zeigte sie Wolff zuerst wegen Körperverletzung an und zog die Anzeige nach drei Tagen wieder zurück. Ich nahm sofort an, dass Geld im Spiel gewesen war. Oder die Wohnung in Schöneberg, denn die bezog sie gleich nach ihrer Entlassung aus dem Krankenhaus. Mir war nicht klar, in welchem Zusammenhang diese Sache mit dem Mord an Klara Kolbert stand, und ob es überhaupt einen gab. Deshalb sagte ich erst mal nichts zu Jan. Nach Feierabend sind wir dann getrennt aus dem K, weil Jan darauf bestand, dass wir Erbens Warnung ernst nahmen. Er wollte keine unliebsamen Überraschungen so kurz vor dem Ziel. Dagegen war nichts einzuwenden. Jedenfalls stieg Jan vorsichtshalber in die U-Bahn, ich ins Auto. Wir hatten einen Treffpunkt ausgemacht: Rathaus Spandau. Jan musste ziemlich oft umsteigen – zuerst Bus, dann S-Bahn, zum Schluss mit der U7 bis zur Endhaltestelle. Ich fuhr zur

Hauptverkehrszeit über die Stadtautobahn. Um sicher zu sein, dass mir niemand folgte, fuhr ich am Spandauer Damm in Charlottenburg vom Berliner Stadtring ab und zur Spree. Dort stieg ich aus und setzte mich ans Ufer. Tat so, als würde ich auf den Fluss starren. Hab tatsächlich sogar ein paar Worte gesagt. Über meine Frau. Dass ich hoffe, dass bald alles wieder gut wird. Damals war sie ja noch sauer, wegen meiner heftigen Reaktion und wir hatten noch nicht miteinander gesprochen. Während ich am Fluss stand, versuchte ich, so unauffällig wie möglich die Gegend zu scannen. Es wurde langsam dunkel. Von der Autobahn runter war mir niemand gefolgt, und hier schien auch niemand zu sein. Ich bin dann wieder zum Wagen zurück und über die Freiheit Richtung Spandau gefahren, dort ist es übersichtlich. Wenn mir jemand gefolgt wäre, hätte ich ihn gesehen. Am Rathaus musste ich warten. Jan kam eine halbe Stunde später an. Erzählte mir, er habe mehrmals umsteigen müssen, weil ihm ein Fuß gefolgt sei.«
»Ein Fuß?«
»So nennen wir Observanten der Polizei außerhalb von Kfz. Keine Ahnung, ob er sich das nur eingebildet hatte. Jedenfalls fuhren wir ab da gemeinsam in meinem Wagen. Von Spandau aus geht's im Grunde immer geradeaus nach Süden, zuerst über die Wilhelmstraße und hinter Wilhelmstadt über die Potsdamer Chaussee. Ob das noch Berlin ist oder schon Brandenburg, weiß ich nicht. Spielt auch keine Rolle. Die Fahrt dauerte noch mal eine halbe Stunde. Inzwischen war es spät geworden, fast acht Uhr. Wir parkten den Wagen in einiger Distanz zu der Adresse, die Erben genannt hatte. Reine Vorsichtsmaßnahme. Den Rest gingen wir zu Fuß. Waren Sie schon mal in der Gegend?«
»Nein.«
»Villengegend. Ganz schön. Weil es Nacht war, konnte ich natürlich nicht so viel sehen, aber es passte zu jemandem mit viel Geld. Auch das Haus. Eine Art Jugendstilvilla mit Art Déco vermischt – meinte Jan. Ich kenne mich da nicht aus. War jedenfalls ungewöhnlich das Haus. Ungewöhnlich gebaut. Der Grundriss erinnerte fast an ein Schiff. Richtung Seeseite wurde es schmaler, der Bug sozusagen war eine Art Erkerfenster über zwei Stockwerke, halbrund, fast wie ein Turm. Alles in so einer

dunklen Sandfarbe – ich glaube, wegen des Baumaterials. Irgendein Stein, der nicht aus dieser Gegend stammt. Das Grundstück war groß, nicht so groß wie das in Berlin, aber trotzdem. Hatte offenbar einen eigenen Zugang zum See.«

Stille.

»Als wir vor dem Gartentor standen, wusste ich nicht mehr: Als was sind wir hergekommen? Als Polizisten? Als Kriminelle? Als Dummköpfe? Oder haben wir es genau richtig gemacht? Ich hoffte nur, dass bald alles vorbei sein würde. Das ganze Versteckspiel, die Lügen. Die Zweifel. Die Probleme mit Hanna. Dann drückte Jan auf den Knopf.«

Stille.

»Erwarten Sie noch jemanden?«
»Nein. Ich weiß nicht, wer das sein könnte. Ich glaube, es ist besser, wenn Sie sich in mein Schlafzimmer begeben, Herr Malik. Falls es Ihre Kollegen sind.«

Stille.

Elftes Gespräch

»Herr Malik? Sie können wieder herauskommen!«
»Wer war das?«
»Das waren Herr Ballmann, Herr Lauterbach und zwei andere Beamte. Richter und Stochow. Sie waren auf der Suche nach Ihnen.«
»Was haben Sie denen gesagt?«
»Herr Malik, Sie müssen mir jetzt sagen, was wirklich passiert ist. Haben Sie sich etwas zuschulden kommen lassen? Sagen Sie mir bitte die Wahrheit!«
»Was haben die Ihnen erzählt?«
»Die suchen Sie wegen Mordes, Herr Malik!«
»Wegen Mordes?«
»Wegen Mordes! Und ich habe soeben die Polizei vorsätzlich in die Irre geführt! Mein Gott!«
»Setzen Sie sich erst mal, Frau Roth.«
»Ich will mich nicht setzen! Ich will die Wahrheit hören! Sofort!«
»Frau Roth, ich werde Ihnen alles erzählen. Was glauben Sie, weshalb ich seit Wochen zu Ihnen komme? Ich will die Wahrheit erzählen.«
»Und warum nicht der Polizei, Ihren Kollegen? Warum mir? Was habe ich mit dieser ganzen Angelegenheit überhaupt zu tun? Nichts!«
»Ich verstehe, dass Sie wütend sind. Aber ich versichere Ihnen, dass ich Sie nicht getäuscht habe.«

Stille.

»Ich komme mir so dumm vor. So dumm!«
»Ich habe Sie nicht angelogen, Frau Roth. Alles, was ich Ihnen erzählt habe, entspricht der Wahrheit. Ich bitte Sie, versuchen Sie mir zu glauben. Sie haben doch Menschenkenntnis, deshalb sind Sie doch in diesem Beruf.«
»Ich weiß nicht mehr, ob ich Menschenkenntnis habe. Im Moment weiß ich gar nichts mehr.«

Stille.

»Ballmann hat gesagt, die Angelegenheit sei delikat. Weil Sie Polizist sind. Wenn Sie kommen, soll ich Sie hinhalten und nicht die Polizei anrufen, sondern direkt ihn. Ich war natürlich völlig ... Er muss es mir angesehen haben. Er sagte: ›Egal, was er Ihnen erzählt hat – es war nicht die Wahrheit. Die kennen wir nämlich jetzt.‹«
»Das hat er gesagt?«
»Genau das.«

Stille.

»Das kann nur bedeuten, dass Jan ein Geständnis abgelegt hat.«

Stille.

»Und dass er ...«
»Dass er Sie beschuldigt, Herr Malik. Sie selbst haben mir erst vor Kurzem gesagt, West sei unschuldig. Sie selbst! Was soll ich denn jetzt denken?«

Stille.

»Darf ich weitererzählen, Frau Roth? Bitte! Sie werden alles verstehen, wenn Sie erst wissen, was passiert ist.«

Stille.

»Aber ich will die ganze Wahrheit hören, Herr Malik, verstanden? Die ganze Wahrheit!«
»Ich schwöre, dass ich die ganze Wahrheit sagen werde.«

Stille.

»Ich brauche erst mal ein Glas Wein, bevor ich Ihnen zuhören kann.«

Stille.

»Also los. Erzählen Sie!«

Stille.

»Erben war nicht allein im Haus. Der Mann, der uns öffnete, war jung, höchstens zwanzig. Sehr schlank, hatte was Feminines. Ich dachte sofort: Das ist einer seiner Sklaven. Und auch, dass vermutlich keine Gefahr von ihm ausging. Er bat uns herein, führte uns durch das Haus bis zu dem großen Erkerfenster, von dem ich Ihnen erzählt habe. Innen wirkte das Haus viel geräumiger als von außen. Das Erkerzimmer war in Wirklichkeit ein großer Wohnsaal. In dem Halbrund standen mehrere Ledersessel um einen niedrigen runden schwarzen Marmortisch. In einem der Sessel saß Erben mit dem Rücken zum Fenster und sah uns entgegen. Er wirkte völlig entspannt, hatte ein Bein über das andere geschlagen, hielt ein kleines Glas mit irgendwas Alkoholischem in der Hand, den Ellenbogen auf die Sessellehne gestützt. Ich habe das gesamte Gespräch mit meinem Handy aufgenommen. Jan weiß nichts davon. Wollen Sie es hören? Ich kann es jetzt abspielen. Dann wissen Sie genau, was passiert ist.«

Stille.

»Nein. Ich will es von Ihnen hören. Heben Sie sich die Aufnahme für Ihre Kollegen auf.«
»Wie Sie wollen. Ich könnte sowieso nichts davon vergessen.«

Stille.

»Das Ganze war wie eine Inszenierung. Erben entließ seinen Burschen wie ein König. Sagte: ›Du kannst dich zurückziehen, Hendrik.‹ Und der andere verbeugte sich und ging erst ein paar Schritte rückwärts, bevor er den Saal verließ und die Tür hinter sich zuzog. Erst dann wandte

Erben sich uns zu. Wir standen auf der anderen Seite des Marmortisches. Ich sah plötzlich, dass mitten auf dem Tisch eine Pistole lag. Genau im Zentrum platziert. Auch inszeniert. Erben musterte uns. Und wir ihn. Er trug eine Art Hausmantel, sah aus wie blauer Satin. Auf jeden Fall teuer. Das Auffälligste war sein Gesicht. Großflächig und irgendwie fleischig. Hatte kaum Falten, obwohl er auf die achtzig zuging. War vermutlich geliftet. Das gab seinem Gesicht etwas Unbewegliches, fast wie eine Maske. Dünnes Haar, vermutlich gefärbt. Wirkte aber weder übergewichtig noch gebrechlich. Eher wie einer, der zulangt beim Essen. Saß da und wirkte kein bisschen eingeschüchtert. Jedenfalls war da eine Ähnlichkeit. Ich zweifelte nicht daran, dass Erben Jans Vater war.«
»Und Jan West?«
»Stand da und starrte Erben an, als hätte er ein Gespenst gesehen. Der ganze Körper angespannt. Ich dachte: Entweder er stürzt sich gleich auf ihn, oder er fällt in Ohnmacht. Aber weder noch. Er stand nur da und starrte. War wohl überfordert von der Situation, kann man ja verstehen. Jedenfalls sagte Erben plötzlich mit tiefer Raucherstimme: ›Du hast es also geschafft, mein Sohn. Bravo. Ich applaudiere!‹ Klatschte zwei-, dreimal in die Hände, ganz langsam. Lächelte dabei ironisch. Sagte: ›Hast mich aufgespürt und sogar deinen kleinen ausländischen Freund mitgebracht. Er ist der Einzige, der Bescheid weiß, nicht wahr? Deinen Chef hast du ganz schön an der Nase herumgeführt.‹ Wieder dieser ironische Ausdruck. Er wollte dann, dass wir uns setzen, aber Jan blieb stehen und fragte, woher er wisse, dass die Kollegen nicht im Bilde waren. Die Stimme belegt, musste sich ein paar Male räuspern, um einen Ton herauszubekommen. Erben lächelte zur Antwort wie einer, der sich seiner Überlegenheit bewusst ist und sagte: ›Es gibt die Stiefellecker und die Mutigen. Du musst nur lernen, die einen von den anderen zu unterscheiden, dann bekommst du immer das, was du willst.‹«
»Wie sympathisch!«
»Erben wirkte tatsächlich nicht sehr sympathisch auf mich. Eher wie einer, der es genau versteht, seine Macht einzusetzen. Jedenfalls sagte er: ›Wenn ich nicht gewollt hätte, dass du mich findest, wäre es dir nicht gelungen, Jan. Aber ich wollte es. Und ich wollte dich etwas lehren, mein

Sohn. Ich wollte dich lehren, dass man jede Situation von Anfang bis zum Ende unter Kontrolle behalten kann, selbst wenn es so aussieht, als hätte man sie verloren.«

»Was meinte er denn damit?«

»Das verstand ich zunächst auch nicht. Aber er ließ uns nicht lange im Unklaren. Mit dem Kinn zeigte er auf die Pistole, die vor ihm auf dem Tisch lag, und sagte: ›Das ist die einzige Waffe, die es im Haus gibt. Sie ist registriert und geladen. Ich händige sie hiermit der Polizei aus.‹ Dann lächelte er wieder so ironisch, als würde ihn das alles amüsieren.«

»Tat es ja vielleicht auch.«

»Jan näherte sich dem Tisch und nahm die Waffe. Ich konnte sehen, dass seine Hände zitterten.«

»Wen wundert's.«

»Er stand dann da und hielt die Waffe, richtete sie auf Erben und sagte: ›Ich könnte dich jetzt einfach damit erschießen. Dann bist du tot.‹ Seine Stimme heiser vor Zorn oder Verwirrung, ich konnte es nicht sagen. Aber ich sah, dass er wirklich mit dem Gedanken spielte. Ich wollte schon einen Schritt auf ihn zu machen, um ihm die Waffe abzunehmen, aber Erben kam mir zuvor. Er lehnte sich zurück, breitete die Arme aus und sagte: ›Na los. Schieß! Wenn du deshalb hergekommen bist, solltest du nicht zögern. Zögern ist etwas für Schwächlinge, mein Sohn. Zeig mir, dass du kein Schwächling bist.‹«

»Hat auf jeden Fall ein klares Weltbild, der Gute.«

»Jan schüttelte daraufhin den Kopf, senkte die Waffe und setzte sich in den leeren Sessel. Der Alte betrachtete ihn lächelnd, als hätte er auch das schon gewusst. Jan sagte, er sei nicht gekommen, um ihn zu töten, sondern um Antworten zu erhalten. Er versuchte, ruhig zu bleiben, das konnte ich sehen. Aber es fiel ihm schwer. Er wandte sich mir zu und überreichte mir die Waffe. Sagte: ›Nimm du sie, sonst knall ich ihn doch noch ab.‹ Dann wandte er sich wieder an Erben und sagte: ›Ich will wissen, was du getan hast, und warum du es getan hast, Vater.‹ Er sagte das ›Vater‹ besonders betont, so als ob er schon Bescheid wüsste. Aber Erben erwiderte: ›Woher willst du wissen, ob du mein Sohn bist. Hm? Ich hatte damals schon Dutzende Männer an deine

Mutter rangelassen, ein jeder könnte dein Vater sein. Freunde, Geschäftspartner, manchmal irgendwelche Fremden, die ich nie wiedergesehen habe. Sogar Ausländer.‹ Dabei warf er mir einen kurzen Blick zu. Jan war dadurch wieder völlig aus dem Konzept gebracht. Ich konnte sehen, dass er verunsichert war. In dem Moment brach Erben in lautes Gelächter aus. Er rief: ›Wenn du dich jetzt sehen könntest!‹ Wirkte nicht gekünstelt auf mich. Er schien sich wirklich königlich zu amüsieren. Allerdings bekam er dann einen Hustenanfall und hörte auf zu lachen. Als er sich wieder gefangen hatte, sagte er: ›Keine Angst, mein Junge. Du bist mein Sohn. Ich habe nie irgendeinem erlaubt, deine Mutter ungeschützt zu benutzen.‹«

»Das sagte er? Du meine Güte! Was für ein Mensch!«

»Ich hatte den Eindruck, dass er mit allem, was er sagte, Schläge austeilte. Und Jan saß tatsächlich da wie ein geprügelter Junge. Dass der eigene Vater so über die Mutter spricht ... Jedenfalls wurde Erben dann ernst – oder tat so – und räusperte sich. Sagte in offiziellem Tonfall: ›Also, was ich getan habe, war Folgendes: Ich habe deine Mutter geschwängert und ihr dann verboten, dich zu behalten. Darüber reden wir doch, oder nicht?« Jan konnte nur nicken. Er wirkte wie betäubt von der Situation. Erben schien das gleichgültig zu sein, oder vielleicht genoss er seine Macht, keine Ahnung. Jedenfalls sagte er weiter: ›Aber wir sind hier nicht im alten Rom, Jan. Wir leben hier in einer Demokratie, wo alle gleich sind, oder etwa nicht? Alle sind gleich, alle haben die gleichen Rechte, alle können entscheiden, was immer sie tun und lassen wollen, ist doch so, oder nicht? Alle sind gleich und alle sind frei!‹ Er sprach jetzt ziemlich laut mit seiner Raucherstimme. Wirkte fast wütend. Aber dann lächelte er plötzlich wieder ironisch, als wäre das davor nur eine Art Schauspiel gewesen, und sagte: ›Deine Mutter war meine Sklavin, Jan. Aber sie war meine Sklavin aus freien Stücken. Sie war keine Leibeigene, keine Serva. Sie wollte eine sein. Und das, mein Junge, ist ein gewaltiger Unterschied.‹ Er lehnte sich wieder zurück, ließ Jan aber nicht aus den Augen. Plötzlich wandte er sich mir zu und sagte: ›Sie stammen aus einer patriarchalischen Tradition, Herr Malik. Sie können das vermutlich noch weniger verstehen als mein scharfsinniger Sohn

hier. Denn im Patriarchat wird man in eine Struktur hineingeboren, der man blindlings folgt, es sei denn, man erleidet irgendwelche Brüche in der Biographie.‹ Er machte eine Pause und sah mich an, als wüsste ich, wovon er sprach. Dann sagte er: ›Das Patriarchat bringt starke Frauen und Männer hervor, weil der Rahmen so klar und stark ist. Dasselbe gilt übrigens für das Matriarchat. Aber diese Demokratie, die uns umgibt wie ein stinkender Smog, gaukelt uns vor, wir seien gleich und frei, zwei Lügen auf einmal, die wir unbedingt glauben wollen, weil es so guttut, wenn keiner besser ist als man selbst, und jeder über sein eigenes Schicksal bestimmen kann, nicht wahr?‹ Er wandte den Blick wieder von mir ab. Ich muss sagen, dass ich erleichtert war. Es lag etwas so Zwingendes in seinen Augen, dass ich das Gefühl hatte, nicht wegschauen zu können, solange er mich ansah. Er strahlte echte Macht aus.«
»Sie scheinen ja ganz schön beeindruckt gewesen zu sein von diesem Mann.«

Stille.

»Schon. Er war anders, als ich ihn mir vorgestellt hatte. Ich hatte gedacht, er ist eine Art reicher Kunau. Aber Kunau war nur ein bemitleidenswerter Kerl, genau wie seine beiden Frauen. Die Machtspiele, die sie spielten, hatten keine reale Grundlage. Kunau arbeitete als Hausmeister in einem Altenstift! Er war ein Niemand. Erben dagegen war reich. Und er schien Einfluss zu haben. Er wusste genau, wovon er sprach, wenn es um Macht ging, das konnte ich sehen. Er war beeindruckend, zumal er kein Schuldbewusstsein hinsichtlich Klara Kolbert zu haben schien.«
»Erzählen Sie weiter, Herr Malik.«
»Trinken Sie nicht ein bisschen viel Wein?«
»Nüchtern hör' ich mir das nicht an.«
»Das haben Sie doch bisher auch getan, oder waren Sie immer ...?«
»Keine Sorge, Herr Malik, ich war nüchtern. Aber ich arbeite jetzt nicht, ich liege eigentlich im Bett und schlafe und träume was Schönes, okay? Was erwarten Sie von mir? Außerdem lernen Sie so auch etwas von

mir kennen, jetzt, da wir eh alles Professionelle hinter uns gelassen haben.«

Stille.

»Erben griff in die Tasche seines Morgenmantels und zog ein goldenes Zigarettenetui hervor. Zündete sich eine an, nahm einen langen Zug. Bekam wieder einen Hustenanfall. Was ihn aber nicht zu stören schien. Als er wieder sprechen konnte, ließ er seinen Blick durch das Haus schweifen wie einer, der sich erinnert, und sagte: ›Man baut sich was auf, man arbeitet hart, hat Disziplin, scheut keine Mühen, und grade, wenn man denkt, dass man alles im Griff hat, kommt das Schicksal und zeigt einem das Gegenteil.‹ Dann wandte er sich wieder an Jan und sagte: ›Die Stärke eines Menschen bemisst sich nicht daran, wie viel er unter Kontrolle hat, merk dir das, junger Mann. Viel wichtiger ist die Frage, wer er ist, wenn er die Kontrolle verliert.‹«
»Das hat er gesagt? Nicht schlecht für einen Psychopathen.«
»Er machte eine weite Bewegung mit dem Arm, der die Zigarette hielt, als ob er die ganze Welt meinte, und sagte: ›Schau sie dir an, sie alle. Jeder klammert sich an die Illusion, dass er sein Leben unter Kontrolle hat. In Wirklichkeit sind sie von Neid, Angst und allen möglichen anderen Gefühlen getrieben, und wissen nicht einmal, wie ihnen geschieht. Sie glauben, Gefühle seien die Wahrheit und nicht bloß Angewohnheiten, die sie sich zugelegt haben. Sie sind Sklaven ihrer selbst und glauben, sie sind frei. Und die Demokratie bestätigt sie in allem. Denn darin ist die Demokratie genau wie alle anderen Systeme: Sie alle dienen dazu, dass sich nichts verändert in einer Welt, in der alles ständig im Wandel ist.‹ Er lachte und hustete und zog anschließend an seiner Zigarette. Dann sagte er: ›Kontrolle hat nur der, der erkennt, dass Kontrolle genau das ist: eine Illusion. Deine Mutter wusste das besser als jeder andere. Sie wollte die Kontrolle loswerden, weil sie es vorzog, nicht in der Lüge, sondern in der Wahrheit zu leben. Und ich erschuf die Illusion des totalen Kontrollverlustes für sie, damit sie an einen Ort gelangen

konnte, den nur die sehen, die mutig genug sind, den Schmerz, die Erniedrigung und die Entrechtung als Mittel zum Zweck zu benutzen.‹«
»Puh, das ist ja radikal. Obwohl, ganz von der Hand weisen kann ich das nicht. Fehlt noch Sicherheit. Kontrolle ist Sicherheit. So habe ich mich nämlich belogen: Mein Mann gibt mir Sicherheit, also muss er der Richtige sein. Funktionierte auch eine Weile. Vor allem wenn ich einen im Kahn hatte.«
»War das der Grund für Ihre Scheidung? Weil Sie Alkoholikerin waren?«
»Soeben rückfällig geworden. Bald vermutlich arbeitslos oder eingelocht. Prost! Erzählen Sie bitte einfach weiter.«

Stille.

»Erben sagte, die meisten Menschen in der Demokratie glaubten, Freiheit werde ihnen einfach so vom System geschenkt, aber das sei ein Widerspruch. Es gebe keine passive Freiheit, weil Freiheit nichts sei, was man konsumieren könne. Freiheit sei ein aktiver Vorgang, der darin bestehe, dass man immer die Wahl habe, ganz gleich, was geschieht. Freiheit und Kontrolle würden nicht zusammengehören, sie seien vielmehr Gegensätze.«
»Das war ja die reinste Philosophiestunde, die Erben Ihnen da verabreichte.«
»Kann man so sagen. Plötzlich brüllte Jan: ›Was hat das alles mit mir zu tun?‹ Er warf ihm alles Mögliche an den Kopf, es wirkte, als würde sich die angestaute Wut der letzten Monate mit einem Mal Luft verschaffen, ich war froh, dass ich Erbens Pistole an mich genommen hatte, obwohl Jan natürlich noch seine Dienstpistole im Halfter hatte. Er nannte Erben einen Schwätzer, der um den heißen Brei redet, meinte, er sei doch nur zu feige, geradeheraus zu sagen, dass er der einzige Macho im Haus sein wollte. Forderte ihn auf, den Mut zu haben, ihm die Wahrheit ins Gesicht zu sagen. Erben saß währenddessen in seinem Sessel und betrachtete Jan, als wäre der eine Art Versuchskaninchen. Wirkte ganz unbeteiligt, fast gelangweilt. Als Jan ihn zum dritten oder vierten Mal aufgefordert hatte, endlich die Wahrheit zu sagen, drückte Erben seine

Zigarette auf dem Tisch aus, so dass ein grauer Fleck zurückblieb. Das brachte Jan zum Schweigen. Dann lehnte er sich wieder zurück und sagte: ›Du hast ja gar nichts verstanden. Dann sage ich es einmal ganz deutlich: Deine Mutter wollte, dass ich dich nicht wollte.‹«

»Wow! Schräger geht's nimmer.«

»Jan brauchte eine Weile, bis er begriff, was Erben gesagt hatte. Aber der Alte ließ ihm keine Zeit, zur Besinnung zu kommen. Er zündete sich eine neue Zigarette an, bekam seinen Hustenanfall, und sagte anschließend: ›Eine freier Sklave ist jemand, der die Macht hat, die Macht aufzugeben. Aber er kann das Verhältnis zu seinem Herrn auch jederzeit kündigen. Ganz ähnlich wie in einem Unternehmen. Als du Polizist wurdest, unterschriebst du einen Vertrag, mit dem du deine Macht zugunsten der Staatsgewalt aufgabst. Seitdem handelst du nicht als Jan West, sondern als Staatsdiener, nicht wahr? Aber wer ist Jan West, der Staatsdiener? Jan West, der Staatsdiener, ist ein Unfreier, der in der Lage ist, seine Unfreiheit aufzugeben und gegen eine andere Unfreiheit einzutauschen. Darin besteht deine einzige Freiheit.‹ Er machte eine kurze Pause und sagte dann: ›Ich nehme an, damit habe ich ungefähr deine nähere Zukunft beschrieben, nicht wahr? Als Polizist bist du nicht zu halten, nach den Eskapaden, die du dir geleistet hast. Du wolltest die Kontrolle nicht verlieren und verlierst sie genau deshalb. Das geschah übrigens von Anfang an. Seit dem Moment, als du deine tote Mutter auf der Bahre sahst, ohne zu wissen, wer sie war. Und es geschieht auch jetzt, da du glaubst, endlich den großen Schuldigen gefunden zu haben.‹ Erben sah die Situation so klar! Es war beängstigend und zugleich irgendwie befreiend.«

Stille.

»Trinken Sie doch auch ein Gläschen, Herr Malik. Wird Ihnen guttun.«

»Nein danke, ich muss einen klaren Kopf behalten, sonst kann ich es nicht korrekt wiedergeben.«

»Korrekt, korrekt! Hören Sie doch mal auf, immer korrekt zu sein. Hat Ihnen bisher doch gar nichts gebracht.«

»Sie sind ja betrunken.«
»Na und? Ist das etwa ein Verbrechen?«

Stille.

»Nun reden Sie schon weiter!«

Stille.

»Erben sagte es noch deutlicher, er sagte: ›Wenn der Herr des freien Sklaven seine Rolle nicht spielt, zerstört er die Illusion des totalen Machtaustauschs. Dann hört er auf, der Herr zu sein und der Sklave hört auf, ein Sklave zu sein. Das wäre so, als würde der Staat plötzlich seinen Dienern erlauben, die Entscheidung über Recht und Unrecht in die eigene Hand zu nehmen. Sie würden aufhören, Staatsdiener zu sein, nicht wahr?‹«
»Wieder eine Breitseite, oder?«
»Schon. Erben sagte: ›Wenn ich deiner Mutter erlaubt hätte, dich zu behalten, wäre sie nicht mehr meine Sklavin gewesen, sondern ihr eigener Herr.‹ Er machte eine Pause, schien nachzudenken. Sprach dann weiter, sagte: ›Sie hätte mich vermutlich verlassen und dich mitgenommen. Ich musste eine Entscheidung treffen, und ich entschied mich dafür, dass es das Beste für alle war, wenn du zu deiner Tante kommst. Eine Mutter mit Narben am Körper, die vom Vater stammen, wäre sowieso nicht das Richtige für dich gewesen.‹ Er betrachtete seinen Sohn, als ob er nachsehen wollte, welche Reaktion seine Rede auf ihn hat. Jan saß da und hörte ihm zu wie einer, der völlig vergessen hat, wo er sich befand. Ich frage mich bis heute, was er sich von dem Treffen mit seinem Vater erhofft hatte. Bestimmt nicht die Begegnung mit einem Mann, der ihm überlegen war. Erben lächelte dann plötzlich, als wollte er Jan aufmuntern. Sagte: ›Die Situation war perfekt. Du würdest in einer Illusion aufwachsen, die ich zu gegebener Zeit zerstören würde. Das geschah, als ich den Leichnam deiner Mutter gemeinsam mit Kunau in den Zuständigkeitsbereich deiner Dienststelle brachte.‹ Plötzlich blickte er auf

seine Armbanduhr und sagte: ›Es ist schon spät. Ich möchte dir noch den Tatort zeigen. Du kannst dir ja denken, wo das ist. Entschuldigt mich einen Augenblick.‹ Ohne abzuwarten erhob er sich und ging an uns vorbei. Ich nahm an, dass er sich umziehen wollte. Jedenfalls ließen wir ihn einfach gehen. Er hatte die Lage so sehr unter Kontrolle, dass wir vollkommen aufgehört hatten, Polizisten zu sein. Wir waren nur noch seine Gäste, die ihn einfach machen ließen, was er wollte. Jan saß da und blickte ihm nicht einmal nach. Er schien in die Dunkelheit zu starren, dorthin, wo man am Tag einen Blick auf den See hat. Das machte mich nervös. Ich trat zu ihm, berührte ihn an der Schulter. Er wandte den Kopf wie jemand, der aufwacht. Sah mich an mit Augen, die mich nicht zu sehen schienen. Ich sagte zu ihm: ›Was sollen wir tun?‹ Ich dachte, als Polizisten müssten wir die Situation in irgendeiner Weise diktieren und nicht Erben, der immerhin unser Mordverdächtiger war.«

»Mordverdächtiger? Er hatte doch praktisch gestanden! Von wegen ›Tatort zeigen‹! Dem ging es doch gar nicht darum, irgendwas zu verbergen.«

»Stimmt schon. Ich dachte aber, wir müssten irgendwie dagegenhalten. Jan zuckte nur mit den Achseln. Sagte mit lethargischer Stimme: ›Hast es ja gehört. Wir fahren zu seinem Haus, er zeigt uns den Tatort.‹ Er sah mir in die Augen und sagte genauso tonlos: ›Und dann töte ich ihn.‹ Ich sagte: ›Das kannst du nicht tun! Wir sind immer noch Polizisten!‹ Aber er wandte den Blick ab und erwiderte: ›Sind wir das? Du hast ihn doch gehört. Er hat recht. Wir haben aufgehört, Staatsdiener zu sein. Und er hat uns dazu verführt. Deshalb werde ich ihn töten. Dann hat er alles, was er wollte.‹«

»Das ist doch Wahnsinn!«

»Das habe ich auch gesagt. Ich sagte: ›Wenn wir das tun, dann spielen wir sein Spiel!‹ Aber er zuckte nur mit den Achseln und sagte: ›Du kannst ja gehen.‹ Er schien das ernst zu meinen. Die ganze Zeit über hatte er mich immer wieder angebettelt, ihn nicht alleinzulassen. Jetzt sollte ich ihm nicht im Weg stehen!«

»Und deshalb blieben Sie, natürlich, nicht wahr, Herr Malik?«

»Ich musste! Ich musste doch zumindest versuchen, zu verhindern, dass noch jemand stirbt!«
»Sie verdammter Idiot, Sie! Da gab er Ihnen die Möglichkeit, im letzten Moment noch auszusteigen, und was machen Sie? Unglaublich.«
»Sie sollten aufhören zu trinken, Frau Roth. Sie ... lallen bereits.«
»Ja und? Gefällt Ihnen das nicht? Finden Sie das unschicklich? Zerstört es Ihre Illusion von der kontrollierten Therapeutin, die auf alles eine Antwort hat und immer die richtigen Fragen stellt?«

Stille.

»Ich hätte nicht gedacht, dass Sie das so mitnimmt.«
»Was mich mitnimmt, Herr Malik, das sind Sie! Sie und Ihre Untätigkeit! Sie und Ihre Zurückhaltung! Sie und Ihre verdammte Selbstkontrolle! Sie und Ihr verfluchter Altruismus!«
»Was hätte ich denn machen sollen? Es war eine Familienangelegenheit *und* ein Mordfall! Es war ein Mordfall und auch keiner! Wir waren Polizisten und hatten längst aufgehört, welche zu sein! Jan war der Dienstältere, aber er verhielt sich nicht so! Erben war der Schuldige, aber alles, was er sagte, wies auf aktive Sterbehilfe hin!«
»Aktive Sterbehilfe! Bei Ihnen piepst's wohl! Der hat seine eigene Frau mit seinem Schwanz zu Tode gefickt! Aktive Sterbehilfe!«
»Aber rein rechtlich ist es Tötung auf Verlangen! Meine Frau ...«
»Kommen Sie mir nicht mit Ihrer Frau! Die ist doch schuld daran, dass Sie den Boden unter den Füßen verloren haben!«

Stille.

»Meinten Sie das gerade ernst?«
»Natürlich! Ihre Frau hätte merken *müssen*, dass Sie in der Klemme stecken! Aber sie war so mit ihrer eigenen Karriere beschäftigt, dass es ihr glatt entgangen ist!«

Stille.

»Vielleicht haben Sie recht.«
»Jetzt machen Sie sich darüber mal keinen Kopf, Herr Malik. Sie sind hergekommen, um mir endlich die ganze Wahrheit zu sagen, also halten Sie sich daran. Ausheulen können Sie sich hinterher immer noch.«

Stille.

»Ich glaube, ich brauche jetzt doch ein Glas Wein.«
»Sag ich doch!«

Stille.

»Hier! Zum Unwohl!«

Stille.

»Nach kurzer Zeit kam Erben zurück. Hatte sich in Schale geworfen – trug einen Nadelstreifenanzug, der ziemlich teuer wirkte, weißes Hemd, Fliege, Hut, Spazierstock. Sah aus wie ein Gentleman der alten Schule. Er rief nach Hendrik, dem jungen Mann, der uns die Tür geöffnet hatte. Der kam auch gleich. Erben gab ihm leise irgendwelche Instruktionen. Jan und ich, immer noch untätig, hatten das Heft völlig aus der Hand gegeben. Erben drückte ihm einen Schlüssel in die Hand. Anschließend sagte Erben an uns gerichtet: ›Auf geht's!‹, als würden wir zu einem Picknick aufbrechen. War schon absurd. Hendrik begleitete uns zur Tür und holte dann einen Wagen aus einer Garage gleich neben dem Haus. Eine ziemliche Luxuslimousine. Öffnete uns die Türen und schloss sie hinter uns wie ein echter Chauffeur, setzte sich anschließend ans Steuer. Dann fuhren wir los. Die Fahrerkabine war abgetrennt, Erben saß mit dem Rücken zur Fahrtrichtung vor uns. Musterte uns. Ich hatte immer noch seine Pistole in meiner Manteltasche. Fragte mich, ob er wirklich sterben wollte, und ob er wirklich wollte, dass sein Sohn das besorgte. Die Vorstellung war ... Jedenfalls schien der Szenenwechsel Jan gutzutun. Er wirkte wieder mehr wie er selbst. Während wir durch die Nacht fuhren, fragte er seinen Vater irgendwann: ›Warum hast du überhaupt zugelassen, dass sie schwanger wurde? Ihr hättet mich doch abtreiben können.‹«

»Das hat er gesagt?«

»Korrekt.«

»Krass.«

»Erben sah ihm in die Augen. Lächelte. Dann wies er nach draußen und sagte: ›Was siehst du da?‹ Und Jan, wieder überrumpelt, antwortete: ›Die Stadt, was sonst?‹ Und Erben: ›Genau.‹ Machte eine Pause und sagte dann wie zu sich selbst: ›Keine Wildnis mehr.‹ Wandte sich an uns beide und sagte: ›Wisst ihr, wo die Wildnis ist? Die Wildnis ist hier.‹ Dabei zeigte er auf seine eigene Brust.«

»Stimmt ja wohl auch in seinem Fall.«

»Aber er meinte uns alle.«

»Schon klar. Ich bin betrunken, nicht blöd.«

»Er sagte: ›Die Wildnis regiert diese Welt, weil wir sie regieren, wir Menschen mit unseren primitiven Instinkten. Alles haben wir domestiziert oder ausgerottet. Schon bald wird es nur noch Haus- und Nutztiere geben. Dann werden wir das letzte wilde Tier auf diesem Planeten sein.‹«

»Das ist doch gar keine Antwort!«

»Das sagte Jan auch. Aber Erben schüttelte ungeduldig den Kopf. Sagte: ›Du hörst nicht zu, junger Mann! Alles und nichts – das ist die Wildnis. Alles und nichts. Eine Frau, die alles und nichts will, bekommt auch alles und nichts. Alles Trächtigsein, alle Wehen, allen Trennungsschmerz, alle Sorgen und allen Verzicht.‹«

»Aha.«

»Ich nehme an, sie wollte ihre ... biologischen Möglichkeiten ausschöpfen. Deshalb sprach Erben vermutlich von Wildnis. ›Trächtig sein‹ klingt ja so ... tierisch. Keine Ahnung. Jan fragte nicht weiter nach. Den Rest der Fahrt schwiegen wir. Erben rauchte eine Zigarette nach der anderen. Sein Husten hörte sich nicht gut an, aber darauf achtete er nicht. Es kam mir fast so vor, als würde er seinem Körper mit jeder neuen Zigarette sagen, dass es ihm gleichgültig war, wie es ihm ging. Als ob sein eigener Körper auch nur einer seiner Sklaven wäre. Jedenfalls hatte ich Zeit zum Nachdenken. Mir war klar, dass ich Jan auf keinen Fall alleinlassen konnte. Wenn er Erben tötete, dann war ich mitverantwortlich. Das konnte ich nicht zulassen. Als wir in die Nähe seines Hauses kamen, leitete Erben seinen Fahrer nicht direkt zum Haus, sondern ließ ihn einen Umweg nehmen. Damals dachte ich, entweder er ist paranoid, oder die Mafia ist ihm auf den Fersen. Oder er weiß mehr über die Aktivitäten unserer eigenen Dienststelle als wir. Heute denke ich, dass er tatsächlich Bescheid wusste. Vermutlich standen zur selben Zeit auf der anderen Seite des Grundstücks, in der Sackgasse, wo wir Tage zuvor gestanden und vergeblich bei Erben geläutet hatten, irgendwelche Kollegen und observierten den Eingang. Wir hielten etwa fünfhundert Meter hinter dem Haus, auf der anderen Seite des Parks, und durchquerten ihn anschließend. Der Park war unbeleuchtet. Erben ging voran mit seinem Hut und seinem Stock. Sah aus, als unternähme er einen Abendspaziergang. Als wir an das Wäldchen kamen, wurde es schwierig. Das Unterholz bestand aus dornigem Gestrüpp, das durch die Kleidung stach. Doch Erben blieb nicht stehen, schien genau zu wissen, was er tat. Jedenfalls kamen wir nach ein paar Metern an die Gartenmauer. Mannshoch, oben Stacheldraht. Doch es gab eine schmale Metalltür, die man mit einem Code öffnen konnte. Was Erben auch tat. Der Garten war nach hinten kleiner als ich vermutet hatte, der größte Teil lag vor dem Haus. Das Haus selbst war ein Bungalow, ziemlich große Grundfläche, flaches, offenbar begrüntes Dach, große Fenster, die typische verglaste Wand mit breiter Tür zur Terrasse. Zwischen uns und dem Haus nur ein Schwimmbecken ohne Wasser. Wir gingen um das Becken herum zur Verandatür. Auch hier ein Code. Dann waren wir drin. In der Dunkelheit sah ich nicht viel – offenbar Gemälde an den Wänden, im Wohnzimmer ein großer Flügel mitten im Raum, sah alles ziemlich normal aus für Leute mit Geld. Erben führte uns zur Kellertreppe. Es gab zwei Untergeschosse, das zweite war mit einer Eisentür gesichert. Wieder ein Code. Ein kurzer Korridor und noch eine Eisentür. Als die zweite Tür hinter uns ins Schloss fiel, schaltete Erben das Licht ein und sagte: ›Willkommen in meinem Dungeon‹. Ich verstand das Wort nicht, musste es später nachschauen: ›Kerker‹. So sah es auch aus. Ein großer Saal, abgestützt von zwei Säulenreihen, vollgestellt mit BDSM-Sachen. Ich kannte ja einiges schon von Kunaus Wohnung. Aber hier war viel mehr von dem Zeug. Der gesamte Raum war in vier Bereiche unterteilt, jeder einzelne bildete eine Art Themenpark. Tausend und eine Nacht, SS-Gefängnis, Inquisition, Guantánamo. So nannte Erben sie. An den Wänden hing entsprechende Garderobe: farbige Gewänder, Turbane, Schleier, SS- und US-Uniformen, eine Kardinalsrobe, solche Sachen. In Tausend und eine Nacht stand ein Bett mit großem Baldachin, sah teuer aus. An den Wänden verschiedene Peitschen und andere Gegenstände, die ich nicht genau erkannte, im SS-Bereich war der Putz von der Wand geschlagen worden, so dass man die Ziegelsteine sah. Dort stand eine Art elektrischer Stuhl, auf dem man einen Menschen fesseln konnte. Im Bereich Inquisition befand sich ein Pranger aus Holz mit Metallbeschlägen, wieder so ein Andreaskreuz mit Schlaufen zum Fesseln, an den Wänden jede Menge Utensilien zum Schlagen, Fesseln oder Penetrieren. Im Bereich Guantánamo eine Anlage, um Waterboarding zu betreiben. Außerdem überall im Raum Haken und Regale, wo unterschiedliche Folterinstrumente hingen oder lagen. Ich sah Daumenschrauben, Messer, Stichwaffen, die sogenannten Paddles, die wir auch bei Kunau gefunden hatten, an einer Stelle war die Decke höher, dort hingen Seilzüge, die vermutlich dazu dienten, einen Menschen in hängender Position zu fixieren. In der Mitte des Raums ein Käfig mit einem Fressnapf. Die Wände schalldicht, das sah man. Erben breitete die Arme aus und sagte: ›Hier haben deine Mutter und ich viele Stunden verbracht. Hier war sie am glücklichsten. Vor allem, wenn wir die Menschheitsgeschichte nachschrieben.‹ Er lächelte, als hätte er einen Scherz gemacht. Sagte: ›Menschen haben einander schon immer gefoltert. Und es ging stets darum, die Wahrheit herauszufinden. Was aber, wenn die Folter selbst eine Wahrheit ist, die sich in der Vollstreckung erst offenbart? Was, wenn die Erlangung eines Geständnisses, einer Beichte, einer Information nichts anderes als Vorwände sind, um den Akt der Wahrheit inszenieren zu können? Dann wäre Folter kein Mittel, sondern ein Zweck. Ich glaube, alle Foltermeister der Geschichte und

alle ihre Opfer wussten um diese Wahrheit und genossen ihre Offenbarung auf die eine oder andere Weise.‹«
»Auch eine Art zu sagen, dass Folterer Sadisten sind und ihre Opfer das bemerken. Mein Gott, was hör ich mir da eigentlich an?«

Stille.

»Frau Roth, es tut mir ...«
»Sparen Sie sich das, Herr Malik! Hören Sie auf, die Verantwortung für alles zu tragen! Das habe ich ganz allein verbockt. Ich habe entschieden, Ballmann nicht zu informieren, als Sie mir gestanden, dass sie wussten, wo Jan West sich versteckte. Und gerade eben habe ich ihn schon wieder belogen, obwohl ich nur hätte sagen müssen: Herr Malik? Ja, klar! Er ist in meinem Schlafzimmer!«

Stille.

»Sie haben mich von Anfang an zu sehr an meinen Sohn erinnert, Herr Malik, das war die Falle, in die ich mit offenen Augen gegangen bin. Vermutlich hätte nicht einmal ein Intervisor etwas daran geändert. Und wissen Sie auch, warum? Weil ich es ihm gar nicht erst gesagt hätte. Ich hätte befürchtet, dass er mir rät, Sie an einen Kollegen weiterzureichen. Und das wollte ich nicht. So, jetzt wissen Sie auch das. Also los: Weiter!«

Stille.

»In Ordnung.«

Stille.

»Der Käfig in der Mitte des Raums war so ein rechteckiges kastenartiges Ding aus Eisenstäben. Gerade hoch genug, dass ein Mensch darin auf allen Vieren knien kann, und gerade lang genug, um mit angezogenen

Beinen auf der Seite zu liegen. Erben stellte sich davor. Sagte: ›Hier hat deine Mutter normalerweise geschlafen, Jan.‹ Er ließ seinen Spazierstock fallen, zog sich den Hut vom Kopf und legte ihn auf den Käfig. Anschließend entkleidete er sich vollständig, bis er nackt war. Dann schaute er uns genauso selbstsicher an, als trüge er noch seine Kleidung. Das war so überraschend, dass wir ihm nur sprachlos zuschauen konnten. Dieser selbst ernannte König, dieser dunkle Herrscher hatte plötzlich den Spieß umgedreht und zeigte uns seine Gebrechlichkeit, seine Hinfälligkeit. Einfach so. Er schien unsere Verblüffung genauso zu genießen, wie er zuvor seine verbalen Schläge genossen hatte. Dann öffnete er den Käfig und kroch rückwärts hinein. Anschließend sagte er: ›So habe ich sie viele Male gesehen. Natürlich war sie viel schöner als ich.‹ Er lächelte wie jemand, der sich an romantische Abende erinnert. Aus dem Käfig heraus zeigte er auf ein Regal, das neben uns an der Wand stand, im Waterboarding-Park. Er sagte: ›Das waren die Lieblingsspielzeuge deiner Mutter, vor allem der Stab mit der gegabelten Spitze, der dort hängt. Nimm ihn!‹ Und Jan begab sich zu dem Regal und betrachtete die Gegenstände, die dort lagen. Ich blieb an der Tür, versuchte, mich nicht von dem verwirren zu lassen, was geschah. Meine Mission war klar: Jan daran zu hindern, dass er seinen Vater tötete. Aber vorher sollte Erben uns den Tathergang schildern, und ich hoffte, dass das auch in Jans Interesse war. Er nahm eines der Instrumente aus dem Regal, es war der Stab mit der gegabelten Spitze. Damit begab er sich zum Käfig, in dem Erben hockte. Es war eine Art Stock mit Griff, ich konnte seinen Zweck nicht erkennen. Als er sich Erben näherte, lächelte der und sagte: ›So ist es recht, mein Junge.‹ Dann stand Jan genau seitlich vor dem Käfig, so dass Erben sich den Hals hätte verrenken müssen, um ihm in die Augen zu schauen. Aber er versuchte es gar nicht erst. Er sagte: ›Wusstest du, dass ich bis zu diesem Augenblick noch nie in diesem Käfig war? Normalerweise stand ich da, wo jetzt du stehst. Und weißt du, was ich dann tat?‹ Jan gab keine Antwort. Ich konnte sein Gesicht nicht sehen, weil er mir den Rücken zuwandte. Er wirkte angespannt. Dann steckte er den Stab durch die Gitterstäbe, und im nächsten Moment verkrampfte sich Erbens Körper und er gab

unterdrückte Schmerzlaute von sich. Da begriff ich, dass er ihm Elektroschocks verpasste.«
»Na, wunderbar! Lassen Sie bitte kein Detail aus, Herr Malik!«
»Als Jan den Stab zurückzog, benötigte Erben eine Weile, bis er wieder sprechen konnte. Dann sagte er gepresst: ›Gut so, Jan. Ich habe das vermutlich verdient, nicht wahr?‹ Jan sagte immer noch nichts, und das machte mich allmählich nervös.«
»Oh, davor waren Sie vermutlich ganz entspannt, stimmt's?«
»Ich rief Jan zu, er solle sich nicht verführen lassen. Es schien klar zu sein, dass Erben ihn aus der Fassung bringen wollte. Aber Jan streckte nur den Arm nach hinten aus, als wollte er sagen: Halt dich da raus. Zu Erben sagte er: ›Wie hast du sie getötet? Erzähl es mir, Vater!‹ Dann versetzte er ihm erneut Elektroschocks. Ich war einerseits erleichtert, weil er anscheinend endlich mit dem Verhör begann. Andererseits schien er keine Skrupel zu haben, ihn währenddessen zu foltern. Ich brauchte ein paar Sekunden, um zu reagieren. Dann rief ich laut Jans Namen, und er hörte auf.«
»Großartig! Sie haben endlich mal was getan, Herr Malik! Darauf trinke ich!«
»Seinen Blick werde ich nie vergessen. Das war nicht mehr der Jan, den ich kannte.«

Stille.

»Wenn ich ihn jemals wirklich gekannt habe.«
»Wer kennt schon irgendjemanden?«
»Jedenfalls fing er dann an, Erben zu befragen. Brüllte ihn an: ›Wie hast du sie totgefickt? Erzähl es mir!‹ Und verpasste ihm gleich wieder einen Elektroschock.«
»Und Sie haben wieder seinen Namen gerufen, und er hat wieder aufgehört und Ihnen wieder einen Blick zugeworfen, den Sie nie vergessen werden?«
»Nein. Diesmal nicht. Diesmal schwieg ich.«
»Ach ja? Warum?«

»Ich weiß es nicht. Ich ... ich dachte: So lange es nur Elektroschocks sind ...«
»Das ist lustig, Herr Malik, wirklich lustig!«

Stille.

»Es war nicht korrekt, das weiß ich. Aber ich versuchte einerseits, nicht voreilig zu handeln und Erbens Geständnis zu unterbinden, und andererseits, Jan daran zu hindern, seinem Vater Schlimmeres anzutun. Als Erben sich erholt hatte, gab er tatsächlich den Tathergang wieder.«
»Ersparen Sie mir bitte keine Einzelheit!«
»Es hing mit dem Pranger im Bereich Inquisition zusammen. Er schnallte sie daran fest und ... Jedenfalls hatten wir endlich ein Geständnis. Auch über Kunaus Rolle gab Erben Auskunft. Er bestätigte unsere Vermutung, dass Kunau Geld für seine Hilfestellung und sein Schweigen erhielt. Offenbar war gemeinsam mit Thomas Puder im Vorfeld genau ausgehandelt worden, wie viel er preisgeben durfte. Anscheinend war seine Inhaftierung von Anfang an beabsichtigt gewesen. Alles, um Jan in den Fall zu verwickeln. Wir hatten ja gleich vermutet, dass die Leiche absichtlich in der Grünanlage platziert worden war. Und jetzt wussten wir endlich, warum. Jan nahm das natürlich nicht gut auf. Er ... ich weiß nicht, wie ich es beschreiben soll. Er war so voller Hass, dass er seinem Vater immer längere Stromschläge versetzte. Er fragte gar nichts mehr. Unterbrach sogar Erbens Geständnis, indem er ihm Schocks zufügte. Wenn Sie sich das auf der Aufnahme anhören, wird Ihnen ganz anders. Ich ... war wie gelähmt von der Situation. Konnte mich überhaupt nicht rühren. Als Erben nach einem längeren Elektroschock endlich wieder in der Lage war zu sprechen, sagte er: ›Du hältst uns vielleicht für verrückt oder pervers. Aber wir taten es aus Liebe. Deine Mutter wollte, dass ihr Sohn sich der Sache annimmt. Und ich wollte vor niemandem Rechenschaft ablegen außer vor dir, mein Junge.‹ Er sprach davon, dass Jan die Frucht ihrer Liebe sei und solche Sachen, die alle so banal klangen und gleichzeitig so fehl am Platz in diesem Folterkeller. Jan schrie auf, als würden Erbens Sätze ihm Schmerzen bereiten. Ich hatte plötzlich

den Eindruck, er gibt ihm Elektroschocks, damit er den Mund hält. Und während Erben sich krümmte, brüllte Jan ihn an. Es war ... schrecklich.«

»Endlich einmal keine Sachlichkeit von Ihnen.«

»Erben brach im Käfig zusammen, verlor kurzfristig das Bewusstsein. Jan stand währenddessen nur da und betrachtete ihn, keine Ahnung mit welchem Gesichtsausdruck. Er hatte mir immer noch den Rücken zugewandt. Ich war fast froh darum. Als Erben wieder zu sich kam, sagte Jan zu ihm: ›Du glaubst im Ernst, das wäre Liebe gewesen, was ihr da hattet?‹ Erben nickte. Er flüsterte fast. Sagte: ›Ja, mein Sohn. Es war Liebe. Keine Lüge. Keine Illusion‹ Er brauchte eine Weile, bis er weitersprechen konnte. Sagte dann, die meisten würden hoffen, die Liebe sei das verlorene Paradies, in das sie zurückkehren könnten. Aber die nackte Wahrheit über die Liebe sei, dass sie nur durch Leidenschaft am Leben bleibe. Meinte, man müsse das wörtlich nehmen. Leidenschaft bedeute Leiden. Das sei die Wahrheit über die Liebe. Und wenn man diesen Schmerz nicht leugne, dann betrete man das geheime Reich, das sich nur den Mutigen, den Unerschrockenen offenbare. Dann sagte er zu Jan: ›Deshalb bist du hier. Deshalb musstest du all das tun, was du tun musstest. Damit du verstehst.‹«

»Unsinn! Der hat doch bloß resigniert und redet sich das schön!«

»Er sprach dann davon, dass die meisten ihre Liebe verlieren, weil sie nicht verstehen, dass zwei Menschen sich eine einzige Leidenschaft teilen. Er sagte: ›Es gibt nicht meine Leidenschaft und deine Leidenschaft.‹ Merkte wohl, dass Jan ihn nicht verstand. Sagte: ›Das bedeutet: Einen Willen, nicht zwei.‹ Ich fragte Erben, was er meinte. Er sah mich nicht an, war wohl zu schwach, um den Kopf zu heben. Sagte nur: ›Mein Wille war ihr Wille. Meine Erregung war ihre Erregung. Meine Wahrheit war ihre Wahrheit. Verschmelzung. An jedem Tag, zu jeder Stunde, mit jeder Handlung. Absolute Hoheit und absolute Hingabe. Darum ging es, mein Sohn. Das hatten wir gefunden.‹ Er schwieg dann. Wir schwiegen alle.«

Stille.

»Nach einer Weile sprach er weiter. Die meisten Menschen würden sich mit einem Simulakrum der Liebe begnügen. Ich verstand das Wort nicht, es ...«
»Eine Simulation.«
»Korrekt! Und das täten sie, um die Illusion aufrechtzuhalten, dass sie zu irgendjemandem gehören. Dass sie nicht ganz allein auf der Welt sind. Dass das Leben Sinn hat.«
»Hm.«

Stille.

»Erben sagte, sie beide, Klara und er, wären so ehrlich gewesen, sich der Wahrheit zu stellen. Sie hätten die schmerzhafte Seite der Liebe vollkommen angenommen. Während andere Menschen den Schmerz leugnen und sich mit gegenseitigen Schuldzuweisungen begnügen würden, weil keiner sein Ego loslassen wolle, habe sie alles für ihn aufgegeben, die Kontrolle, ihre Selbstbestimmung, ihren Willen – und im Gegenzug habe er alles mit ihr geteilt.«
»Ich stell' dem Typen einen Blankoscheck aus und das war's? Als ob das die Lösung wäre! Nicht für mich, sorry. Mit mir muss man immer noch verhandeln!«
»Jan sagte daraufhin, dass aber nur seine Mutter den Schmerz gespürt hätte. Der Alte lächelte schwach und meinte, kein Schmerz sei willkürlich. Man könne nur Schmerzen geben, wenn man mitfühle, wenn man genau wisse, was der andere empfindet. Es gebe keine Außenansicht, nur zwei Seiten einer Leidenschaft.«
»Blödsinn! Erzählen Sie mir lieber, wie es weiterging.«
»Jan sperrte die Käfigtür auf und trieb ihn mit dem Stab raus. Schrie ihn an, wollte wissen, was er vor dem Pranger mit seiner Mutter angestellt habe. Erben zeigte auf das Andreaskreuz. Er blutete aus der Nase, Jan achtete nicht darauf. Ich sagte zu ihm: ›Jan, das kannst du nicht machen! Wenn du ihn folterst, bist du nicht besser als er.‹ Aber er sah mich nur wütend an und meinte, ich könne ja versuchen, ihn aufzuhalten. Wenn ich noch Polizist sei, wisse ich ja, was ich zu tun hätte.

Er fesselte Erben an das Andreaskreuz, der Alte wehrte sich nicht. Ich hatte den Eindruck, dass er sich völlig in sein Schicksal gefügt hatte. Er sagte zu Jan: ›Wenn ich tot bin, wird alles dir gehören. Meine Holdings, meine Liegenschaften. Hendrik hat den Auftrag, dich einzuweisen. Er kennt sich sehr gut aus. Du kannst ihm vertrauen.‹«
»Absurd. Der Sohn als bestellter Henker des eigenen Vaters. Völlig wahnsinnig.«
»Aber irgendwie logisch, oder?«
»Pathologisch!«
»Sie sagten mal, Sie wüssten nicht, ob Klara Kolbert verrückt gewesen sei, weil sie ...«
»Ich weiß, was ich gesagt habe!«

Stille.

»Jan blickte Erben an, schien ihn von unten bis oben zu betrachten. Der Alte hing da, völlig entblößt, sah erschreckend aus. Irgendwann sagte Jan: ›Tot?‹ Schüttelte langsam den Kopf. ›Du sollst erst verstehen, Vater.‹ Wiederholte es. Fast im Flüsterton: ›Erst verstehen.‹ Er ging zu dem Regal, nahm ein großes Messer und kehrte zu Erben zurück.«
»Du meine Güte!«
»Ich zog Erbens Waffe aus der Manteltasche. Weiß auch nicht, warum ich nicht nach meiner Dienstwaffe gegriffen habe. Ich begab mich zu den beiden und richtete die Pistole auf Jan. Jetzt war der Moment gekommen. Ich sagte zu ihm, er solle das Messer fallenlassen, sonst müsse ich ihn unschädlich machen. Jan blieb tatsächlich stehen. Sah mich an. Zog seine Dienstwaffe aus dem Halfter, hielt sie nach unten gerichtet. Sagte: ›Nur zu, halt mich auf, Abid. Tu deine Pflicht. Beschütze die Gesellschaft vor Übeltätern!‹ Er blickte mich an, als gäbe es keinerlei Verbindung zwischen uns, keine Freundschaft, nichts. Als wären wir nicht mehr im selben Team. Ich dachte, jeden Moment hebt er sie, und dann muss ich meinen eigenen Kollegen erschießen, um diesen Sadisten zu retten, der ein Menschenleben auf dem Gewissen hat.«
»Das alles dachten sie?«

»Hab es eher gefühlt. War wie ein ...«
»Wie ein Dilemma. Ihr Lieblingsgefühl.«
»Ja, es fühlte sich an wie ein Dilemma. Ich weiß nicht, ob ich wirklich hätte schießen können. Ich hoffte jedenfalls, Jan würde einsehen, dass es vorbei war. In dem Moment sagte Erben: ›Mischen Sie sich nicht ein, junger Mann! Das ist eine Familienangelegenheit. Gehen Sie! Gehen Sie!‹ Und Jan sagte: ›Ja, geh! Du hast hier nichts mehr verloren! Verschwinde!‹ Er schrie mich an, ich solle endlich abhauen, während der Alte am Andreaskreuz hing und vor Schwäche kaum noch die Augen aufhalten konnte. Hatte immer wieder Hustenanfälle. Aber auch er sah mich an – und ich wusste, dass er mit seinem Sohn allein sein wollte, damit der tat, was der Alte geplant hatte. Jan war so außer sich, so fremd, irgendwie beinahe ... zutiefst menschlich, oder tierisch ... aber darin so furchtbar klar – ich dachte, ich sehe gleichzeitig das Grauen, das von ihm ausging, und das Grauen, das er selbst fühlte. Keine Ahnung. Ich hielt noch immer die Waffe auf ihn gerichtet. Aber dass mir das Opfer sagt, ich solle gehen, das war ...«
»Wie bei den Kramms, Herr Malik, oder etwa nicht? Der Typ, der seine Frau verprügelt, die ihn auch noch deckt. Ist doch dasselbe!«

Stille.

»Ich beschwor Jan, nicht in die Falle zu gehen, die sein Vater ihm gestellt hatte. Ich sagte: ›Der will doch, dass du ihn tötest!‹ Aber Jan nickte und sagte: ›Genau.‹ Mehr nicht. Dann wandte er sich seinem Vater zu. Sagte: ›Du hast es dir verdient, Vater. Du wolltest es doch so, nicht wahr? Du wolltest, dass ich dir die andere Seite der Medaille zeige. Damit du endlich verstehst, was deine Frau antrieb. Mit deinem klugen Kopf bist du nicht dahintergekommen, habe ich Recht? Und jetzt hoffst du, dass ich dir die Tore öffne?‹ Der Alte starrte seinen Sohn an. Er flüsterte, er wolle nicht länger hier herumlungern und auf das Ende warten. Die beiden ignorierten mich vollkommen, als wäre ich gar nicht da, obwohl ich immer noch die Pistole auf Jan gerichtet hielt. Jan nickte, hob langsam das Messer. Ich brüllte ihn an, forderte ihn auf, das Messer fallenzulassen, mir seine Dienstwaffe auszuhändigen. Er reagierte nicht. Erben blickte ihn an wie einer, der eine Erscheinung gesehen hat. Als Jan ihm das Messer an die Brust setzte ...«

Stille.

»Ich wollte nur, dass Jan ihm nicht mehr wehtat.«

Stille.

»Der Schuss war so laut. Tat furchtbar weh in den Ohren.«

Stille.

»Schossen Sie auf West?«

Stille.

»Nein. Das konnte ich nicht. Ich schoss auf Erben.«
»*Sie* haben Erben getötet! Jetzt ist die Katze aus dem Sack! Aber Ihrer Frau haben Sie das nicht erzählt, oder?«
»Nein.«

Stille.

»Sie haben ihr erzählt, dass es Jan war. Warum?«
»Ich traf Erben in der Brust. Er blickte mich überrascht an. Nur einen Moment lang. Dann sackte er zusammen.«

Stille.

»Damit hatte er wohl nicht gerechnet. Dass ich, der kleine unbedeutende Ausländer ihm ganz am Ende noch einen Strich durch die Rechnung mache.«

Stille.

»Als Jan begriff, dass sein Vater tot war, war es, als würde er wieder zu sich kommen. Brach zusammen. Weinte. Eine ganze Weile. Während ich dastand und immer noch die Waffe auf Erben gerichtet hielt. Wie erstarrt. Ich hatte soeben einen wehrlosen, gefesselten alten Mann erschossen, um meinen Freund vor sich selbst zu retten. Dieses Bild verfolgt mich. Ich kann nicht mehr schlafen, weil ich immer dieses Bild sehe.«

Stille.

»Jan weinte die ganze Zeit. Kniete auf dem Boden vor Erben, der an dem Kreuz hing wie ein Märtyrer. Das Blut floss aus seiner Brust und Jan kniete davor und bat mich um Verzeihung, immer wieder. Nahm alle Schuld auf sich. Sagte, er hätte sich wie ferngesteuert gefühlt. Er wäre so wütend gewesen und hätte gleichzeitig sich selbst zugeschaut. Solche Sachen. Ich war sprachlos. Konnte gar nicht klar denken, nichts dazu sagen, nichts fühlen. Erben hing am Andreaskreuz, ich hatte ihn direkt ins Herz getroffen, das Blut floss heraus und an seinem Körper entlang zu Boden.«

Stille.

»Ich weiß nicht, wie viel Zeit verging. Irgendwann kam Jan auf die Füße. Riss mir die Waffe aus der Hand, wischte meine Fingerabdrücke ab und schoss noch einmal auf Erben. Wieder in die Brust. Anschließend steckte er die Waffe ein. Ich begriff erst gar nicht, was er tat. Dann meinte ich, dass das nicht gehe. Dass ich Erben erschossen hätte und dafür geradestehen müsse. Aber Jan weigerte sich, mir die Waffe zurückzugeben. Und ich ...«
»Sie nahmen das Angebot an.«
»Ja.«

Stille.

»Das ist alles so traurig. Ich weiß gar nicht, was ich sagen soll.«

Stille.

»Sagen Sie mir eines, Herr Malik: Wollten Sie schon immer ein guter Deutscher sein?«
»Was?«
»Na ja. Ihr Deutsch ist so überkorrekt, Ihre Aussprache so gestochen scharf. Sie sind einfach so unglaublich deutsch. So deutsch wie Sie ist kein Deutscher.«

Stille.

»Früher in der Schule mied ich die anderen Migrantenkinder.«
»Das sieht Ihnen ähnlich.«

Stille.

»Für die war es das Wichtigste, bloß kein Alman zu sein.«
»Alman?«
»Deutscher.«
»Ist das Türkisch?«
»Ich glaube ja. Die redeten so. Ich konnte nichts damit anfangen. Ich wollte dazugehören.«
»Aha. Und Sie haben nicht zufälligerweise deshalb auf Erben geschossen und nicht auf Herrn West, weil Sie für ihn doch nur ein Ausländer waren?«
»Nein! Natürlich nicht! Was denken Sie von mir?«
»Was ich von Ihnen denke? Dass Sie ein ganz normaler Mensch sind. Das denke ich von Ihnen.«

Stille.

»Sie sagen nichts? Damit ist ja dann wohl alles gesagt. Herr Malik, es tut mir aufrichtig leid, dass Ihnen all diese schrecklichen Dinge passiert sind, aber jetzt muss ich schlafen. Ich bin auf gut Deutsch gesagt einfach zu blau, um noch weiter wach zu bleiben. Sie können auf der Couch schlafen. Gute Nacht.«

Zwölftes Gespräch

»Hallo, Herr Malik!«
»Frau Roth! Das ist ja eine Überraschung, dass Sie mich hier besuchen.«
»Wie geht es Ihnen?«
»Inzwischen wieder ganz gut. Der Prozess war schwierig. Mit meiner Frau war es nicht leicht. Die Eingewöhnung hier. Aber es wird.«
»Das ist gut zu hören. Ich habe mir Sorgen um Sie gemacht, Herr Malik.«
»Ich komme schon zurecht, Frau Roth, kein Problem. Meine Mutter besucht mich regelmäßig, ein paar Freunde von früher schauen vorbei. Es geht schon.«
»Schön. Und Sie sind ja noch jung. Selbst wenn Sie rauskommen, werden sie noch jung sein.«
»Stimmt! Ich habe immer noch alles vor mir. Das ist gut zu wissen.«

Stille.

»Warum sind Sie damals nicht geblieben? Warum sind Sie einfach gegangen? Als ich am nächsten Morgen aufwachte, sah ich, dass Sie sich nicht einmal hingelegt hatten.«
»Ach, Frau Roth. Was hätte es denn gebracht, das Unvermeidliche länger aufzuschieben? Ich hatte doch die ganze Zeit, während ich zu Ihnen in die Praxis kam, gehofft, dass Jan sich endlich stellt. Dann tat er es und erzählte alles – auch das, was wir für uns behalten wollten. Das war zwar nicht der Plan gewesen, aber dann war einfach der Zeitpunkt gekommen, dieses ganze Theater zu beenden. Jetzt geht es mir jedenfalls besser als damals. Die Wahrheit macht frei, so heißt es doch irgendwo, nicht wahr?«
»In der Bibel.«

Stille.

»Erinnern Sie sich überhaupt noch an die Sachen, die Sie mir damals in der Nacht an den Kopf warfen, während ich Ihnen alles erzählte?«
»Können wir offen reden? Ich meine: Hört niemand mit?«

»Keine Sorge. Für die Justiz ist der Fall abgeschlossen. Erben hat Klara Kolbert ermordet, ich habe Gerhard Erben erschossen. Das genügt denen.«

Stille.

»Ich wollte Ihnen danken, Herr Malik. Dafür, dass Sie mich aus allem rausgehalten haben. Auch deshalb bin ich hergekommen.«
»Was hätte es gebracht, auch Sie noch da reinzuziehen? Gar nichts.«
»Trotzdem danke.«
»Ich habe Ihnen zu danken. Sie haben eine Menge riskiert, um mir zu helfen.«
»Na ja, viel gebracht hat es nicht.«
»Doch. In der Nacht, als ich bei Ihnen war, haben Sie mir die Augen geöffnet. Erinnern Sie sich noch: Sie nannten das Dilemma mein Lieblingsgefühl.«
»Ich fürchte, ich war ziemlich betrunken.«
»Nachdem Sie schlafen gegangen waren, saß ich noch lange in Ihrem Wohnzimmer und dachte nach. Und Ihr Satz kam immer wieder zurück. Ich wehrte mich dagegen, half aber nichts. Sie hatten Recht: Ich baute mir meine Zwickmühlen selbst. Hatte Angst, Entscheidungen zu treffen. Deshalb fuhr ich am Morgen ins K und stellte mich den Kollegen.«
»Und wie war das?«
»Es war das Richtige. Ich hatte Erben getötet. Dass Jan versuchte, die Schuld auf sich zu nehmen, weil er ein schlechtes Gewissen hatte, zählt nicht. Auch nicht, dass er später seine Meinung änderte. Er rettete einfach seine Haut.«
»Wenn Sie das wirklich so sehen können.«
»Nicht immer. Aber so fühlt es sich besser an.«
»Verstehe.«

Stille.

»Wie steht es denn mit Ihrer Frau?«

»Zweimal im Monat bringt sie die Kinder zu Besuch und wartet draußen.«
»Heißt das, Sie sind nicht mehr zusammen?«
»Ich weiß es nicht. Sie hat mich um Zeit gebeten, und Zeit habe ich ja inzwischen mehr als genug. Als vor Gericht die Wahrheit herauskam, als ich alles gestand, schockierte sie das natürlich. Sie schrieb mir einen Brief ins Gefängnis. Sagte, sie wisse nicht, ob sie mir jemals wieder vertrauen könne. Ich nehme an, ich werde mich in Geduld üben müssen.«
»Das ist besser als nichts, Herr Malik. Und dass sie Ihnen Ihre Kinder bringt, ist schon was wert.«
»Schon.«

Stille.

»Timo hat mir erzählt, dass Jan manchmal zu Besuch kommt und mit ihm und Mona spielt. Wie früher.«

Stille.

»Was macht Jan West denn jetzt?«
»Er wurde aus der Polizei entlassen, wie Erben es vorhergesehen hatte. Bekam eine Strafe auf Bewährung. Kann ihm egal sein. Er ist reich – noch reicher als vorher.«
»Heißt das, er hat das Erbe seines Vaters angetreten?«
»Soweit ich weiß, ja. Hab von Kollegen gehört, dass er inzwischen auch in dem Haus wohnt. Keine Ahnung, womit er sich die Zeit vertreibt – außer, dass er meine Familie besucht.«

Stille.

»Verrückt, wie die Sachen manchmal laufen, finden Sie nicht, Frau Roth?«
»Ja. Verrückt.«

Stille.

»Und Sie? Was macht die Praxis?«
»Oh, ich arbeite nicht mehr. Ich bin in Frührente gegangen.«
»Warum das? Sie sind eine großartige Therapeutin, ich würde Sie jedem empfehlen.«
»Das ist sehr lieb von Ihnen, Herr Malik. Aber nach dem Prozess wurde ich erwartungsgemäß vor den Ethik-Rat zitiert. Vor allem, weil ich keinen Intervisor hinzugezogen hatte, obwohl die Thematik so heikel war. Man warf mir Fehleinschätzungen vor. Ich verteidigte mich so gut es ging. Immerhin zog man in Erwägung, dass mein Einfluss möglicherweise zu Ihrem Geständnis geführt hatte.«
»Und das stimmt ja auch.«
»Aber anschließend musste ich mir selbst einiges eingestehen.«

Stille.

»Ich musste mir eingestehen, dass ich an dem einen Fall, von dem mein Professor an der Uni gesprochen hatte, der, der einen an die eigenen Grenzen bringt – erinnern Sie sich?«
»Ja, ich erinnere mich.«
»Dass ich an diesem Fall gescheitert war.«
»An mir? Aber das stimmt gar nicht!«
»Nicht an Ihnen. An Jan West.«
»Den haben Sie doch nie behandelt!«
»Eben deshalb. Sie habe ich zu nahe an mich herangelassen und ihn gar nicht. Ich weiß nicht, wie oft ich mir Vorwürfe gemacht habe, weil ich Ihnen damals verbot, das Telefon an ihn weiterzureichen. Wer weiß, vielleicht hätte ich Schlimmeres verhindern können. Aber das erkannte ich nicht. Stattdessen bekam ich Angst.«

Stille.

»Ein Therapeut darf keine Angst haben, wenn er möglicherweise einem anderen Menschen helfen kann.«

Stille.

»Deshalb bin ich in Frührente gegangen. Und mache jetzt selber noch mal eine Therapie.«
»*Sie* machen eine Therapie? Wirklich verrückt, wie die Dinge manchmal laufen.«
»Nicht wahr?«

Stille.

»Ich denke noch häufig an die Sachen, die Erben damals sagte. Bevor er starb. Bevor ich ihn erschoss. War nicht nur abwegiges Zeug. Seit ich hier eingesperrt bin, muss ich vor allem an seine Äußerungen über die Freiheit denken. Erinnern Sie sich? Dass die Freiheit eine Illusion ist, mit der wir unser Dasein als Diener kaschieren?«
»Ja.«
»Das hilft mir erstaunlicherweise. Irgendwie fühle ich mich ihm nah.«
»Erben? Sie haben ihm das Leben genommen. Sowas verbindet, schätze ich mal.«
»Vermutlich. So sehr ich versuche, in ihm das perverse Monster zu sehen, es gelingt mir nicht.«
»Vielleicht ist es besser so.«
»Ja, vielleicht.«

Stille.

»Wenn er nicht gestorben wäre, hätten die ein echtes Problem gehabt zu entscheiden, ob er schuldig war oder nicht. Und wenn er schuldig war, dann, wie sie sein Verbrechen nennen sollten. Tötung auf Verlangen? Ich habe mich in den letzten Monaten ein bisschen intensiver damit beschäftigt. Ist wohl nicht sehr verwunderlich. Es gibt hier eine

Bibliothek, man kann auch Sachen von draußen bestellen. Ein interessantes Thema. Da gibt es wirklich ein ethisches Dilemma.«
»Auf diese Weise frönen Sie also jetzt Ihrem Lieblingsgefühl.«
»Wenn Sie so wollen, ja. Aber ich habe inzwischen den Eindruck, dass ich nicht der Einzige bin, der in dieser Verfassung feststeckt. Im Gegenteil.«

Stille.

»Jedenfalls habe ich mich entschieden, Jura zu studieren. Wenn ich in acht Jahren rauskomme, kann ich gleich in den Beruf einsteigen. Vielleicht sogar mit meiner Frau arbeiten, falls sie beschließt, dass sie mir wieder vertrauen kann.«
»Das ist gut, Herr Malik. Pläne sind gut. Ich sehe, ich muss mir keine Sorgen mehr um Sie machen.«
»Nein, wirklich nicht, es geht mir gut.«

Stille.

»Eine einzige Sache beschäftigt mich noch.«

Stille.

»Ich frage mich immer wieder, warum Britta Kolbert wegen Ihres Verhältnisses zu Harry Wolff gelogen hat.«
»Hat sich das nicht aufgeklärt?«
»Sie blieb völlig unbehelligt. Hatte ja mit dem Fall gar nichts zu tun. Aber mich beschäftigt das.«
»Warum?«
»Hm. Erinnern Sie sich, dass ich Ihnen einmal erzählt habe, wie ähnlich sich die Schwestern sahen? Die Klara Kolbert auf dem Video, das sie ihrem Sohn hinterlassen hatte, und die Britta Kolbert, die wir anschließend kennenlernten? Zum Verwechseln. Erinnern Sie sich? Auf den Fotos im Familienalbum der alten Frau Kolbert war das nicht zu

erkennen gewesen. Und sogar das Foto, das Brittas Ehemann in den 90ern in der Tukania geschossen haben soll, lässt zwar eine große Ähnlichkeit erkennen, wie sie unter Schwestern vermutlich normal ist, aber ...«

»Ja, ich erinnere mich. Glauben Sie etwa ...?«

»Manchmal denke ich: Was, wenn die Tote gar nicht Klara, sondern Britta Kolbert ist? Wenn die Frau auf den Videos und die Frau, die in Schöneberg in ihrem Luxusappartement lebt, ein und dieselbe Person sind, nämlich Klara Kolbert?«

Stille.

»Wie kommen Sie denn darauf?«

»Ich hatte viel Zeit zum Nachdenken. Und es gibt einige Einzelheiten, die mir im Nachhinein aufgefallen sind. Ich habe Ihnen doch von dem Brief erzählt, den Britta Kolbert an Jan geschickt hatte.«

»Ja, haben Sie.«

»Jan hatte mir erzählt, seine Großmutter habe ihm kurz zuvor gesagt, Britta sei die einzige, die lange Zeit zu Besuch gekommen sei.«

»Ich erinnere mich.«

»Doch dann hatte sie hinzugefügt, das sei allerdings immer sehr unregelmäßig passiert und im neuen Jahr noch gar nicht. Zumindest hatte Jan es mir so wiedergegeben.«

»Worauf wollen Sie hinaus?«

»Finden Sie diese zeitliche Übereinstimmung nicht seltsam? Klara Kolbert stirbt ein paar Tage nach Silvester. Ungefähr zur selben Zeit hört Britta Kolbert auf, ihre Mutter in Lichtenberg zu besuchen. Stattdessen trifft ein Brief an Jan ein, der offenbar von ihr stammt.«

»Sie glauben, der Brief stammte gar nicht von Britta, sondern von Klara?«

»Korrekt.«

»Das wäre natürlich ... Aber warum sollte sie so etwas tun? Was für ein Motiv hätte sie dafür gehabt?«

»Auch darüber habe ich nachgedacht. Was, wenn sich die Geschichte, die die falsche Britta uns bei unserem ersten Besuch in ihrer Wohnung erzählte, in Wahrheit mit umgekehrter Rollenverteilung ereignet hatte? Wenn nicht Klara die treibende Kraft für die Flucht gewesen war, sondern Britta, nicht Klara die Starke im DDR-Gefängnis, sondern Britta, nicht Britta, die von Harry Wolff vergewaltigt worden war, sondern Klara. Was wenn Klara Kolbert sich Jahrzehnte später dafür an ihrer Schwester gerächt hat? Die alte Kolbert hatte erzählt, Klara habe ihr den Weggang des Vaters nie verziehen. Vom Charakter her würde es also passen.«

»Und Erben? Welche Rolle spielte er dabei?«

»Vielleicht half er seiner Frau aus Liebe, oder was auch immer die beiden verband. Oder er war ahnungslos. Möglicherweise ist Jan West in Wahrheit doch Harry Wolffs Sohn – als Resultat jener Vergewaltigung. Es wäre immerhin möglich, dass sich Klara gleich danach auf Erben einließ und ihm Wolffs Kind als sein eigenes unterschob – nur um es so schnell wie möglich an die ältere Schwester abzuschieben, was dann tatsächlich nachvollziehbarer wäre. Dann hätte Klara Kolbert jeden Grund gehabt, diese Spur vor ihrem Tod zu verwischen, wenn sie wollte, dass niemand jemals die Wahrheit erfährt. Stattdessen arrangierten sie und der ahnungslose Erben alles so, dass Jan unweigerlich in den Fall verwickelt wurde und sich auf die Suche nach einer Wahrheit machte, die sie für ihn vorbereitet hatten und die dazu führen sollte, dass Jan den Mann erschießt, den er für seinen eigenen Vater hält. Es gibt doch einen Namen dafür in der Psychologie, wenn der Sohn den Vater ermorden will, korrekt?«

»Man nennt es ödipal. Nach einem griechischen Drama.«

»Und für Erben war es eine Chance, zwei Fliegen mit einer Klappe zu schlagen: Dem Krebs zuvorzukommen und seinem vermeintlichen Sohn endlich zu begegnen.«

»Dem Krebs?«

»In Erbens persönlichen Unterlagen fanden die Kollegen Dokumente einer umfassenden ärztlichen Untersuchung. Er hatte nur noch ein paar Monate zu leben.«

»Oh! Dann war Ihre Tat am Ende eine Art aktive Sterbehilfe?«

»Könnte man so sehen. Tötung auf Verlangen eben. Eigentlich sollte Jan ja den Schuss abgeben, nicht ich.«
»Das ist wirklich eine Überraschung! Hat das vor Gericht nicht zu mildernden Umständen geführt?«
»Nein. Wir wussten doch nichts davon. Für den Richter handelte ich aus niederen Beweggründen. Dass ich Jan davor bewahren wollte, etwas Schreckliches zu tun ... ich brachte es nicht fertig, ihn so bloßzustellen. Und Jan hielt den Mund. Kann man ja verstehen, war nicht gerade seine Sternstunde. Obwohl ich mir gewünscht hätte, dass er etwas sagt.«
»Er hätte etwas sagen *müssen*! Wie hat er denn dem Gericht erklärt, dass Erben nackt an einem Andreaskreuz in seinem eigenen Keller hing?«
»Er hat ausgesagt, der Alte habe das selbst so gewollt. Stimmt ja im Prinzip auch.«

Stille.

»Das Gericht sah es dennoch als erwiesen an, dass mein Motiv Selbstjustiz war. Ich wurde sogar verdächtigt, den Idealen der Reichsbürger nahezustehen.«
»Ausgerechnet Sie?«
»Tja.«

Stille.

»Und Ihre Theorie, dass die Tote in Wahrheit Britta Kolbert war? Haben Sie irgendwelche Indizien dafür?«
»Allerdings. Mir ist im Nachhinein etwas Wichtiges aufgefallen: Erben hatte davon gesprochen, dass Klara Narben am Körper hatte, die von ihm stammten, erinnern Sie sich?«
»Nur zu gut.«
»Aber die Leiche in der Edinburger Straße wies kaum Narben auf. Und die Narben, die sie am Körper trug, konnten auch vom Zuchthaus in der DDR stammen oder von irgendwelchen kleineren Unfällen in ihrer

Jugend. Mir fiel der Widerspruch nur deshalb nicht gleich auf, weil sie ja ziemlich übel zugerichtet war, als wir sie fanden.«

»Sie hatten Erbens Äußerungen doch mit Ihrem Handy aufgenommen. Haben Sie das nicht der Polizei gezeigt?«

»Nein.«

»Warum nicht?«

»Während der Prozess lief, schöpfte ich noch gar keinen Verdacht. Das kam erst hier. Außerdem sind die Gesetze sehr streng. Rechtlich gesehen war ich ein Beamter, der einen Bürger illegal abgehört hatte. So was ist vor Gericht nicht zu gebrauchen.«

»Das ist wirklich Pech.«

»Es gibt noch mehr: Die Tote von der Edinburger 34 war Linkshänderin. Das hatte der Gerichtsmediziner noch am Tatort festgestellt. Ich selbst habe Britta Kolbert zweimal dabei beobachtet, wie sie Tassen auf ihren kleinen Tisch stellt und Getränke eingießt. Sie war eindeutig Rechtshänderin. Man müsste nur die Mutter der beiden, die alte Frau Kolbert, oder die anderen Geschwister dazu befragen, dann wüsste man Bescheid. Und: Der Gerichtsmediziner hatte damals festgestellt, dass die Piercing-Löcher in den Schamlippen und den Brustwarzen offenbar erst kurze Zeit zuvor gestochen worden waren. Bei einer Frau, die seit Jahrzehnten als sogenannte No-Limits-Sklavin lebt? Halte ich für unwahrscheinlich. Eher, dass der Rollentausch mit Britta diese Maßnahme erforderlich machte.«

»Hm. Das wäre dann natürlich ein etwas normalerer Mordfall, nicht wahr?«

»Exakt!«

»Tja, an Ihrer Stelle würde ich mich nur fragen, ob Sie nicht deshalb zu diesem Ergebnis kommen, weil Sie es gerne so hätten.«

»Was ich sage, klingt doch logisch, oder nicht?«

»Das schon. Aber weshalb sollte Klara Kolbert ihrem Sohn vorspielen, sie sei ihre eigene Schwester?«

»Das weiß ich nicht. Schuldgefühle vielleicht. Könnte doch sein, dass sie in seiner Nähe sein wollte, ohne sich seine Anklagen anhören zu

müssen. Außerdem ... wäre es auch denkbar, dass Jan Bescheid wusste und mit seiner Mutter unter einer Decke steckte.«
»Wie bitte?«
»Vielleicht wollte er mich ja aus dem Weg räumen, um an meine Frau ranzukommen.«
»Herr Malik!«
»Schon gut, schon gut! Ist nur eine Gedankenspielerei.«
»Hoffentlich. Es ist ja durchaus denkbar, dass die Ehe mit Harry Wolff eine unangenehme Erinnerung für Britta Kolbert ist und sie lieber eine Lebensgeschichte erzählt, in der diese Zeit nicht vorkommt ...«
»Und Erben?«
»Erben? Tja, Erben hat vielleicht einfach nur die Wahrheit gesagt – seine Wahrheit. Es könnte ja sein, dass Klara Kolbert als treue Sklavin ihren todkranken Herrn nicht überleben wollte. Durch ihn zu sterben wäre dann konsequent gewesen. Womöglich war das Ganze einfach nur eine Liebesgeschichte, die unsere Konventionen sprengt.«
»Sie haben ja ganz schön viel Verständnis für die beiden.«
»Aber was ich sage, klingt auch logisch, finden Sie nicht?«
»Das ja. Ich müsste Ihnen allerdings jetzt Ihre Frage von eben zurückgeben: Denken Sie das, weil es Ihnen so besser gefällt?«
»Das frage ich mich auch, Herr Malik. Was glauben Sie, worüber ich mit meinem Therapeuten rede?«
»Hm.«

Stille.

»Und Jan? War der einfach nur feige?«
»Das haben *Sie* jetzt gesagt. Aber wenn er damals in dem Keller nicht vollkommen durchgedreht ist, dann hat er inzwischen ein schlechtes Gewissen, weil er Sie hängen gelassen hat. Dass er sich um Ihre Familie kümmert, ist vielleicht eine Art Wiedergutmachung, glauben Sie nicht? Schließlich schuldet er Ihnen mehr, als er je zurückzahlen kann.«

Stille.

»Natürlich. Sie haben vermutlich Recht.«

Stille.

»Und doch ...«

secession

secession